Intriga en Bagdad

Biblioteca Agatha Christie

Biografía

Agatha Christie es conocida en todo el mundo como la Dama del Crimen. Es la autora más publicada de todos los tiempos, tan solo superada por la Biblia y Shakespeare. Sus libros han vendido más de dos mil millones de ejemplares en todo el mundo. Escribió un total de ochenta novelas de misterio y colecciones de relatos breves, más de veinticinco obras de teatro y seis novelas escritas con el pseudónimo de Mary Westmacott. Probó suerte con la pluma mientras trabajaba en un hospital durante la Primera Guerra Mundial, y debutó en 1920 con *El misterioso caso de Styles*, cuyo protagonista es el legendario detective Hércules Poirot, que luego aparecería en treinta y tres libros más. Alcanzó la fama con *El asesinato de Roger Ackroyd* en 1926, y creó a la ingeniosa Miss Marple en *Muerte en la vicaría*, publicado por primera vez en 1930. Se casó dos veces, una con Archibald Christie, de quien adoptó el apellido con el que es conocida mundialmente como la genial escritora de novelas y cuentos policiales y detectivescos, y luego con el arqueólogo Max Mallowan, al que acompañó en varias expediciones a lugares exóticos del mundo que después usó como escenarios en sus novelas. En 1961 fue nombrada miembro de la Real Sociedad de Literatura y en 1971 recibió el título de Dama de la Orden del Imperio Británico, un título nobiliario que en aquellos días se concedía con poca frecuencia. Murió en 1976 a la edad de ochenta y cinco años. Sus misterios encantan a lectores de todas las edades, pues son lo suficientemente simples como para que los más jóvenes los entiendan y disfruten, pero a la vez muestran una complejidad que las mentes adultas no consiguen descifrar hasta el final.

www.agathachristie.com

Agatha Christie
Intriga en Bagdad

Traducción de C. Peraire del Molino

Planeta

Obra editada en colaboración con Editorial Planeta – España

Traducción de C. Peraire del Molino
Diseño de portada: Planeta Arte & Diseño / David López
Arte realizado a partir de © Getty Images
Composición: Realización Planeta

Bajo el sello editorial BOOKET M.R.
Avenida Presidente Masarik núm. 111,
Piso 2, Polanco V Sección, Miguel Hidalgo
C.P. 11560, Ciudad de México
www.planetadelibros.com.mx

Primera edición impresa en España en Colección Booket: junio de 2025
ISBN: 978-84-670-7722-3

Primera edición impresa en México en Booket: agosto de 2025
ISBN: 978-607-39-3295-0

Impreso en los talleres de Impregráfica Digital, S.A. de C.V.
Av. Coyoacán 100-D, Valle Norte, Benito Juárez
Ciudad de México, C.P. 03103
Impreso en México –*Printed in Mexico*

Personajes

Relación de los principales personajes que intervienen en esta obra:

RICHARD BAKER: joven y sabio arqueólogo.
HENRY CARMICHAEL: valeroso agente británico.
GERALD CLAYTON: cónsul inglés de Basora.
ROSE CLAYTON: esposa de Mr. Clayton.
SIR RUPERT CROFTON LEE: gran viajero y novelista célebre.
CROSBIE: capitán del ejército y, a la vez, agente al servicio del Gobierno inglés.
DAKIN: diplomático inglés en Oriente Medio.
EDWARD GORING: secretario del doctor Rathbone.
GREENHOLTZ: propietario de la empresa en que está empleada Victoria Jones.
GEORGE HAMILTON CLIPP: esposo de Mrs. Hamilton Clipp.
MRS. HAMILTON CLIPP: dama que utiliza los servicios de Victoria en su viaje a Bagdad.
HUSSEIN EL ZIRAYA: jeque de Kerbela.
PAUNCEFOOT JONES: viejo distraído y eminente arqueólogo.
VICTORIA JONES: joven, hermosa y valiente mecanógrafa, protagonista de esta novela.
OTTO MORGANTHAL: dueño de la firma Morganthal Brown & Shipperke, banqueros de Nueva York.

RATHBONE: director de la sociedad La Rama de Olivo.

SANDERS DEL RÍO: individuo al servicio de un organismo de espionaje.

ANNA SCHEELE: secretaria del banquero Morganthal. Mujer sin grandes atractivos físicos, pero muy inteligente y dinámica.

LIONEL SHRIVENHAM: agregado de la embajada británica en Bagdad.

SPENSER: encargada de la agencia de colocaciones de Saint Guildric.

MARCUS TIO: propietario del hotel de su mismo nombre.

CARDEW TRENCH: dama muy fisgona, huésped del hotel Tio.

Capítulo primero

I

El capitán Crosbie salió del banco con el aire complacido de quien acaba de hacer efectivo un cheque y descubre que tiene en su cuenta más dinero del esperado.

El capitán a menudo parecía satisfecho de sí mismo. Era de esa clase de hombres, bajo y fornido, de rostro rubicundo y con un hirsuto bigote marcial. Al andar se contoneaba un poco. Se vestía de una forma un tanto llamativa, y le gustaban las buenas historias. Gozaba de popularidad entre los otros hombres. Un tipo alegre, sencillo, bondadoso y soltero. No tenía nada de extraordinario. Había montones de Crosbies en Oriente Medio.

La calle que recorría se llamaba Bank Street por la sencilla razón de que la mayoría de los bancos de la ciudad estaban en ella. El interior del banco era fresco, oscuro y olía a mustio. Predominaba el ruido producido por un gran número de máquinas de escribir.

En Bank Street brillaba el sol, se arremolinaba el polvo y los ruidos eran ensordecedores y variados: el persistente sonar de las bocinas, los gritos de los vendedores de diversas mercancías. Se veía discutir acaloradamente a pequeños grupos de personas que parecían dispuestas a matarse las unas a las otras, pero que en realidad eran grandes amigos; hombres, mujeres y niños vendían toda clase de plantas, confituras, naranjas, plátanos, toallas, peines, navajas de afeitar y otras muchas cosas que transportaban rápidamente por las calles en unas bandejas. Y también estaba el perpetuo y siempre renovado rumor de toses y escupitajos y, por encima de todo, la suave melancolía de los gritos de los hombres que conducían mulos y caballos entre automóviles y peatones gritando: *¡Balek! ¡Balek!*

Eran las once de la mañana en la ciudad de Bagdad.

El capitán Crosbie detuvo a un chiquillo que llevaba un montón de periódicos y le compró uno. Dobló la esquina de Bank Street y llegó a Rashid Street, que es la principal arteria de Bagdad y discurre casi cuatro millas paralela al río Tigris.

El capitán Crosbie echó una ojeada a los titulares, se colocó el periódico debajo del brazo, anduvo unas doscientas yardas y, después, torció por una callejuela que desembocaba en una plazoleta. Al otro lado había una puerta con una placa de metal, la abrió y entró en una oficina.

Un joven escribiente iraquí abandonó la máquina de escribir y se adelantó sonriente a darle la bienvenida.

—Buenos días, capitán Crosbie. ¿En qué puedo servirle?

—¿Está Mr. Dakin? Bien, subiré a verlo.

Cruzó otra puerta, subió una escalera muy empinada y llamó con los nudillos a la puerta que había al final de un sucio pasillo. Una voz dijo:

—Adelante.

La habitación era amplia y casi no había muebles. Había una estufa de petróleo con un plato lleno de agua encima, un diván muy bajo y largo con una mesita enfrente y un destartalado escritorio. La luz estaba encendida y no entraba ni un solo rayo de la luz del día. Detrás del escritorio se hallaba un hombre de aspecto pobre y de rostro cansado e indeciso, el rostro de quien ya no vive en el mundo, es consciente de ello y no le importa.

Los dos hombres, el alegre y seguro Crosbie y el melancólico y cansado Dakin, se miraron.

—Hola, Crosbie —dijo Dakin—. ¿Acaba de llegar de Kirkuk?

El otro asintió, al tiempo que cerraba la puerta con sumo cuidado. Era una puerta gastada, muy mal pintada, pero de una calidad inesperada: ajustaba perfectamente, sin dejar rendija ni resquicio alguno.

Era, en realidad, una puerta insonorizada.

En cuanto se cerró, la actitud de los dos hombres cambió ligeramente. El capitán Crosbie se mostró menos agresivo y seguro, y Dakin enderezó los hombros y sus ademanes se hicieron menos vacilantes. Si alguien estuviese escuchando en aquella habitación, se habría sorprendido al advertir que era Dakin quien llevaba la voz cantante.

—¿Alguna noticia, señor? —preguntó Crosbie.

—Sí. —Dakin suspiró. Tenía ante él un mensaje que había descifrado. Escribió dos letras más y dijo:

—Va a celebrarse en Bagdad.

Encendió una cerilla, prendió fuego al papel y observó cómo se quemaba. En cuanto se consumió, sopló suavemente y las cenizas se esparcieron por el aire.

—Sí —añadió—. Se han decidido por Bagdad. El veinte del mes que viene. Tenemos que guardar el máximo secreto.

—Hace ya tres días que se habla de ello en el Sur —señaló Crosbie con sequedad.

El hombre alto sonrió cansado.

—¡Alto secreto! En Oriente Medio no hay altos secretos, ¿verdad, Crosbie?

—No, señor. Si quiere saber mi opinión, no los hay en ninguna parte. Durante la guerra a menudo comprobaba que un barbero londinense sabía más que el Estado Mayor.

—En este caso no importa demasiado. Si la conferencia se celebra en Bagdad, tendrá que hacerse público pronto.

Y entonces será cuando empiece la diversión, nuestra diversión particular.

—¿Usted cree que llegará a realizarse, señor? —preguntó Crosbie escépticamente—. ¿Cree que el Gran Dictador —así de irrespetuoso se refirió el capitán Crosbie al jefe de Gobierno de una gran potencia europea— tiene intención de venir?

—Creo que esta vez sí, Crosbie —respondió Dakin, pensativo—. Sí, creo que sí. Y si la reunión se celebra sin ningún tropiezo, será la salvación de todos. Si se pudiera llegar a algún acuerdo... —De pronto se interrumpió.

Crosbie no abandonó su expresión de ligero escepticismo.

—Perdone, señor, ¿es posible algún tipo de acuerdo?

—En el sentido que usted insinúa, Crosbie, probablemente no. Si solo fuese reunir a dos hombres representantes de dos ideologías totalmente distintas, es probable que todo terminase como siempre: con el aumento del recelo y la incomprensión. Pero hay un tercer elemento. Si esa fantástica historia de Carmichael es cierta...

Se detuvo.

—Pero, señor, no puede ser cierta. ¡Es demasiado fantástica!

Dakin guardó silencio durante breves instantes. Veía, como si estuviera presente, un rostro ansioso y turbado, y oía aquella voz indescriptible diciendo cosas fantásticas e increíbles. Y se dijo, como lo hiciera entonces: «O bien mi hombre de confianza se ha vuelto loco o todo este asunto es verdad».

Prosiguió con su voz melancólica:

—Carmichael lo creía. Todo lo que pudo averiguar confirmaba su hipótesis. Quiso ir en busca de algo más, conseguir pruebas. No sé si hice bien o mal en dejarle ir. Si no vuelve, esto será solo una historia que me contó Carmichael y que a su vez le contaron a él. ¿Es suficiente? No lo creo. Sería, tal como dice, una historia fantástica. Pero si ese hombre está aquí, en Bagdad, el día veinte para contar su propia historia, el relato de un testigo presencial, y presenta las pruebas...

—¿Pruebas? —inquirió Crosbie.

El otro asintió.

—Sí, consiguió las pruebas.

—¿Cómo lo sabe?

—Por la clave convenida. El mensaje llegó a través de Salah Hassan. —Recitó cuidadosamente—: «Un camello blanco con una carga de avena viene por el desfiladero».

Hizo una pausa antes de continuar.

—Carmichael consiguió lo que fue a buscar, pero no lo logró sin ser detectado. Le siguen la pista. Cualquier ruta que tome estará vigilada y, lo que es todavía más peligroso, le esperarán aquí. Primero en la frontera y, si consiguiera pasarla, tenderán un cordón alrededor de las embajadas y los consulados. Mire esto.

Revolvió entre los papeles de su mesa y leyó:

—«Un inglés que viajaba en su automóvil desde Persia a Irak ha sido asesinado a tiros, supuestamente por unos bandoleros. Un mercader kurdo que bajaba de las colinas ha sido víctima de una emboscada y asesinado. Otro kurdo, Abdul Hassan, presunto contrabandista de tabaco, ha resultado muerto a manos de la policía. El cuerpo de un hombre, que posteriormente ha sido identificado como el de un camionero armenio, ha sido hallado en la carretera de Rowanduz.» Todos ellos reúnen las mismas características. La estatura, el peso, el color del pelo, la constitución, todo corresponde a la descripción de Carmichael. No quieren descartar ninguna posibilidad. Tienen que atraparlo. Y una vez esté en Irak, el peligro será mayor. Un jardinero de la embajada, un criado del consulado, un oficial del aeropuerto, en la aduana, en las estaciones, todos los hoteles vigilados. Un cerco cada vez más estrecho.

Crosbie arqueó las cejas.

—¿Usted cree que llega a esos extremos?

—No me cabe la menor duda. Incluso entre nosotros hay filtraciones. Eso es lo peor. ¿Cómo puedo estar seguro de que las medidas que tomemos para que Carmichael llegue sano y salvo a Bagdad no las conoce ya el otro bando? Como ya sabe, uno de los movimientos elementales del juego es tener espías en el campo enemigo.

—¿Sospecha usted de alguien?

Dakin meneó la cabeza lentamente.

Crosbie suspiró.

—Entretanto —dijo—, ¿continuamos?

—Sí, sí.

—¿Qué hay de Crofton Lee?

—Está de acuerdo en venir a Bagdad.

—Todo el mundo va a venir a Bagdad —comentó Crosbie—. Incluso el Gran Dictador, según ha dicho usted, señor. Pero si le sucediera algo al Presidente mientras está aquí, las consecuencias serían terribles.

—No debe pasar nada —dijo Dakin—. Ese es nuestro trabajo. Evitar que eso ocurra.

Cuando Crosbie se marchó, Dakin se inclinó sobre el escritorio y murmuró:

—Vendrán a Bagdad...

Sobre el papel secante dibujó un círculo y escribió debajo: «Bagdad». Luego dibujó un camello, un avión, un barco, un tren, todos convergiendo hacia el círculo. En un ángulo del secante dibujó una tela de araña y, en su centro, un nombre: Anna Scheele, y debajo un gran signo de interrogación.

Después, se caló el sombrero y abandonó la oficina. Cuando caminaba por Rashid Street, un hombre le preguntó a otro quién era.

—¿Ese? Oh, es Dakin, trabaja en una compañía petrolera. Un tipo agradable, pero no progresará. Demasiado aplatanado. Dicen que bebe. Nunca llegará a ninguna parte. Hay que tener empuje para prosperar en este rincón del mundo.

II

—¿Tiene los informes sobre la propiedad de los Krugenhort, miss Scheele?

—Sí, Mr. Morganthal.

Miss Scheele, fría y eficiente, colocó los papeles ante su jefe, quien murmuró:

—Me figuro que son satisfactorios.

—Eso creo, Mr. Morganthal.

—¿Está aquí Schwartz?

—Está esperando en el otro despacho.

—Hágale pasar enseguida.

Miss Scheele apretó uno de los seis botones del interfono.

—¿Me necesitará, Mr. Morganthal?

—No, creo que no, miss Scheele.

La secretaria abandonó en silencio la habitación.

Era una rubia platino, aunque no una rubia espectacular. Llevaba el pelo lacio recogido en un moño sobre la nuca. Sus ojos, de un azul pálido y mirada inteligente, contemplaban el mundo a través de los gruesos cristales de unas gafas. El rostro, de facciones pequeñas, era poco expresivo. Se había abierto camino en la vida no por sus encantos, sino por su eficiencia. Podía recordar cualquier cosa por complicada que fuera, y citar nombres, fechas y horas sin tener que consultar sus notas. Era capaz de organizar al personal de una gran oficina para que funcionara como una máquina bien engrasada. Era la discreción personificada y su energía, bien canalizada y disciplinada, nunca flaqueaba.

Otto Morganthal, director de la firma neoyorquina Morganthal, Brown & Shipperke, dedicada a las finanzas internacionales, se daba perfecta cuenta de que no podía pagar con dinero todo lo que le debía a Anna Scheele. Confiaba plenamente en ella. Su memoria, su experiencia, su buen criterio y su cabeza siempre despejada eran inestimables. Le pagaba un sueldo espléndido que hubiera sido mayor en caso de solicitarlo ella.

Conocía no solo los detalles de sus negocios, sino también los de su vida privada. Cuando le pidió su opinión sobre el asunto de la segunda Mrs. Morganthal, ella le aconsejó el divorcio y le sugirió la cantidad exacta de la pensión. No demostró simpatía ni curiosidad. No era de esa clase de mujeres. No la creía capaz de expresar sentimiento alguno y nunca se le ocurrió preguntarse cuáles eran sus pensamientos. Y la verdad es que le habría sorprendido saber lo que pensaba, es decir, qué pensaba de otras cosas que no estuvieran relacionadas con Morganthal, Brown & Shipperke y con los problemas de Otto Morganthal.

Precisamente por eso le cogió por sorpresa oírle decir antes de salir de la oficina:

—Me gustaría disponer de un permiso de tres semanas para marcharme de Nueva York, Mr. Morganthal. Si es posible, a partir del próximo martes.

—Será un trastorno —replicó él, mirándola intranquilo—, un serio trastorno.

—No creo que sea demasiado difícil, Mr. Morganthal. Miss Wygate es muy competente. Le dejaré mis notas y todas las instrucciones necesarias. Mr. Cornwall puede ocuparse del asunto de la fusión Ascher.

—¿No estará usted enferma? —preguntó él, alarmado.

No entraba en su cabeza que pudiera ponerse enferma. Hasta los microbios parecían respetar a Anna Scheele y se apartaban de su camino.

—Oh, no, Mr. Morganthal. Quiero ir a Londres a ver a mi hermana.

—¿Su hermana? —No sabía que tuviera una hermana. Ni siquiera concebía que miss Scheele tuviese familia o amigos. Nunca los había mencionado. Y allí estaba, hablándole de una hermana que vivía en Londres. Habían estado juntos en Londres el otoño pasado, pero no le dijo que tuviese una hermana—. No sabía que tuviese una hermana en Londres —comentó resentido.

—Oh, sí, Mr. Morganthal. —Miss Scheele sonrió levemente—. Está casada con un inglés que trabaja para el Museo Británico. Tienen que operarla de algo grave y quiere que esté a su lado. Me gustaría poder ir.

Otto Morganthal comprendió que estaba decidida a marcharse.

—De acuerdo, de acuerdo —rezongó—. Vuelva lo antes que pueda. Nunca había visto la Bolsa tan alterada. Esos malditos comunistas. La guerra puede estallar de un momento a otro. A veces creo que es la única solución. Todo el país está plagado, plagado. Y ahora el Presidente ha decidido asistir a esa estúpida conferencia de Bagdad. Para mí que lo han preparado todo. Quieren cogerle. ¡Bagdad! ¡Como si no hubiera otro sitio!

—Oh, estoy segura de que estará bien protegido —dijo miss Scheele conciliadora.

—Mataron al sah de Persia el año pasado, ¿no? Y a Bernadotte en Palestina. Es una locura, eso es lo que es, una locura.

Miss Scheele permaneció en silencio.

—Pero ahora todo el mundo está loco —agregó Morganthal.

Capítulo 2

Victoria Jones, muy pensativa, estaba sentada en un banco de los jardines FitzJames, ensimismada en sus reflexiones, casi moralistas, sobre las desventajas de emplear los talentos particulares de cada uno en el momento equivocado.

Victoria, como la mayoría de nosotros, era una muchacha con sus defectos y sus cualidades. Era generosa, de buen corazón y valiente. Su tendencia natural hacia la aventura puede considerarse meritoria, o también todo lo contrario, en esta época moderna que otorga un enorme valor a la seguridad. Su principal defecto era la tendencia a decir mentiras sin preocuparse de si era o no el momento oportuno. La ficción era irresistible para Victoria. Mentía con fluidez, tranquilidad y ardor artístico. Si llegaba tarde a una cita, cosa que sucedía con frecuencia, no le bastaba con murmurar una excusa, por ejemplo, que se le había parado el reloj (algo frecuente) o que el autobús se había retrasado. Victoria prefería entregarse al relato pormenorizado de haber sido detenida por un elefante atravesado en la carretera o de haber participado en una emocionante persecución en la que había ayudado a la policía. Para Victoria, el mundo ideal estaba lleno de tigres e infestado de bandidos peligrosos.

Era una joven esbelta, de figura agradable y unas piernas estupendas. Asimismo, sus facciones eran sencillas, pequeñas y delicadas, pero tenía algo mágico cuando su «cara de goma» —como la llamaba uno de sus admiradores— hacía una sorprendente imitación del rostro de cualquier otra persona.

Era este último talento el que la había llevado a su actual situación.

Empleada como mecanógrafa de Mr. Greenholtz, de Greenholtz, Simmons & Lederbetter, de Grayholme Street, Victoria, para animar el aburrimiento de la mañana, se había dedicado a entretener a las otras mecanógrafas y al botones con una imitación perfecta de la esposa de Mr. Greenholtz cuando visitaba la oficina de su esposo. Victoria se dejó llevar por el entusiasmo, segura de que su jefe estaba con sus abogados.

—«¿Por qué dices que no vamos a comprar ese sofá, papi? —soltó con una voz aguda y lastimera—. Mrs. Dievtakis tiene uno tapizado en raso azul eléctrico. ¿Dices que es por el dinero? Pero ¿y cuando llevas a esa rubia a comer y a bailar? ¡Ah! ¿Crees que no lo sé? Pues si tú sales con esa rubia, bien puedo yo tener ese diván tapizado en color ciruela y almohadones dorados. Y qué tonto eres cuando me dices que vas a una cena de negocios y luego vuelves con carmín en la camisa. Así que quiero el sofá y una capa de piel muy bonita, como de visón, aunque no lo sea, y que esté muy bien de precio».

La súbita pérdida de la atención de su audiencia, primero embobada, pero que de pronto había vuelto al trabajo con asombrosa rapidez, hizo que Victoria interrumpiera el monólogo y se volviera para encontrarse ante Mr. Greenholtz, que la observaba desde la puerta.

Victoria, incapaz de decir o pensar nada mejor, exclamó simplemente:

—¡Oh!

Su jefe gruñó.

Mr. Greenholtz se quitó el abrigo y entró en su despacho dando un portazo. Casi inmediatamente sonó el interfono. Dos timbres largos y uno corto. Era la llamada para Victoria.

—Es para ti, Jones —observó innecesariamente una compañera con los ojos brillantes de satisfacción por la desgracia ajena. Y las demás participaron del mismo sentimiento diciendo: «Anda, Jones» y «Vaya apuro, Jones». El botones, un jovenzuelo insolente, se contentó con pasarse un dedo por el cuello produciendo un ruido siniestro.

Victoria cogió la libreta de notas y el lápiz y entró en el despacho de Mr. Greenholtz con tanta seguridad como fue capaz de fingir.

—¿Me necesita, Mr. Greenholtz? —murmuró mientras lo miraba con inocencia.

Mr. Greenholtz tenía tres billetes de una libra y rebuscaba en sus bolsillos las monedas que faltaban.

—Ya he aguantado bastante, jovencita. ¿Ve usted alguna razón por la que no pueda pagarle el sueldo de una semana y despedirla ahora mismo?

Victoria, que era huérfana de padre, iba a abrir la boca para explicar que su madre había sufrido una grave operación que la había desmoralizado tanto que había perdido la cabeza y que su reducido sueldo era todo lo que tenían para las dos cuando, al ver la expresión de Mr. Greenholtz, cerró la boca y cambió de parecer.

—No podía estar más de acuerdo con usted —asintió alegre y cortésmente—. Creo que tiene toda la razón.

Mr. Greenholtz se quedó un tanto sorprendido. No estaba acostumbrado a que sus empleados aceptaran el despido con tanta complacencia. Para ocultar su incomodidad, contó las monedas que tenía sobre la mesa. Luego volvió a buscar en su bolsillo.

—Me faltan nueve peniques —murmuró con tono lúgubre.

—No importa —manifestó Victoria amablemente—. Puede gastárselos en el cine o en caramelos.

—Me parece que tampoco tengo sellos.

—No importa. No escribo cartas.

—Se los mandaré —dijo Mr. Greenholtz sin demasiada convicción.

—No se moleste. ¿Qué le parece si me da una carta de recomendación?

La cólera de Mr. Greenholtz reapareció.

—¿Por qué diablos habría de dársela?

—Es lo habitual.

Mr. Greenholtz cogió una hoja de papel y escribió unas cuantas líneas. Luego se lo enseñó.

—¿Le basta?

Miss Jones ha estado trabajando dos meses en mi casa como taquimecanógrafa. Su taquigrafía no es muy buena y no sabe ortografía. La despido por perder el tiempo durante las horas de trabajo.

Victoria hizo una mueca.

—Valiente recomendación —observó.

—No tenía intención de que lo fuera.

—Creo que por lo menos debería decir que soy honrada, seria y respetable —señaló Victoria—. Y lo soy, usted lo sabe. Y tal vez debiera añadir que soy discreta.

—¿Discreta? —rugió Mr. Greenholtz.

—Discreta —repitió ella con ojos cándidos.

Al recordar algunas cartas que le había dictado, Mr. Greenholtz decidió que más valía ser prudente que rencoroso. Rompió el papel y cogió otra hoja.

Miss Jones ha trabajado durante dos meses en mi oficina como taquimecanógrafa. Se marcha porque sus servicios ya no son necesarios.

—¿Qué le parece esto?

—Podía ser mejor —opinó Victoria—, pero me bastará.

Así fue como, con el sueldo de una semana (menos nueve peniques) en el bolso, Victoria se entregaba a sus reflexiones, sentada en un banco de los jardines FitzJames, un bosquecillo triangular de arbustos bastante raquíticos situado junto a una iglesia y con vistas a un gran almacén.

Victoria tenía la costumbre, cuando no llovía, de comprar un sándwich de queso y otro de tomate y lechuga en una granja, y comer su sencillo almuerzo en este entorno seudorrural.

Ahora, mientras masticaba pensativamente, se decía a sí misma, y no por primera vez, que había un tiempo y un lugar para todo, y que la oficina no era precisamente el sitio más adecuado para imitar a la esposa del jefe. En adelante debía refrenar su impulso de alegrar las aburridas horas de trabajo. Entretanto, se había liberado de Greenholtz, Simmons & Lederbetter, y la perspectiva de obtener una colocación en cualquier otra parte la llenaba de una deliciosa expectación. A Victoria siempre le encantaba tener que buscar un nuevo empleo. Nunca se sabe lo que puede pasar.

Acababa de repartir las últimas migas de pan entre tres gorriones, que se pelearon por cogerlas, cuando se dio cuenta de que en la otra esquina del banco estaba sentado un joven. Victoria solo se había apercibido vagamente de su presencia, pero, absorta en sus proyectos y resoluciones para el porvenir, no se había fijado en él con atención hasta aquel momento. Y lo que vio —por el rabillo del ojo— le gustó mucho. Era un joven muy guapo, rubio como un querubín, con una barbilla enérgica y unos ojos muy azules que la miraban con mal disimulada admiración desde hacía rato.

Victoria no tenía reparos en hacer amistades con jóvenes desconocidos en lugares públicos. Se consideraba una excelente psicóloga y capaz de frenar cualquier manifestación de frescura por parte de hombres solteros.

Le dirigió una franca sonrisa, a la que el joven correspondió como una marioneta a la que hubieran tirado de la cuerda.

—¡Hola! —dijo el muchacho—. Es bonito este sitio. ¿Viene muy a menudo?

—Casi cada día.

—¡Qué lástima no haber venido antes! ¿Era su almuerzo lo que estaba comiendo?

—Sí.

—No creo que haya comido lo suficiente. Me desmayaría si solo tomase un par de sándwiches. ¿Qué le parece si fuéramos a comer algo más consistente al C.P.O. de Tottenham Court Road?

—No, gracias. Tengo bastante. Ahora no podría comer nada más.

Ella esperó que él dijera: «Tal vez otro día», pero no lo dijo. Se limitó a suspirar y luego continuó:

—Me llamo Edward. ¿Y usted?

—Victoria.

—¿Por qué sus padres le pusieron el nombre de una estación?

—Victoria no es solo una estación de ferrocarril. También hubo una reina Victoria.

—Hummm, sí. ¿Cuál es su apellido?

—Jones.

—Victoria Jones. —Edward lo repitió como si lo paladeara. Sacudió la cabeza—. No pega.

—Tiene razón —afirmó Victoria—. Si me llamara Jenny estaría mejor, Jenny Jones. Pero Victoria necesita algo con más clase. Por ejemplo, Victoria Sackville-West. Eso es lo que se necesita. Algo que se pueda paladear.

—Puede anteponer algo al Jones —sugirió Edward.

—Belford Jones.

—Carisbrooke Jones.

—Saint Clair Jones.

—Lonsdale Jones.

El agradable juego fue interrumpido por una exclamación del joven, que acababa de mirar su reloj.

—Debo volver al trabajo, he de... ¿Y usted?

—No tengo trabajo. Me han despedido esta mañana.

—¡Oh, sí que lo siento! —dijo Edward con sincero pesar.

—Bueno, no me compadezca porque yo no lo siento en absoluto. Por un lado, pronto conseguiré otro empleo y, por otro, ha sido bastante divertido.

Y, retrasando aún más el regreso de Edward al trabajo, le hizo un divertido relato de la escena de la mañana, repitiendo la imitación de Mrs. Greenholtz ante el regocijo del muchacho.

—Es usted maravillosa, Victoria. Debería dedicarse al teatro.

Victoria aceptó el cumplido con una sonrisa agradecida y le dijo que debía marcharse corriendo si no quería que también lo despidiesen a él.

—Sí, y no encontraría otro empleo con tanta facilidad como usted. Debe de ser maravilloso ser una buena taquimeca —dijo Edward con envidia.

—Bueno, lo cierto es que no soy muy buena —admitió Victoria con franqueza—, pero por fortuna hasta la peor de las taquimecas puede encontrar trabajo hoy en día, por lo menos en centros de educación o de caridad; no pueden pagar mucho y por eso tienen que emplear a personas como yo. Prefiero un empleo importante. Los nombres y términos científicos son tan difíciles que si no se saben escribir correctamente no es ninguna vergüenza, puesto que casi nadie los conoce. ¿En qué trabaja? Supongo que lo acaban de licenciar. ¿Estuvo en la RAF?

—Buena adivina.

—¿Piloto de guerra?

—Acierta otra vez. Se preocupan mucho por nosotros, nos buscan empleo y demás, pero el caso es que no somos demasiado inteligentes. Quiero decir que no se necesita ser una lumbrera para servir en la RAF. Me colocaron en una oficina con un montón de fichas y cifras y algo donde ocupar mi cerebro y fracasé. De todas formas no entendía para qué servía todo aquello. Pero ahí tiene. Se desmoraliza uno un poco al ver que no sirve para nada.

Victoria asintió comprensiva y Edward prosiguió amargamente:

—Estoy fuera de onda. Ya no cuento. Todo estaba muy bien durante la guerra. Tenías tu trabajo y lo hacías. Incluso me condecoraron, pero ahora más me vale desaparecer del mapa.

—Pero tendría que haber...

Victoria se interrumpió. Se veía incapaz de expresar en palabras su convicción de que las cualidades que le habían hecho ganar una condecoración tenían que conseguirle un lugar en el mundo de 1950.

—Me decepcionó bastante —señaló Edward—. No servía para nada. Bueno, es hora de que me vaya. No quiero que me tome por un caradura, pero...

Y mientras Victoria abría los ojos sorprendida, Edward comenzó a tartamudear, rojo como un tomate, y sacó una pequeña cámara.

—Me gustaría muchísimo tener una foto suya. ¿Sabe? Mañana me marcho a Bagdad.

—¿A Bagdad? —exclamó Victoria con vivo desencanto.

—Sí. Ahora ya no quisiera tener que ir. Esta mañana temprano estaba entusiasmado con la idea; en realidad por eso acepté el empleo, para salir del país.

—¿Qué clase de empleo?

—Bastante desagradable. Cultura, poesía, todas esas cosas. Mi jefe es el doctor Rathbone, que tiene no sé cuántos títulos. Le mira a uno a través de sus gafas. Está empeñado en promover y llevar la cultura a todas partes. Abre librerías en sitios remotos. Ahora abre una en Bagdad. Hace traducir las obras de Shakespeare y Milton al árabe, al kurdo y al armenio. Es una tontería, puesto que el Instituto Británico está haciendo lo mismo por todas partes. En fin, ahí tiene. Me da trabajo y no debiera quejarme.

—¿Qué es lo que hace usted en realidad? —quiso saber Victoria.

—Bueno, la verdad es que todo mi trabajo se reduce a ser el chico de los recados del doctor Rathbone y contestar siempre «Sí, señor». Comprar los billetes, reservar las habitaciones, llenar los impresos para los pasaportes, vigilar el embalaje de todos esos terribles libros de poesía, correr de un lado a otro y estar en todas partes, y después, cuando estemos allí, se supone que debo confraternizar, algo así como un glorioso movimiento juvenil, todas las naciones unidas en el avance de la cultura. —Su tono se hizo más y más melancólico—. Francamente, es bastante espantoso, ¿no le parece?

Victoria no supo qué decir.

—Verá —continuó Edward—, si no le molesta demasiado, una de perfil y otra mirándome. ¡Oh! Es maravilloso.

Disparó dos veces la cámara y Victoria demostró la complacencia de toda mujer que sabe que acaba de causar gran impresión a un atractivo miembro del sexo opuesto.

—Es bastante desagradable tener que marcharse ahora que acabo de conocerla, pero supongo que no puedo echarme atrás en el último momento, después de lo que cuesta conseguir los visados y todos esos papeles. No estaría muy bien visto, ¿verdad?

—Quizá no sea tan malo como cree —dijo Victoria para consolarle.

—No —contestó Edward sin demasiada convicción—.

Lo peor del caso es que tengo la impresión de que hay algo extraño en todo esto.

—¿Extraño?

—Sí. Falso. No me pregunte por qué. No tengo ningún motivo. Es uno de esos presentimientos que se tienen algunas veces. Una vez lo tuve con la bomba de aceite. La desmonté y resultó que una arandela la había atascado.

Victoria no comprendió del todo la explicación técnica, pero captó la idea.

—¿Usted cree que Rathbone es un farsante?

—No sé cómo podría serlo. Quiero decir que es respetable y erudito, pertenece a todas esas sociedades y tiene amistad con toda clase de arzobispos y decanos de facultades. No, solo es un presentimiento. Bueno, el tiempo lo dirá. Adiós. Quisiera que usted me acompañara.

—Yo también —respondió Victoria.

—¿Qué va a hacer ahora?

—Ir a la agencia Saint Guildric, en Glower Street, y pedir otro empleo —dijo la joven tristemente.

—Adiós, Victoria. *Partir est mourir un peu* —agregó Edward con un acento muy británico—. Esos franceses saben lo que se dicen. Los ingleses decimos solo que partir es una dulce melancolía; tonterías.

—Adiós, Edward, y buena suerte. No creo que vuelva a acordarse de mí.

—Me acordaré. Es completamente distinta a todas las chicas que he conocido hasta ahora. Quisiera... —Un reloj hizo sonar el cuarto y Edward exclamó—: ¡Diablos, debo irme volando!

A los pocos instantes había sido tragado por el caos londinense. Victoria permaneció sentada, absorta en sus meditaciones, aunque esta vez eran de dos clases distintas.

Una giraba alrededor de Romeo y Julieta.

Le parecía que ella y Edward se encontraban en la misma situación que la infeliz pareja, aunque tal vez Romeo y

Julieta expresaban sus sentimientos en un lenguaje más refinado. Pero su posición era la misma. Su encuentro, la atracción instantánea, la frustración; dos corazones que debían separarse. Le vino a la memoria el recuerdo de un verso que recitaba con frecuencia su niñera:

Jumbo said to Alice: «I love you».
Alice said to Jumbo: «I don't believe you do.
If you really loved me as you say you do,
You wouldn't go to America and leave me in the Zoo».

(Jumbo le dijo a Alicia: «Te quiero».
Alicia le dijo a Jumbo: «No te creo.
Si de verdad me quisieras como tú dices,
No te irías a América dejándome en el Zoo».)

¡Solo había que sustituir América por Bagdad!

Victoria se levantó al fin, sacudiéndose las migas de la falda, y atravesó los jardines FitzJames en dirección a Glower Street. Había tomado dos decisiones. La primera era que, como Julieta, estaba enamorada de aquel muchacho y quería conquistarlo. La segunda que, puesto que Edward estaría en Bagdad, lo único que le cabía hacer era ir también a Bagdad. Y lo que ahora pensaba era cómo hacerlo. Victoria estaba segura de que, de una forma u otra, lo conseguiría. Era una joven de carácter enérgico y optimista.

«Sea como sea —se dijo—, tengo que ir a Bagdad.»

Capítulo 3

I

El hotel Savoy dio la bienvenida a miss Anna Scheele con la cordialidad debida a una antigua y apreciada cliente. Se interesaron por la salud de Mr. Morganthal y le aseguraron que si la habitación no era de su agrado, solo tenía que decirlo, pues Anna Scheele representaba dinero.

Miss Scheele, una vez bañada y vestida, telefoneó a un número de Kensington. Luego bajó en el ascensor y salió a la calle. Pidió un taxi y le dio al taxista la dirección de Cartier en Bond Street.

Mientras el taxi se alejaba del Savoy en dirección al Strand, un hombre bajo y moreno que contemplaba un escaparate miró su reloj de pulsera y llamó a un taxi que pasaba por allí, y que unos momentos antes había permanecido ciego a las llamadas de una señora cargada de paquetes.

Este segundo taxi tomó por el Strand sin perder de vista al primero. Mientras ambos esperaban el cambio de los semáforos para dar la vuelta a Trafalgar Square, el hombre miró por la ventanilla izquierda e hizo una señal con la mano. Un coche particular aparcado en una callejuela lateral junto al Admiralty Arch se puso en marcha y se sumó al tráfico detrás del segundo taxi.

Volvieron a circular. Mientras el automóvil que llevaba a Anna Scheele doblaba a la izquierda hacia Pall Mall, el taxi en que viajaba el hombre moreno se desvió hacia la derecha para dar la vuelta a Trafalgar Square. El coche particular, un Standard gris, estaba ahora detrás del taxi de Anna Scheele. En él iban dos pasajeros: un joven rubio de expresión ambigua sentado al volante y una joven muy elegante. El Standard siguió a Anna Scheele por Piccadilly y Bond Street, donde se detuvo junto a la acera. La mujer se apeó, diciendo en tono alegre y convencional:

—Muchas gracias.

El coche arrancó. La joven caminó sin prisas y, de vez en cuando, se detenía ante algún escaparate. Había un atasco de tráfico. Pasó junto al Standard gris y el taxi de Anna Scheele. Llegó a Cartier y entró.

Anna Scheele pagó al taxista y entró también en la joyería. Se entretuvo un buen rato mirando algunas joyas. Finalmente escogió una sortija de zafiros y brillantes. Extendió un cheque de un banco de Londres. Al ver el nombre, el empleado demostró una cordialidad extraordinaria.

—Celebro volver a verla en Londres, miss Scheele. ¿Ha venido también Mr. Morganthal?

—No.

—Lo decía porque tenemos un maravilloso zafiro estrellado y sé que a él le interesan los zafiros estrellados. ¿Le gustaría verlo?

Miss Scheele expresó su conformidad, lo admiró debidamente y prometió decírselo a Mr. Morganthal. Volvió a salir a Bond Street.

La joven que había estado escogiendo pendientes dijo que no se decidía por ninguno y salió a su vez.

El Standard gris, que había doblado a la izquierda y tomado por Grafton Street hasta Piccadilly, apareció en aquel momento por Bond Street. La joven no dio muestras de reconocerlo.

Anna Scheele entró en una floristería de la Arcade. Encargó tres docenas de rosas de tallo largo, un jarrón lleno de violetas, doce ramilletes de lilas y otro jarrón con mimosas. Dio la dirección donde debían enviarlas.

—Son doce libras y ocho chelines, señora.

Anna Scheele pagó y se fue. Una mujer joven acababa de entrar para preguntar el precio de un ramo de primaveras, pero no las compró.

Anna Scheele cruzó Bond Street y tomó por Burllington Street hasta Saville Row. Entró en el establecimiento de uno de esos sastres que, si bien tenían una clientela exclusivamente masculina, de vez en cuando condescendían a cortar un traje para ciertos miembros privilegiados del sexo femenino.

Mr. Bolford la recibió como a una buena cliente y pasaron a discutir sobre la tela.

—Afortunadamente puedo servirle nuestra calidad de exportación. ¿Cuándo regresa a Nueva York, miss Scheele?

—El día veintitrés.

—Podré tenérselo sin problema. ¿En el clíper, supongo?

—Sí.

—¿Cómo va todo por América? Aquí da pena, vaya si da pena. —Mr. Bolford meneó la cabeza como un médico cuando habla de un paciente—. No se pone interés en las cosas, ¿me comprende? No hay nadie que ponga orgullo en su trabajo. ¿Sabe quién va a cortar su traje, miss Scheele? Mr. Lantwick; tiene sesenta y dos años y es el único a quien puedo confiar a mis mejores clientes. Todos los demás...

Las manos regordetas de Bolford los barrieron con un ademán.

—¡Calidad! —siguió diciendo—. Eso es lo que dio fama a este país. ¡Calidad! Nada ordinario, nada chillón. Cuando intentamos la producción en serie no tenemos éxito, es la verdad. Esa es la especialidad de su patria, miss Scheele. Lo que nosotros debemos conseguir, lo repito, es calidad. Emplear el tiempo necesario y consagrarse a producir un artículo como en ninguna otra parte del mundo. ¿Qué día le parece bien para la primera prueba? ¿Dentro de una semana? ¿A las once y media? Muchísimas gracias.

Anna Scheele buscó su camino entre los montones de piezas de tela y salió a la luz del sol. Tomó un taxi para regresar al Savoy. Otro taxi aparcado al otro lado de la calle, y cuyo ocupante era el hombre bajo y moreno, emprendió el mismo camino, pero no se detuvo delante del Savoy, sino que dio la vuelta por el Embankment para recoger a una mujer bajita y regordeta que acababa de salir por la puerta de servicio del hotel.

—¿Qué hay, Luisa? ¿Has registrado su habitación?

—Sí. Nada.

Anna Scheele comió en el restaurante, donde le habían reservado una mesa junto a la vidriera. El *maître* se interesó por la salud de Otto Morganthal.

Después de comer, la joven recogió su llave y subió a su habitación. Habían hecho la cama y puesto toallas limpias en el cuarto de baño. Anna se dirigió hacia donde estaban sus dos maletas, que constituían su equipaje. Una estaba abierta y la otra cerrada. Echó un vistazo al contenido de la primera, después sacó las llaves de su bolso y abrió la segunda. Todo estaba en orden, bien doblado, con la pulcritud habitual en ella; aparentemente nada había sido tocado. Encima de todo se veía un maletín de cuero y, a un lado, una Leica y dos rollos de película cerrados y sellados. Pasó una uña por la tapa de uno de los carretes y lo abrió. Sonrió complacida. El cabello rubio apenas perceptible que había puesto como señal había desaparecido. Espolvoreó la superficie del maletín con un poco de talco y después lo sopló. El cuero continuó limpio y brillante. No había huellas digitales. Sin embargo, aquella mañana, después de peinarse con brillantina, lo había tocado. Debería haberlas. Las suyas.

Volvió a sonreír.

«Buen trabajo, aunque no del todo», se dijo.

Con habilidad, preparó una maletita con lo necesario para una noche y volvió a bajar. Hizo pedir un taxi y le dijo al conductor que la llevase al número 17 de Elmsleigh Gardens.

Era un lugar tranquilo y algo abandonado, bastante cercano a Kensington Square. Anna pagó al taxista y subió los escalones hasta una puerta con la juntura desconchada. Llamó al timbre. Momentos después abría la puerta una mujer vieja y recelosa que inmediatamente cambió su expresión por otra de bienvenida.

—¡Lo que se alegrará de verla miss Elsa! Está en el estudio, en la parte de atrás. Lo único que la mantiene animada es saber que iba usted a venir.

Anna cruzó rápidamente el vestíbulo en penumbra para abrir la puerta que había en el otro extremo. Entró en una pequeña habitación pobre pero cómoda, con grandes y raídos sillones de cuero. La mujer sentada en uno de ellos se levantó de un salto.

—¡Anna, querida!

—¡Elsa!

Las dos mujeres se besaron con afecto.

—Todo está arreglado —dijo Elsa—. Ingreso esta noche. Espero.

—Anímate —replicó Anna—. Todo saldrá bien.

II

El hombre moreno entró en una de las cabinas telefónicas de la estación Kensington de High Street y marcó un número.

—¿La compañía de Gramófonos Valhalla?

—Sí.

—Aquí Sanders.

—¿Sanders del Río? ¿De qué río?

—Del río Tigris. Informe sobre A.S. Ha llegado esta mañana de Nueva York. Ha ido a Cartier. Ha comprado un anillo de zafiros y brillantes de ciento veinte libras. Luego a una floristería, Jane Kent, donde ha comprado flores por valor de doce libras con dieciocho chelines para enviarlas a una clínica de Portland Place. Ha encargado un traje de chaqueta en Bolford y Avory's. Ninguna de estas firmas parece tener contactos sospechosos, pero de ahora en adelante se las vigilará más estrechamente. Se ha registrado la habitación de A.S. en el Savoy. No se ha encontrado nada sospechoso. En el maletín había unos papeles relacionados con una fusión con Wolfenstein. Todo claro. Una cámara y dos rollos de película. Posiblemente fotos de informes comerciales. Se han sustituido por otros, pero las películas originales han resultado ser vírgenes. A.S. ha preparado una maleta con poca ropa y ha ido a casa de su hermana, en el 17 de Elmsleigh Gardens, quien ingresa esta noche en una clínica de Portland Place donde será intervenida quirúrgicamente. Se ha confirmado todo ello con la clínica y con la agenda del cirujano. La visita de A.S. parece perfectamente justificada. No ha demostrado inquietud ni recelo cuando la seguíamos. Tengo entendido que pasará la noche en la clínica. No ha dejado su habitación en el Savoy. Tiene billete de vuelta a Nueva York para el clíper del día veintitrés.

El hombre que dijo llamarse Sanders del Río hizo una pausa y agregó un comentario informal:

—¡Y si quiere saber qué pienso de todo esto, le diré que es un lío de cuidado! Y lo que está haciendo esa chica es tirar el dinero. ¡Doce libras y dieciocho chelines en flores! ¿Qué le parece?

Capítulo 4

I

Dice mucho en favor del animoso temperamento de Victoria que ni por un instante se le ocurriera la posibilidad de no lograr su objetivo. Era francamente una desgracia que, cuando acababa de enamorarse de un muchacho atractivo, él estuviese a punto de partir hacia un lugar situado a más de tres mil millas de distancia. Con lo fácil que habría sido marcharse a Aberdeen, Bruselas o incluso Birmingham.

«¡Pero tiene que ser Bagdad! —pensó Victoria—. ¡Menuda suerte más perra!» Sin embargo, a pesar de lo difícil que parecía, estaba dispuesta a ir a Bagdad de un modo u otro. Cruzó decidida Tottenham Court Road mientras pensaba en la manera y los medios. Bagdad. ¿Por qué se interesaban por Bagdad? Según Edward, por la cultura. ¿Había alguna cosa relacionada con la cultura en la que pudiera meterse? ¿La Unesco? La Unesco siempre mandaba gente de un lado a otro, a veces a los lugares más deliciosos. Pero por lo general eran jóvenes brillantes con varios títulos universitarios que estaban metidos en el ajo desde hacía tiempo.

Victoria decidió que lo primero es lo primero, y dirigió sus pasos a una agencia de viajes para hacer allí sus averiguaciones. Al parecer, no existía ninguna dificultad para llegar a Bagdad. Podía ir en avión, por mar hasta Basora, en tren hasta Marsella y en barco hasta Beirut, y luego atravesar el desierto en coche. También podía ir vía Egipto. Y si quería hacer todo el viaje en tren no había inconveniente, solo que costaba obtener los visados y, además, llegaban con tanto retraso que se exponía a que hubiesen caducado al recibirlos. Bagdad se hallaba en el área de la libra esterlina, por lo que el dinero no representaba ningún problema, al menos en el sentido a que aludía el empleado. Todo lo cual venía a resumirse en una carencia de obstáculos para ir a Bagdad, mientras se tuviesen de sesenta a cien libras.

Como Victoria tenía en aquel momento tres libras y diez chelines (menos nueve peniques), más otros doce chelines y cinco libras en el banco, la vía rápida y directa estaba descartada.

Hizo algunas preguntas sobre cómo encontrar un empleo de azafata en un avión o de camarera en un barco, pero esos puestos estaban muy solicitados y había una larga lista de aspirantes.

La siguiente visita de Victoria fue a la agencia Saint Guildric, donde miss Spenser, sentada detrás de su impoluto escritorio, le dio la bienvenida como si fuese alguien que se pasara con razonable frecuencia por aquella oficina.

—¡Dios mío, miss Jones, otra vez sin trabajo! Esperaba que esta vez...

—Imposible —manifestó Victoria con firmeza—. No sé cómo explicarle todo lo que he tenido que soportar.

Un leve rubor coloreó las pálidas mejillas de miss Spenser.

—No... —comenzó—. No esperaba que... No parecía de esa clase de hombres. Claro que es un poco grosero. Supongo que...

—No se alarme —dijo Victoria sonriendo con valentía—, sé cuidarme bien.

—Oh, naturalmente, pero siempre es desagradable.

—Sí, es desagradable. Sin embargo... —Y volvió a sonreír.

Miss Spenser consultó sus libros.

—La Asociación de Ayuda a las Madres Solteras de San Leonardo necesita una mecanógrafa —le dijo miss Spenser—. Claro que no pagan mucho.

—¿Hay alguna posibilidad de encontrar un empleo en Bagdad? —le preguntó Victoria de sopetón.

—¿En Bagdad? —repitió miss Spenser, tan asombrada como si le hubiera dicho Kamchatka o el Polo Sur.

—Me gustaría mucho poder ir a Bagdad —explicó Victoria.

—No creo... ¿Como secretaria?

—Como lo que sea. Como niñera o cocinera, o cuidando a un lunático. Cualquier cosa.

—Me temo que no voy a poder ayudarla. —Miss Spenser meneó la cabeza—. Ayer vino una señora con dos niñas que ofrecía un pasaje para Australia.

Victoria descartó Australia con un ademán y se puso en pie.

—Si sabe de algo, aunque solo paguen el billete, es todo lo que necesito. —Al ver la curiosidad reflejada en los ojos de su interlocutora le aclaró—: Tengo unos parientes en Bagdad. Y me han dicho que hay muchos empleos muy bien pagados. Pero, claro, primero hay que llegar allí.

«Sí —repitió Victoria para sí al salir de la agencia Saint Guildric—. Primero hay que llegar allí.»

A las contrariedades de Victoria se sumó el hecho de que, como suele pasar cuando uno tiene la atención fija en un punto, todo parecía conspirar para atraer su atención hacia Bagdad.

Un breve párrafo del diario de la noche que compró anunciaba que el doctor Pauncefoot Jones, el conocido arqueólogo, había comenzado sus excavaciones en la antigua ciudad de Murik, situada a unas ciento veinte millas de Bagdad. Un anuncio mencionaba los servicios de la Shipping Lines a Basora (y desde allí en tren hasta Bagdad, Mosul, etcétera). En un diario que cubría el fondo del cajón donde guardaba las medias se hablaba de los estudiantes de Bagdad. *El ladrón de Bagdad* era la película que daban en el cine del barrio, y en la librería de altos vuelos cuyo escaparate siempre se detenía a contemplar, vio la última biografía de Harum al- Rashid, califa de Bagdad.

Parecía como si todo el mundo hubiese caído en la cuenta de la existencia de Bagdad. Y hasta aquella tarde, a la una cuarenta y cinco aproximadamente, nunca había oído hablar de Bagdad ni pensado siquiera que existiese.

Las perspectivas de llegar hasta allí eran poco prometedoras, pero Victoria no tenía intención de ceder. Tenía un cerebro fértil y la visión optimista de que, cuando se quiere algo, siempre hay un medio para conseguirlo.

Pasó la tarde haciendo una lista de posibles acercamientos:

¿Poner un anuncio?
¿Probar en el Foreign Office?
¿En la Embajada de Irak?
¿En las compañías de importación de dátiles?
¿En las compañías navieras?
¿En el Instituto Británico?
¿En la oficina de información de los almacenes Selfridge?
¿En el Ayuntamiento?

Y ninguno, tenía que admitirlo forzosamente, parecía muy prometedor. Agregó a la lista:

De una manera u otra, conseguir cien libras.

II

Los intensos esfuerzos mentales de Victoria y, posiblemente, la satisfacción inconsciente de no tener que estar puntual en la oficina a las nueve, hicieron que durmiera más que de costumbre.

Se despertó a las diez y cinco y, sin perder un segundo, se levantó de un salto y comenzó a vestirse. Acababa de dar el último toque a su rebelde pelo negro cuando sonó el teléfono.

Victoria levantó el auricular y escuchó la voz de miss Spenser, muy agitada.

—¡Cuánto celebro haberla encontrado! ¡Se ha producido una coincidencia extraordinaria!

—¿Sí? —exclamó Victoria.

—Como le digo, una coincidencia extraordinaria. Una tal Mrs. Hamilton Clipp, que se marcha a Bagdad dentro de tres días, se ha roto el brazo y necesita a alguien que la acompañe durante el viaje. Por eso la llamo. Claro que no sé si habrá ido a otras agencias.

—Ya voy para allá. ¿Dónde está?

—En el Savoy.

—¿Y qué nombre ridículo me ha dicho? ¿Tripp?

—Clipp, querida, como un clip, pero con dos pes. No sé por qué, aunque es norteamericana —concluyó miss Spenser como si eso lo explicara todo.

—Mrs. Clipp, en el Savoy.

—Mr. y Mrs. Hamilton Clipp. Ha sido su esposo quien ha telefoneado.

—Es usted un ángel —le dijo la muchacha—. Adiós.

Se cepilló el traje de chaqueta, deseando que estuviera menos rozado, y luego se peinó de otra manera para que el pelo no pareciera tan exuberante, y más en el papel de ángel de la guarda y experta viajera. Luego tomó la recomendación de Greenholtz, pero la descartó con un meneo de cabeza. «Nos merecemos algo mejor que esto», pensó.

Cogió el autobús 19 para ir a Green Park y entró en el hotel Ritz. Una rápida ojeada sobre el hombro de una pasajera lectora en el autobús había tenido su recompensa. Entró en una salita y se escribió de sí misma unas generosas líneas de alabanza de lady Cynthia Bradbury, que acababa de abandonar Inglaterra con destino a África oriental: «Excelente ayuda durante la enfermedad y muy capaz en todos los sentidos».

Al salir del Ritz cruzó la calle y siguió por Albermarle Street hasta el hotel Balderton, frecuentado por altas dignidades eclesiásticas y viudos ricos chapados a la antigua. Con una letra menos atrevida y procurando que las eses fuesen bien pequeñas, escribió una recomendación del obispo de Llangow.

Armada de esta guisa, tomó un autobús de la línea 9 y fue directamente al Savoy.

En el mostrador, preguntó por Mrs. Hamilton Clipp y dio su nombre de parte de la agencia Saint Guildric. El empleado que iba a coger el teléfono se detuvo y le dijo:

—Ahí viene Mr. Hamilton Clipp.

Mr. Hamilton Clipp era un norteamericano altísimo y muy delgado, de cabellos grises, aspecto amable y hablar reposado.

Victoria le dijo su nombre y el de la agencia.

—Vaya, miss Jones, será mejor que suba a ver a Mrs. Clipp. Todavía está en nuestra habitación. Creo que estaba entrevistando a otra señorita, pero quizá ya se ha marchado.

El pánico se adueñó del corazón de Victoria.

A ver si se iba a quedar con un palmo de narices ahora que estaba tan cerca. Subieron en el ascensor hasta el tercer piso.

Mientras caminaban por el corredor, cubierto con una mullida alfombra, una joven salió de una de las habitaciones del fondo y avanzó hacia ellos. Victoria sufrió la alucinación de que era ella misma la que se aproximaba. Tal vez porque el traje chaqueta que llevaba era exactamente el que habría deseado tener. «Y me sentaría que ni pintado. Soy de su misma talla. Cómo me gustaría arrancárselo», pensó Victoria en un arranque de furor femenino.

La joven pasó junto a ellos. Llevaba un sombrerito de terciopelo inclinado sobre los cabellos rubios que cubrían parte de su rostro, pero, a pesar de ello, Mr. Hamilton Clipp se volvió sorprendido.

—¡Quién lo hubiera dicho! —murmuró—. ¡Es Anna Scheele!

Y agregó a modo de explicación:

—Perdóneme, miss Jones. Me ha sorprendido ver a una joven que estaba en Nueva York hace solo una semana y que es secretaria de uno de nuestros banqueros internacionales más importantes.

El hombre se detuvo ante una de las puertas. La llave pendía de la cerradura y, después de una ligera llamada con los nudillos, Mr. Hamilton Clipp abrió la puerta y se hizo a un lado para dejar paso a Victoria.

Mrs. Hamilton estaba sentada junto a la ventana en un sillón de alto respaldo, del que se levantó al verlos entrar. Era una mujer menuda como un pájaro y de mirada penetrante. Llevaba el brazo derecho enyesado.

Su esposo le presentó a Victoria.

—¡Vaya, todo eso es muy desafortunado! —exclamó Mrs. Clipp sin aliento—. Aquí estamos, con el itinerario hecho, disfrutando de Londres, con todo preparado y los pasajes pagados. Iba a visitar a mi hija casada que vive en Irak, miss Jones. Hace casi dos años que no la veo. Y entonces, ¿qué hago? Voy y me caigo nada menos que en la abadía de Westminster. Rodé unos cuantos escalones y aquí me tiene. Me llevaron corriendo al hospital y me enyesaron el brazo, y, aunque no es incómodo, me encuentro un poco desvalida. En cualquier caso, estoy dispuesta a viajar por mucho que me cueste. George está muy ocupado con sus negocios y no puede ausentarse durante tres semanas, como mínimo. Me sugirió que contratase a una enfermera que me acompañara, aunque ya no la necesitaré cuando llegue allí, porque Sadie puede ocuparse de lo que haga falta, y además tendría que pagarle también el viaje de vuelta, así que se me ocurrió llamar a las agencias y ver si podían encontrar a alguien que quisiera acompañarme pagándole solo el viaje de ida.

—Yo no soy exactamente una enfermera —dijo Victoria, aunque se las apañó para insinuar con su tono que casi lo era—. Pero tengo bastante experiencia. —Le tendió el primer certificado—. Estuve un año con lady Cynthia Bradbury. Y si desea que despache su correspondencia o que haga algún trabajo de secretaria, fui secretaria de mi tío algunos meses. Mi tío —dijo con modestia— es el obispo de Llangow.

—¡Su tío es obispo! ¡Dios mío, qué interesante!

«Al parecer —pensó Victoria—, los Hamilton Clipp están muy impresionados.» ¡Y así debía de ser después del trabajo que se había tomado!

Mrs. Hamilton le entregó las cartas de recomendación a su esposo.

—Es realmente providencial —exclamó—. ¡Qué maravilla! Es la respuesta a mi plegaria.

Y eso era precisamente, pensó Victoria.

—¿Va a hacerse cargo de algún empleo? ¿O tal vez a reunirse con algún pariente? —preguntó Mrs. Hamilton Clipp.

En su afán por falsificar recomendaciones, Victoria había olvidado que quizá debería explicar las razones que la llevaban a Bagdad. Cogida por sorpresa, tuvo que improvisar con rapidez. El párrafo que había leído el día anterior le vino a la memoria.

—Voy a reunirme con mi tío. El doctor Pauncefoot Jones —explicó.

—¿El arqueólogo?

—Sí. —Victoria pensó por un momento que tal vez se extralimitaba al inventarse tantos tíos distinguidos—. Estoy muy interesada en sus trabajos; pero, claro, no tengo ningún mérito especial y por eso la expedición no me paga el viaje. No andan muy bien de fondos. Aunque si puedo llegar por mis medios, me reuniré con ellos y espero serles útil de alguna manera.

—Debe de ser un trabajo muy interesante —dijo Mrs. Hamilton Clipp—, y Mesopotamia es ciertamente un gran campo para la arqueología.

—Me temo —dijo Victoria dirigiéndose a Mrs. Clipp— que mi tío el obispo está en Escocia ahora mismo, pero puedo darle el teléfono de su secretaria, que está en Londres: Pimlico 873693. La encontrarán a partir de —Victoria echó un vistazo al reloj que había sobre la chimenea— las doce y media, si quieren llamarla y preguntarle por mí.

—Bueno, estoy segura... —comenzó a decir Mrs. Clipp, pero su esposo la interrumpió.

—Ya sabes que el tiempo apremia. El avión sale pasado mañana. ¿Tiene pasaporte, miss Jones?

—Sí. —Victoria agradeció que su breve viaje de vacaciones a Francia le permitiera ahora tener su pasaporte en regla—. Lo he traído por si acaso —añadió.

—Eso es lo que yo llamo una persona competente —dijo Mrs. Clipp con aprobación. Si había alguna otra candidata, era evidente que quedaba descartada. Victoria, con sus buenas referencias, sus tíos y su pasaporte a punto, había ganado la partida.

—Necesitará los visados —le dijo Mr. Clipp cogiendo el pasaporte—. Se lo llevaré a nuestro amigo Mr. Burgeon, de American Express, y se lo arreglará. Será conveniente que esta tarde se pase por aquí para firmar lo necesario.

Victoria se avino a ello.

Mientras se cerraba la puerta de la habitación, Victoria oyó que Mrs. Hamilton Clipp le decía a su marido:

—¡Qué muchacha más agradable y sensata! La verdad es que hemos tenido suerte.

Victoria tuvo la delicadeza de enrojecer.

Corrió de regreso a su piso y se quedó pegada al teléfono, preparada para asumir el acento amable y refinado de una secretaria de obispo, en el caso de que Mrs. Clipp quisiera confirmar su competencia. Sin embargo, Mrs. Clipp había quedado gratamente impresionada por la franca personalidad de Victoria y no quiso molestarse con esos detalles. Después de todo, el compromiso era solo para unos pocos días.

A su debido tiempo se firmaron los papeles, se consiguieron los visados necesarios y Victoria fue invitada a pasar la última noche en el Savoy para ayudar a Mrs. Clipp a salir a las siete de la mañana siguiente hacia las oficinas de la compañía aérea y al aeropuerto de Heathrow.

Capítulo 5

La barca que dos días antes abandonara las marismas se deslizaba ahora suavemente por Chatt el-Arab. La corriente era rápida y el viejo remero apenas necesitaba esforzarse. Sus movimientos eran lentos y rítmicos. Con los ojos semicerrados canturreaba un triste canto árabe:

Asri bi leí ya yamali
Hadhi alek ya ibn Ali.

Así, como en muchísimas otras ocasiones, Abdul Suleiman, árabe de las marismas, bajaba por el río hasta Basora. En la barca iba también otro hombre, una figura muy corriente en estos días, con una patética mezcla de este y oeste en su atuendo. Sobre su larga chilaba de algodón a rayas llevaba una guerrera caqui, vieja, manchada y rota. Una bufanda de punto, que había sido roja, asomaba por el cuello de la guerrera. Su cabeza exhibía la dignidad del atuendo árabe, el inevitable *keffiyah* blanco y negro sujeto por el *agal* de seda negra. Su mirada perdida contemplaba el río. Comenzó a canturrear en el mismo tono. Su estampa era similar a la de otros miles en el paisaje de Mesopotamia. Nada indicaba que fuera un inglés portador de un secreto que todos los hombres influyentes de casi la mayoría de los países hubiesen deseado interceptar y destruir, junto con su poseedor.

Su mente repasó vagamente los sucesos de las últimas semanas. La emboscada en las montañas; el frío de la nieve al atravesar el desfiladero; la caravana de camellos; los cuatro días de marcha a pie por el desierto en compañía de dos hombres que explotaban un cine ambulante; los días en la tienda negra y el viaje con la tribu de los Aneizeh, viejos amigos suyos. Dificultades, innumerables peligros escurriéndose una y otra vez a través del cordón tendido para cogerle e impedirle el paso.

«Henry Carmichael. Agente británico. Edad, unos treinta años. Pelo castaño, ojos oscuros. Habla árabe, kurdo, persa, armenio, indostánico, turco y muchos dialectos montañeses. Amigo de los indígenas. Peligroso.»

Carmichael había nacido en Kashgar, donde su padre era funcionario del Gobierno. Su habla infantil asimiló varios dialectos y jergas; sus niñeras y más tarde sus instructores fueron nativos de muy distintas razas. Tenía amigos en casi todos los rincones salvajes de Oriente Medio.

Solo en las ciudades y poblaciones grandes carecía de contactos. Ahora, al aproximarse a Basora, sabía que había llegado el momento culminante de su misión. Más pronto o más tarde tendría que entrar en la zona civilizada. Aunque Bagdad era su último destino, era mejor no abordarlo directamente. En cada ciudad iraquí le aguardaban toda clase de facilidades, preparadas con sumo cuidado muchos meses atrás. Habían dejado a su albedrío el lugar donde debía, por así decirlo, desembarcar. No había enviado ningún aviso a sus superiores, ni siquiera por los medios indirectos a su disposición. Era más seguro así. El plan más sencillo, el avión que debía aguardarle en el lugar convenido, había fallado, como era de suponer. El enemigo sabía cuál era el lugar de la cita. ¡Filtraciones! ¡Siempre esas terribles e incomprensibles filtraciones!

Y por eso sus recelos aumentaron. Allí, en Basora, a dos pasos de la meta final, sentía instintivamente que el peligro habría de ser mayor que durante todas las peripecias de su viaje. Y fracasar en la última etapa era una idea difícil de soportar.

El viejo árabe, moviendo rítmicamente los remos, murmuró sin volver la cabeza:

—El momento se acerca, hijo mío. Que Alá te proteja.

—No te detengas demasiado en la ciudad, padre. Regresa a las marismas. No quisiera que te pasara nada malo.

—Será lo que Alá disponga. Está en sus manos.

—*Inch'Allah* —respondió el otro.

Por un momento deseó con toda su alma ser árabe y no tener que preocuparse por las probabilidades de éxito o de fracaso, ni calcular una y otra vez las posibilidades y si lo había planeado o no todo cuidadosamente, y dejar todas las responsabilidades en manos del Todo Bondadoso, el Todo Sabio. «¡*Inch'Allah*, triunfaré!»

Solo con decir estas palabras, sintió que el fatalismo y la calma de aquel país le dominaban. Dentro de unos instantes tendría que abandonar el refugio de la barca, caminar por las calles de la ciudad, sufrir el escrutinio de miradas astutas. Solo sintiendo como un árabe y pareciendo un árabe podía triunfar.

La barca viró hacia el canal que formaba ángulo recto con el río. Allí se veían atracadas toda clase de embarcaciones y otras barcas iban y venían a su alrededor. Era una escena encantadora, casi veneciana, con las barcas de altas y curvadas proas y suaves colores. Había centenares amarradas una junto a la otra.

El viejo preguntó en voz baja:

—El momento ha llegado. ¿Has hecho preparativos para ti?

—Sí, lo tengo todo planeado. Ya es la hora de marcharme.

—Que Dios te acompañe y bendiga tu vida durante largos años.

Carmichael se recogió los faldones de la chilaba y subió los resbaladizos escalones de piedra hasta el muelle.

A su alrededor bullía la multitud habitual de los muelles. Chiquillos, vendedores de naranjas sentados junto a las bandejas con la mercancía. Pegajosos trozos de pastel y frutas confitadas, cordones de zapatos, peines baratos y cinta de goma elástica. Paseantes contemplativos que escupían sonoramente de vez en cuando y deambulaban haciendo tintinear sus sartas de cuentas. En el otro lado de la calle, donde estaban las tiendas y los bancos, jóvenes *effendis* caminaban con paso enérgico vestidos con prendas a la europea que tenían un leve tinte violáceo. También había europeos, ingleses y de los otros países del continente. Y nadie demostró interés ni curiosidad por que un árabe de unos cincuenta o más acabara de llegar en una barca.

Carmichael caminaba con mucha discreción, observando la escena con el placer de un chiquillo. De vez en cuando carraspeaba y escupía, no con demasiada violencia, solo para estar en el personaje. Dos veces se sonó con los dedos.

Y de este modo, el extraño llegó a la ciudad. Una vez en el puente del extremo del canal, lo cruzó para entrar en el Suq.

Allí todo era bullicio y movimiento: nativos vigorosos caminaban apartando a otros de su camino; asnos cargados se abrían camino animados por sus arrieros, que gritaban con voz ronca *Balek, balek;* niños que se peleaban a grito pelado y corrían tras los europeos diciendo: *Baksheesh,* señora. *Baksheesh. Meskin-meskin...*

Allí se vendían juntos los productos de Oriente y Occidente. Cacerolas de aluminio, tazas, platos, teteras, objetos de cobre batido, trabajos en plata de Amara, relojes baratos, cubiletes esmaltados, bordados y alfombras de Persia de alegres colores, cofres con flejes de latón de Kuwait, pantalones y chaquetas de segunda mano y jerséis de lana para niño. Cubrecamas acolchados, lámparas de cristal decorado, montones de jarras y vasijas de barro. Todas las mercancías baratas de la civilización junto a los productos del país.

Todo normal y como de costumbre. Después de su largo viaje por los espacios desiertos, todo aquel alboroto y aquella confusión le parecían extraños; pero era como debía ser. Carmichael no captó ni una nota discordante, el menor signo de interés por su persona. Y, sin embargo, con el instinto de quien durante años ha sabido lo que es verse perseguido, sentía una creciente inquietud, una vaga sensación de amenaza. No es que notase algo anormal. Nadie le había mirado, ni nadie, estaba casi seguro, lo seguía o lo vigilaba. Y, a pesar de ello, tenía una indefinible certeza del peligro.

Dobló en una esquina y se metió en una callejuela oscura, luego giró a la derecha y más tarde a la izquierda. Allí, entre los tenderetes del mercado, llegó a la entrada de una plaza porticada. Alrededor se veían varias tiendas. Carmichael se dirigió a una de ellas en la que colgaban *ferwahs*, los abrigos de piel de oveja típicos del norte, y los contempló. El dueño del establecimiento estaba ofreciendo café a un cliente, un hombre alto y barbudo de buen aspecto, con un turbante verde que indicaba que era un *hajji* que había ido en peregrinación a La Meca.

Carmichael siguió tocando el *ferwah.*

—*¿Besh hadha?* —preguntó.

—Siete dinares.

—Es demasiado.

—¿Enviará las alfombras a mi *khan*? —dijo el *hajji.*

—Sin falta —contestó el comerciante—. ¿Se marcha mañana?

—Saldré para Kerbala con el alba.

—Kerbala es mi ciudad —comentó Carmichael—. Hace quince años que vi la tumba de los Hussein.

—Es una ciudad sagrada —señaló el *hajji*.

El comerciante le dijo a Carmichael por encima del hombro:

—Tengo otros *ferwahs* más baratos ahí dentro.

—Lo que necesito es un *ferwah* del norte de color blanco.

—Tengo uno en el cuarto interior.

Y le indicó una puerta.

El ritual había sido llevado a cabo según un orden establecido, una conversación así podía oírse cualquier día en cualquier zoco. Sin embargo, la secuencia era exacta; las palabras claves habían sido: Kerbala y un *ferwah* blanco.

Pero cuando Carmichael avanzó para cruzar la tienda y entrar en el cuarto, miró el rostro del comerciante y supo en aquel instante que no era el rostro que esperaba ver. Aunque solo había visto una vez al hombre en cuestión, su memoria no le engañaba. Tenía cierta semejanza, una gran semejanza, pero no era el mismo hombre. Se detuvo y dijo en tono sorprendido:

—¿Dónde está Salah Hasan?

—Era mi hermano. Murió hace tres días. Sus asuntos están en mis manos.

Sí, probablemente era su hermano. El parecido era notable. Y posiblemente también estuviera al servicio del departamento. Las respuestas habían sido correctas. Y, no obstante, Carmichael entró en la trastienda con creciente recelo. Allí también estaban las mercancías amontonadas en los estantes: cafeteras y azucareros de latón y cobre batido, plata antigua de Persia, bordados, bandejas esmaltadas de Damasco y juegos de café.

Un *ferwah* blanco estaba doblado cuidadosamente sobre una mesita. Carmichael se acercó y levantó la prenda. Debajo apareció un traje europeo, usado y algo llamativo. La cartera con el dinero y las credenciales seguía en el bolsillo interior. Un árabe desconocido había entrado en la tienda y saldría convertido en Mr. Walter Williams, de Cross &

Co, consignatarios de buques e importadores, para acudir a varias citas preparadas de antemano. Naturalmente, existía un verdadero Walter Williams —no se dejaba nada al azar—, un hombre con un respetable pasado en el mundo de los negocios. Todo de acuerdo con el plan. Con un suspiro de alivio, Carmichael comenzó a desabrocharse la raída guerrera. Todo iba bien.

Si hubiesen utilizado un revólver como arma, la misión de Carmichael habría concluido en aquel mismo instante, pero un cuchillo tiene sus ventajas, es mucho más silencioso.

En un estante frente a Carmichael había una gran cafetera de cobre que acababa de ser pulida para un turista norteamericano que pasaría a recogerla. El brillo de la hoja se reflejó en la bruñida superficie y una imagen deformada, pero visible, se reflejó en ella: el hombre que salía de los cortinajes a espaldas de Carmichael y el largo cuchillo corvo que acababa de sacar de entre sus vestiduras. Un segundo más y el arma le hubiese atravesado la espalda.

Carmichael se volvió con la rapidez de un relámpago. Con un golpe bajo lo derribó al suelo. El cuchillo voló al otro lado de la habitación. Carmichael se desasió y, saltando sobre el caído, corrió hasta la salida mientras atisbaba la expresión maligna del comerciante y la plácida risa del obeso *hajji*. Una vez en el exterior, cruzó la plaza y se mezcló con la multitud del zoco, volviéndose ora a un lado ora a otro, pero sin dar signos de apresuramiento, porque en aquel país correr llamaba la atención.

Continuó caminando de este modo, casi sin rumbo, parándose a examinar algún cacharro, a palpar un tejido, mientras su mente no dejaba de trabajar a toda marcha. ¡La maquinaria se había roto! Una vez más dependía de sí mismo en un país hostil. Y se daba perfecta cuenta del significado de lo que acababa de suceder.

No solo debía temer a sus perseguidores y a los que vigilaban las entradas a la civilización. También había enemigos dentro de la organización. Conocían las contraseñas y las respuestas. El ataque había sido preparado para el momento en que se creyera seguro. Tal vez no fuese tan sorprendente que hubiera traidores entre ellos. Siempre ha sido un arma del enemigo introducir uno o más miembros en el bando contrario. O sobornar al hombre preciso. Comprar a un hombre es mucho más sencillo de lo que parece, se puede comprar con muchas otras cosas además de con dinero.

Bueno, no importaba cómo, pero era un hecho. Y estaba otra vez abandonado a sus propios recursos. Sin dinero, sin la ayuda de una nueva personalidad y con la suya descubierta. Tal vez ahora mismo le estuvieran siguiendo.

No volvió la cabeza. ¿De qué le habría servido? Quienes le seguían no eran principiantes.

Despacio, sin rumbo, continuó andando. Detrás de sus ademanes indiferentes consideraba varias posibilidades. Al fin, salió del zoco y cruzó el puente sobre el canal. Siguió adelante hasta ver el gran letrero sobre una puerta que anunciaba: Consulado Británico.

Miró a ambos lados de la calle. Nadie parecía prestarle la menor atención. Nada más fácil, al parecer, que entrar en el consulado. Durante unos segundos pensó en una ratonera, una trampa montada con un tentador trozo de queso. Eso también era fácil para el ratón.

Bueno, tenía que arriesgarse. ¿Qué otra cosa podía hacer? Y entró.

Capítulo 6

Richard Baker esperaba en la recepción del consulado británico a que el cónsul se desocupara.

Había desembarcado del Indian Queen aquella mañana y había observado cómo su equipaje pasaba la aduana. Este consistía casi enteramente en libros. Entre los volúmenes había algunas camisas y pijamas, como si se hubiera acordado de ellos a última hora.

El Indian Queen había llegado puntualmente y Richard, que había dejado dos días de margen porque los pequeños barcos de carga como el Indian Queen solían sufrir frecuentes retrasos, disponía de dos días antes de proseguir su viaje vía Bagdad, hasta su último destino, Tell Aswad, donde estuvo la antigua ciudad de Murik.

Ya había organizado sus planes sobre cómo emplear aquellos dos días. Hacía tiempo que excitaba su curiosidad un famoso túmulo de enorme valor arqueológico, cercano a la costa kuwaití. Era una oportunidad de oro. Fue a las oficinas de la compañía aérea y preguntó cómo ir a Kuwait. Le dijeron que salía un avión a las diez de la mañana del día siguiente, y que podía regresar un día después. Todo muy sencillo. Claro que ciertas formalidades eran inevitables, como los visados de salida y entrada a Kuwait, pero podían conseguirse en el consulado británico. De su estancia en Persia, Richard conocía a Mr. Clayton, actual cónsul general en Basora. Pensó que resultaría agradable volver a saludarlo.

El consulado tenía varias entradas: la destinada a los coches y otra pequeña que iba desde el jardín a la carretera paralela a Chatt el-Arab. La entrada del público se encontraba en la calle principal. Richard entregó su tarjeta al ordenanza, quien le hizo saber que el cónsul estaba ocupado, pero que no tardaría en recibirlo, y lo acompañó a una salita a la izquierda del pasillo que iba desde la entrada hasta el jardín posterior.

En la sala había ya varias personas. Richard apenas se fijó en ellas. Le interesaban muy poco los miembros de la raza humana. Un fragmento de cerámica antigua siempre era mucho más atractivo para él que un simple mortal nacido en el siglo XX.

Dejó que sus pensamientos vagaran agradablemente alrededor de varios aspectos de las tablillas cuneiformes de Mari y los desplazamientos de las tribus benjamitas en el año 1750 antes de Cristo.

Sería difícil explicar qué le hizo ser muy consciente del presente y de las otras personas. En primer lugar fue una inquietud, una cierta tensión. Lo percibía, aunque no estaba del todo seguro, a través del olfato. No era algo que pudiese explicar en términos concretos, pero allí estaba, inconfundible, trayéndole a la memoria los días de la última guerra. En particular, a una ocasión en que él y dos hombres más acababan de lanzarse en paracaídas desde un avión y aguardaban ateridos por el frío del amanecer el momento para cumplir su cometido. Momentos en que la moral estaba baja, en que eran claramente conscientes de todos los peligros que conllevaba la empresa, cuando les invadía el temor de fallar. Era el mismo olor agrio, casi imperceptible, el que flotaba en el ambiente.

Olor a miedo.

Durante unos segundos tan solo lo registró su subconsciente. Parte de su mente seguía obstinada en el año 1750 antes de Cristo. Pero la atracción del presente era demasiado fuerte.

En aquella pequeña sala había alguien que estaba muerto de miedo.

Miró a su alrededor: un árabe con una raída guerrera caqui pasaba entre sus dedos una sarta de cuentas de ámbar; un inglés robusto de bigotes grises, con aspecto de viajante de comercio, anotaba cantidades en una libreta en actitud absorta; un hombre de aspecto cansado, muy moreno, estaba recostado en un asiento con el rostro plácido e indiferente; un hombre que parecía un escribiente iraquí; un anciano persa con una túnica blanca. Todos parecían muy despreocupados.

El tintineo de las cuentas tenía ahora un ritmo definido que le resultaba familiar. Richard prestó atención, pues casi se había dormido. Corto, largo, largo, corto. Era morse, señales en morse. Conocía muy bien el alfabeto morse, lo había utilizado durante la guerra. Ahora podía descifrar las rayas y puntos con facilidad. BÚHO. F-L-O-R-E-A-T-E-T-O-N-A. ¡Qué diablos! Sí, era eso. Repetía Floreat Etona. Tecleado, o mejor dicho golpeado, por un árabe desastrado. ¿Y qué era lo que decía ahora? BÚHO. ETON. BÚHO.

Su propio mote. El que le pusieron en Eton por llevar siempre unas gafas enormes.

Miró al árabe y se fijó en todos los detalles de su indumentaria: la chilaba rayada, la vieja guerrera caqui, la desteñida bufanda roja deshilachada. Una figura idéntica a las que se veían a cientos en los muelles. Los ojos del árabe lo contemplaban indiferentes, pero las cuentas siguieron tintineando:

«Aquí Fakir. Prepárate. Peligro.»

¿Fakir? ¿Fakir? ¡Claro! ¡Fakir Carmichael! Un muchacho que había nacido o vivido en algún lugar remoto. ¿Turkestán? ¿Afganistán?

Richard sacó su pipa. Le dio una chupada, miró la cazoleta y luego dio varios golpecitos sobre un cenicero cercano: «Mensaje recibido».

Después, los hechos se sucedieron velozmente. Más tarde, a Richard le costaría ordenarlos.

El árabe de la guerrera raída se levantó para ir hacia la puerta. Tropezó al pasar junto a Richard y estiró una mano para apoyarse en este y no perder el equilibrio. Después se disculpó y prosiguió su camino.

Sucedió tan de improviso y tan rápido que a Richard le pareció una escena de película más que un hecho real. El robusto viajante de comercio dejó caer la libreta y buscó algo en su bolsillo. A causa de la gordura y lo ajustado de la chaqueta, tardó un par de segundos en sacarlo y fue en ese intervalo cuando Richard actuó. Mientras el hombre apuntaba con el revólver, se lo arrebató de un manotazo. El arma se disparó, aunque la bala fue a incrustarse en el suelo.

El árabe había ya cruzado la puerta y caminaba en dirección al despacho del cónsul, pero se detuvo bruscamente para después dar media vuelta, salir por la puerta principal y perderse en el bullicio de la calle.

El ordenanza corrió junto a Richard, que seguía sujetando el brazo del hombre obeso. En cuanto a los demás ocupantes de la sala, el escribiente no paraba de moverse excitadísimo, el delgado hombre moreno contemplaba la escena asombrado y el anciano persa seguía inmóvil con la mirada perdida en el vacío.

—¿Qué diablos hace usted con un revólver? —dijo Richard.

Hubo una pausa y luego el hombre obeso contestó en inglés con un marcado acento barriobajero:

—Lo siento, amigo. Un accidente. Fue una torpeza.

—¡Tonterías! Usted iba a disparar contra ese árabe que acaba de salir.

—No, no, amigo. No pretendía matarlo. Solo quería darle un susto. Lo he reconocido porque en una ocasión me timó. Quería divertirme un poco.

Richard Baker era una de esas personas que odian cualquier clase de publicidad. Su instinto le aconsejaba dar por válida la explicación. Después de todo, ¿qué podía probar? ¿Y acaso se lo iba a agradecer Fakir Carmichael si liaba más aquel asunto? Era evidente que no, si andaba metido en algún peligroso asunto secreto.

Richard aflojó la presión de su mano. Advirtió que el hombre sudaba.

El ordenanza hablaba excitado. Era una gran equivocación, decía, entrar con armas de fuego en el consulado británico. Estaba prohibido. El cónsul se disgustaría.

—Mis disculpas —contestó el gordo—. Ha sido un accidente, eso es todo.

Puso unas monedas en la mano del empleado, que la retiró en el acto, indignado.

—Será mejor que me marche —dijo el hombre robusto—. No puedo esperar más. —Le dio una tarjeta a Richard—. Por si hubiera alguna complicación, estoy en el hotel del aeropuerto, aunque ha sido un simple accidente. Una broma, ya me entiende.

Richard, no muy conforme, lo vio salir de la habitación con paso inquieto y encaminarse en dirección a la calle.

Confiaba haber hecho bien, pero era difícil saberlo hallándose a oscuras como se encontraba.

—Mr. Clayton ya está disponible —anunció el ordenanza.

Richard lo siguió por el corredor. El despacho del cónsul estaba a la derecha y al otro extremo del pasillo.

Mr. Clayton estaba sentado detrás de su mesa. Era un hombre callado, de cabellos grises y rostro pensativo.

—No sé si me recordará —dijo Richard—. Hace dos años nos conocimos en Teherán.

—Por supuesto. Usted estaba con el doctor Pauncefoot Jones. ¿Va usted a reunirse con él también este año?

—Sí. Ya estoy en camino, pero tengo un par de días libres y me gustaría visitar Kuwait. Supongo que no habrá ningún problema.

—¡Oh, no! Mañana por la mañana sale un avión. Es un vuelo de una hora y media. Telegrafiaré a Archie Gaunt, es el cónsul residente. Él le hospedará. Y puede quedarse aquí esta noche.

Richard protestó levemente.

—La verdad, no quisiera molestarles. Puedo ir al hotel.

—El hotel del aeropuerto está lleno. Estaremos encantados de tenerle aquí. Sé que mi esposa se alegrará de verle. Veamos. De momento tenemos a Crosbie, de la Oil Company, y a un joven ayudante del doctor Rathbone, que está aquí para ocuparse de unas maletas llenas de libros que están en la aduana. Suba conmigo y saludará a Rosa.

Se puso en pie y acompañó a Richard a través del soleado jardín. Una escalera conducía a la vivienda del consulado.

Gerald Clayton abrió la puerta mosquitera del rellano e hizo pasar a su huésped a un amplio vestíbulo con preciosas alfombras y selectos muebles a ambos lados.

—¡Rosa! ¡Rosa! —llamó el cónsul, y Mrs. Clayton, a quien Richard recordaba como una mujer de personalidad alegre y vivaz, entró en el vestíbulo—. ¿Recuerdas a Richard Baker, querida? Vino a vernos con el doctor Pauncefoot Jones en Teherán.

—Pues claro —dijo Mrs. Clayton, estrechándole la mano—. Fuimos juntos a los bazares y compró unas alfombras realmente bonitas.

Resultaba una delicia para Mrs. Clayton, cuando no compraba nada para ella, hacer que sus amigos y conocidos adquiriesen gangas en los mercadillos locales. Era una buena conocedora del valor de cada cosa y sabía regatear.

—Fue una de las mejores compras de mi vida —comentó Richard—. Y todo gracias a sus buenos consejos.

—Baker quiere ir a Kuwait mañana —explicó Gerald Clayton—. Le he dicho que podría quedarse aquí esta noche.

—Solo si no es mucha molestia —añadió Richard.

—Desde luego que no —dijo Mrs. Clayton—. No podemos darle la mejor habitación porque la tiene el capitán Crosbie, pero procuraremos que esté cómodo. ¿No le gustaría comprar un arcón kuwaití? Ahora hay algunos preciosos en el mercado. Gerald no me deja comprar ni uno más, aunque vendría muy bien para guardar las mantas.

—Ya tienes tres, querida —replicó Clayton—. Y ahora, Baker, con su permiso, debo volver a mi despacho. Parece que ha habido cierto alboroto en la sala de espera. Creo que alguien ha disparado un revólver.

—Supongo que sería algún jeque local —señaló Mrs. Clayton—. Son tan excitables y les gustan tanto las armas de fuego.

—Al contrario —manifestó Richard—. Ha sido un inglés. Parece ser que tenía la intención de disparar contra un árabe. —Y agregó—: Yo he desviado el arma.

—Así que usted lo ha presenciado —dijo Clayton—. No lo sabía. —Sacó una tarjeta de su bolsillo—. Robert Hall, de Talleres Aquiles. Aquí dice que se llama Enfield. Ignoro para qué quería verme. ¿Estaba bebido?

—Ha dicho que se trataba de una broma —afirmó Richard secamente—, que la pistola se le ha disparado por accidente.

El cónsul arqueó las cejas.

—Los viajantes de comercio no acostumbran a llevar pistolas cargadas en el bolsillo.

Clayton no era tonto, pensó Richard.

—Tal vez he debido impedir que se marchase.

—Es difícil saber qué se debe hacer cuando ocurren estas cosas. ¿Ha herido al árabe?

—No.

—Entonces probablemente era mejor dejar que se marchase.

—Me pregunto qué habrá detrás de todo esto.

—Sí, sí, yo también.

Clayton parecía un tanto abstraído.

—Bueno, debo irme —dijo, y se marchó apresuradamente.

Mrs. Clayton llevó a Richard al salón, una gran habitación con cortinas y almohadones de color verde, y le preguntó qué prefería, si café o cerveza. Optó por la cerveza. Estaba deliciosamente helada.

La esposa del cónsul quiso saber a qué iba a Kuwait y él se lo dijo. Le preguntó por qué no se había casado, y Richard contestó que no tenía madera de hombre casado, a lo que Mrs. Clayton respondió en el acto: «¡Qué tontería! Los arqueólogos son magníficos maridos. ¿Vendrá alguna joven a las excavaciones esta temporada?». Richard le respondió: «Una o dos y, naturalmente, Mrs. Pauncefoot Jones».

Mrs. Clayton preguntó muy interesada si eran bonitas y Richard dijo que no lo sabía, porque todavía no las había visto. Pero añadió que no eran muy expertas.

Por alguna razón, estas palabras hicieron reír a Mrs. Clayton.

En aquel momento, apareció un hombre bajo y rechoncho de ademanes bruscos que le fue presentado como el capitán Crosbie. Mrs. Clayton explicó que Mr. Baker era un arqueólogo que buscaba objetos interesantes de miles de años de antigüedad. Crosbie comentó que no entendía cómo los arqueólogos podían precisar la edad exacta de esos objetos. Los tenía por unos completos embusteros. Richard lo miró con una expresión de cansancio. El capitán Crosbie quiso saber cómo calculaban los arqueólogos la antigüedad de un objeto. Richard contestó que explicárselo le llevaría mucho tiempo y Mrs. Clayton se apresuró a acompañarlo a su habitación.

—Es muy agradable —comentó la esposa del cónsul—, aunque no del todo, ¿sabe? No tiene la menor idea de qué es la cultura.

A Richard su habitación le pareció sumamente confortable y eso mejoró aún más la opinión que le merecía Mrs. Clayton como anfitriona.

Al meter la mano en el bolsillo encontró un pedazo de papel muy sucio, doblado varias veces. Lo miró con sorpresa, porque sabía muy bien que aquella mañana no estaba allí.

Recordó el tropiezo del árabe y cómo se sujetó a él. Un hombre de dedos ágiles pudo haberlo deslizado en su bolsillo sin que él se diera cuenta.

Lo desdobló. Estaba sucio y parecía haber sido doblado infinidad de veces.

En seis líneas de escritura bastante desigual, el comandante John Wilberforce recomendaba a cierto Ahmed Mohammed como un trabajador voluntarioso, honrado y diligente, capaz de conducir un camión y hacer reparaciones sencillas. Era la típica recomendación utilizada en los países árabes. Estaba fechada dieciocho meses atrás, cosa que no es rara, pues sus poseedores las guardan celosamente.

Con el ceño fruncido, Richard repasó los sucesos de la mañana metódicamente, como era su costumbre.

Fakir Carmichael, ahora lo tenía bien claro, temía por su vida. Era un hombre perseguido y se había refugiado en el consulado. ¿Por qué? ¿Para buscar seguridad? En cambio se había encontrado con una amenaza inmediata. El enemigo, o un agente del enemigo, había estado esperándole. Aquel viajante debía de tener unas órdenes muy severas para arriesgarse a disparar contra Carmichael en el consulado y en presencia de testigos. Debía de tratarse de una situación desesperada. Carmichael había buscado la ayuda de su antiguo compañero de colegio y se las había arreglado para pasarle aquel documento en apariencia inofensivo. Por lo tanto, debía de ser muy importante y, si los enemigos de Carmichael lograban cogerle y veían que ya no lo tenía en su poder, sin duda atarían cabos y buscarían a aquellas personas que habían tenido contacto con él.

¿Qué debía hacer?

Podía dárselo a Clayton, como representante de Su Majestad británica.

¿O debía conservarlo hasta que Carmichael lo reclamara?

Tras unos minutos de reflexión, se decidió por esto último.

No obstante, primero tomó ciertas precauciones.

Cortó un trozo de papel en blanco de una carta antigua y se sentó a copiar el texto en los mismos términos, pero con distintas palabras, por si el mensaje estaba en clave, aunque era posible que lo hubieran escrito con tinta invisible.

Luego lo ensució con la tierra que había pegada a sus zapatos y lo frotó entre las manos, doblándolo y desdoblándolo, hasta darle un aspecto de vejez y suciedad.

Después se lo metió en el bolsillo. Contempló el original durante un rato mientras consideraba y rechazaba diversas posibilidades.

Al fin, con una ligera sonrisa, lo dobló varias veces hasta formar un cuadrado muy reducido. Sacó de su maleta una barra de plastilina (sin la que nunca viajaba). En primer lugar envolvió el papel en un pedazo de tela encerada que cortó de la funda de su esponja y después lo incrustó en la barra de plastilina, alisándola hasta conseguir una superficie uniforme. Sobre ella estampó un sello cilíndrico que llevaba consigo.

Estudió el resultado con suma atención.

Aparecía claramente la bella imagen grabada del dios del sol Shamash armado con la espada de la justicia.

«Esperemos que sea un buen augurio», se dijo.

Aquella noche, cuando buscó en el bolsillo de la chaqueta que llevaba puesta por la mañana, el papel había desaparecido.

Capítulo 7

«¡Esto es vida! ¡Vida al fin!», pensó Victoria, sentada en la sala de la compañía aérea cuando llegó el momento mágico en que fueron pronunciadas las palabras: «Pasajeros para El Cairo, Bagdad y Teherán, sírvanse ocupar sus asientos en el autocar».

Mágicos nombres, mágicas palabras. Sin ningún atractivo para Mrs. Hamilton Clipp, quien, por lo que Victoria sabía, había pasado buena parte de su vida saltando de barcos a aviones y de estos a trenes, con breves intervalos en lujosos hoteles. Pero para Victoria era un cambio maravilloso si lo comparaba con las frases oídas hasta la saciedad: «Escriba, miss Jones», «La tetera está hirviendo, ¿quiere hacer el té, por favor?», «Sé un sitio donde hacen unas permanentes maravillosas». ¡Triviales y aburridos sucesos cotidianos! Y ahora El Cairo, Bagdad, Teherán. ¡Todo el romanticismo del maravilloso mundo árabe! Y finalmente, Edward.

Victoria bajó de las nubes al oír a su señora, a quien ya había catalogado como conversadora infatigable.

—... y no hay nada que esté limpio. Siempre tengo mucho cuidado con lo que como. No puede figurarse la suciedad que hay en las calles y en los bazares. Y las ropas tan sucias que usan. Y algunos de los lavabos ¡no merecen llamarse así de ningún modo!

Victoria escuchó estoicamente aquellas deprimentes

opiniones, aunque su propio sentido del encanto permaneció incólume. La suciedad y los microbios no significaban nada para su juventud. Llegaron al aeropuerto y Victoria ayudó a Mrs. Clipp a bajar del autocar. Estaba encargada de los pasaportes, los billetes, el dinero, etcétera.

—Es una gran ayuda que me acompañe, miss Jones —comentó Mrs. Clipp—. No sé cómo me las hubiera arreglado de tener que viajar sola.

Viajar en avión, pensó Victoria, era bastante parecido a una excursión escolar. Maestras amables, pero enérgicas, rondaban siempre cerca de uno para que no se desmandara. También las azafatas, con sus impecables uniformes y la autoridad de una institutriz avezada a tratar con niños poco inteligentes, les explicaban con toda delicadeza lo que tenían que hacer. Victoria casi esperaba que comenzaran sus indicaciones con un: «Ahora, niños...».

Jóvenes empleados de rostro cansado extendían sus manos sobre el mostrador para revisar los pasaportes y preguntar por el dinero y las joyas que llevaban los pasajeros. Su tono hacía que el interrogado se sintiera culpable. Victoria, sugestionable por naturaleza, sintió unos deseos locos de describir su insignificante broche como una tiara de diamantes valorada en diez mil libras, solo para ver la cara del aburrido joven. Pensar en Edward la contuvo.

Una vez cumplidos los trámites necesarios, volvieron a sentarse para esperar en una gran sala que daba directamente a la pista. En el exterior, el rugido de los motores ponía la música de fondo. Mrs. Hamilton Clipp se divertía haciendo comentarios sobre sus compañeros de viaje.

—¿Verdad que esos dos niños son monísimos? Pero qué molesto debe de ser viajar sola con un par de criaturas. Me imagino que serán ingleses. ¡El vestido de la madre tiene un corte impecable! Parece un poco cansada. Aquel es un hombre muy atractivo; diría que tiene aspecto latino. El traje a cuadros de ese individuo es de un mal gusto espantoso, un hombre de negocios. Aquel es holandés, iba delante de nosotras en los controles. Esa familia debe de ser turca o persa. No parece haber ningún norteamericano. Supongo que prefieren volar con Pan American. Yo diría que esos tres hombres que están hablando son de una compañía petrolera. Me encanta observar a la gente e imaginar a qué se dedican. Mi esposo dice que tengo mucha intuición para analizar a los seres humanos. A mí me parece natural interesarme por ellos. ¿No diría usted que el precio de ese abrigo de visón ronda los tres mil dólares?

Mrs. Clipp exhaló un suspiro. Tras haber hablado de todos los viajeros empezaba a impacientarse.

—Me gustaría saber qué estamos esperando. El avión ha puesto los motores en marcha cuatro veces. Estamos todos aquí. ¿Por qué no nos vamos? Desde luego no saldremos a la hora.

—¿Quiere una taza de café, Mrs. Clipp? Veo un bar al final de la sala.

—No, muchas gracias, miss Jones. Ya me he tomado uno antes de salir y tengo el estómago algo revuelto. ¿A qué esperamos? Me gustaría saberlo.

Su pregunta obtuvo una inmediata respuesta.

La puerta que llevaba al departamento de aduana y pasaportes se abrió para dar paso a un hombre alto que entró como una ráfaga de viento, escoltado por jefes de la compañía. Un empleado los seguía con dos grandes bolsas de lona selladas.

—Sin duda debe de ser un pez gordo —observó Mrs. Clipp en el acto.

«Y lo sabe», pensó Victoria.

Había algo de calculado sensacionalismo en el último viajero. Llevaba una capa de viaje gris oscuro con capucha y en la cabeza un sombrero de ala ancha gris claro. Tenía el pelo gris y rizado, bastante largo, y llevaba los bigotes plateados retorcidos hacia arriba. El efecto era el de un apuesto bandolero de película. Victoria, a quien le desagradaban los hombres de aspecto teatral, lo miró desaprobadoramente.

Los altos cargos de la compañía lo asediaban, observó Victoria con disgusto.

«Sí, sir Rupert», «Desde luego, sir Rupert», «El avión saldrá inmediatamente, sir Rupert».

Con un revuelo de la amplia capa, sir Rupert atravesó la puerta en dirección a la pista. La puerta se cerró sonoramente a sus espaldas.

—Sir Rupert —murmuró Mrs. Clipp—. ¿Quién debe ser?

Victoria meneó la cabeza, aunque tenía la vaga impresión de que aquel rostro y aquel sujeto no le eran del todo desconocidos.

—Algún personaje importante de su Gobierno —sugirió Mrs. Clipp.

—No lo creo —dijo Victoria.

Los pocos miembros del Gobierno que había visto le habían dejado la impresión de estar disculpándose por estar vivos. Solo encima de una tribuna convertían su timidez en pomposidad y elocuencia.

—Por favor —dijo la elegante azafata—, ahora ocupen sus asientos en el avión. Por aquí. Lo más rápidamente posible.

Su actitud insinuaba que un grupo de niños díscolos había hecho esperar a los mayores.

Salieron todos a la pista.

El avión los aguardaba con los motores ronroneando como un enorme león satisfecho.

Victoria y un camarero acomodaron a Mrs. Clipp en su asiento y la joven se sentó a su lado. Hasta que la dama estuvo cómodamente instalada y Victoria le hubo abrochado el cinturón de seguridad, la joven no tuvo ocasión de observar que ante ellas se había sentado el gran hombre.

Cerraron la escotilla y, pocos segundos después, el avión comenzó a moverse lentamente por la pista.

«Nos vamos de verdad —pensó Victoria, extasiada—. Oh, ¿no es emocionante? ¿Y si no llega a despegar? ¡La verdad, no entiendo cómo puede hacerlo!»

Durante unos instantes que le parecieron una eternidad, el aparato rodó por la pista, luego giró lentamente y se detuvo. Los motores hacían un ruido ensordecedor. Repartieron goma de mascar, azúcar y algodón.

El ruido de los motores fue creciendo y creciendo. Entonces, una vez más, avanzó. Primero despacio, luego deprisa, más deprisa; finalmente corrían por la pista.

«No se levantará —pensó Victoria—. Nos mataremos.»

Más deprisa todavía, sin sacudidas ni baches, se alejaron del suelo, pasaron sobre el aparcamiento y la carretera principal. Desde más arriba se veía un trenecito, casas de muñecas y coches de juguete en los caminos. Desde más arriba aún, de pronto la tierra dejó de tener interés y se convirtió en un inmenso mapa lleno de líneas, círculos y puntos.

En el interior del avión, los pasajeros se desabrocharon los cinturones de seguridad, encendieron cigarrillos, abrieron libros y revistas. Victoria se hallaba en un mundo nuevo, un mundo de unos cuantos pies de largo y muy pocos de ancho, habitado por veinte o treinta personas. Todo lo demás no existía.

Volvió a mirar por la ventanilla. Debajo de ella se extendía un esponjoso pavimento de nubes. El aparato volaba a pleno sol. En algún lugar debajo de las nubes, estaba el mundo que había conocido hasta entonces.

Victoria regresó a la realidad. Mrs. Hamilton Clipp le estaba hablando. La joven se quitó los algodones de los oídos y se inclinó, atenta, hacia la mujer mayor.

En el asiento de delante, sir Rupert lanzó su sombrero

de ala ancha en la red, se levantó la capucha y se recostó para descansar.

«¡Asno presuntuoso!», pensó Victoria con unos prejuicios injustificados.

Mrs. Clipp leía una revista y, a veces, reclamaba la ayuda de la muchacha cuando, al pretender pasar una página, la publicación se le caía de las manos.

Victoria miró a su alrededor. Decidió que viajar en avión resultaba bastante aburrido. Abrió una revista y se encontró con un anuncio que decía: «¿Quiere usted mejorar sus conocimientos como taquimecanógrafa?». Se estremeció, cerró la revista, se recostó en el asiento y comenzó a pensar en Edward.

Aterrizaron en el aeropuerto de Castel Benito bajo un intenso aguacero. Victoria se sentía algo mareada y necesitó de todas sus energías para llevar a cabo su cometido. Fueron conducidos a un hotel bajo la tremenda cortina de agua. A sir Rupert lo recibió un oficial que vestía uniforme con cordones rojos y salió apresuradamente en un coche oficial hacia alguna mansión de los poderosos de Tripolitania.

Se distribuyeron las habitaciones. Victoria ayudó a Mrs. Clipp a asearse y la dejó descansando en la cama hasta la hora de la cena. La joven se retiró a la suya y se tumbó con los ojos cerrados, contenta de evitarse el espectáculo de un suelo que subía y bajaba.

Se despertó una hora más tarde, muy descansada y de buen humor, y salió en ayuda de Mrs. Clipp. Una azafata les anunció que los coches estaban listos para llevarlas a cenar. Una vez concluida la cena, Mrs. Clipp trabó conversación con algunos compañeros de viaje. El hombre del abrigo a cuadros, que al parecer había quedado prendado de Victoria, le explicó con todo detalle el proceso de fabricación de los tapices.

Más tarde los condujeron de regreso al hotel y les comunicaron sin más que debían estar levantados y dispuestos para salir a las 5.30 de la mañana.

—No hemos visto gran cosa de Tripolitania, ¿no le parece? —comentó Victoria con bastante tristeza—. ¿Siempre son iguales los viajes en avión?

—Me temo que sí. Es de un sadismo refinado el modo como nos hacen levantar por la mañana y después te tienen esperando una o dos horas en el aeropuerto. En Roma recuerdo que nos llamaron a las tres y media. Desayunamos a las cuatro y, una vez en el aeropuerto, no salimos hasta las ocho. Sin embargo, lo bueno que tiene es que te llevan a tu destino sin hacer demasiadas paradas por el camino.

Victoria suspiró. A ella le habría gustado que hubiese muchas. Quería conocer mundo.

—¿Y sabe, querida? —continuó Mrs. Clipp excitada—. ¿Sabe quién es ese hombre tan interesante? ¿El inglés? El que ha armado tanto revuelo. Es sir Rupert Crofton Lee, el gran explorador. Habrá oído hablar de él, claro.

Sí, ahora lo recordaba. Había visto fotografías suyas en los periódicos seis meses atrás. Sir Rupert era una autoridad notable sobre la China y una de las pocas personas que habían estado en el Tíbet y visitado Lhasa. Había recorrido zonas inexploradas del Kurdistán y Asia Menor. Sus libros tenían una enorme aceptación porque estaban escritos con claridad e ingenio. Si sir Rupert se hacía autobombo, no le faltaban razones. No alardeaba de nada que no estuviera plenamente justificado. Victoria recordó que la capucha y el sombrero de ala ancha eran una moda elegida por él de una manera deliberada.

—¿Verdad que es emocionante? —preguntó Mrs. Clipp con el entusiasmo de un cazador de leones, mientras Victoria ajustaba el camisón sobre sus robustas formas.

Victoria convino en que lo era, pero se dijo para sí que prefería los libros de sir Rupert a su persona. Era, según su opinión, lo que los niños llaman un «fardón».

A la mañana siguiente la salida se realizó ordenadamente. El tiempo había mejorado y brillaba el sol. Victoria se sentía decepcionada por haber visto tan poco de Tripolitania. No obstante, el avión debía llegar a El Cairo a la hora de comer y la salida para Bagdad no tendría lugar hasta la mañana siguiente, así que al menos vería algo de Egipto por la tarde.

Volaban sobre el mar, pero las nubes pronto taparon las azules aguas y, con un bostezo, Victoria apoyó la cabeza en el respaldo. Ante ella, sir Rupert estaba completamente dormido. La capucha había resbalado de su cabeza, que basculaba hacia delante a cada cabezada. La joven observó con maligna satisfacción que le estaba saliendo un pequeño forúnculo en la nuca. No sabía a ciencia cierta por qué le satisfacía tanto ese detalle, tal vez porque lo hacía parecer más humano y vulnerable. Después de todo, era un hombre como los demás, propenso a esas molestias cutáneas. Se debe hacer constar que sir Rupert conservaba su postura olímpica y no hacía caso del resto de los viajeros.

«¿Quién se ha creído que es?», pensó Victoria. La respuesta era evidente. Era sir Rupert Crofton Lee, una celebridad, y ella, Victoria Jones, una taquimecanógrafa sin importancia.

Al llegar a El Cairo, Victoria y Mrs. Hamilton Clipp comieron juntas. Esta última anunció que iba a dormir la siesta hasta las seis y le propuso a Victoria que fuese a ver las pirámides.

—Le he alquilado un coche, miss Jones, porque sé que según las normas de su país, aquí no le está permitido cambiar dinero.

—Se lo agradezco muchísimo —dijo Victoria.

—Nada, no tiene importancia. Es usted muy amable conmigo y viajar con dólares nos resulta muy barato. Mrs. Kitchin, la de los dos niños tan monos, también quería ir; así que le he sugerido que fueran juntas. ¿Le parece bien?

Con tal de poder ver mundo, todo le parecía bien a Victoria.

—Muy bien, entonces será mejor que se marche enseguida.

Victoria disfrutó con la visita a las pirámides, aunque, si bien le gustaban mucho los niños, hubiera disfrutado más sin los retoños de Mrs. Kitchin. Cuando los pequeños se han cansado de ver una cosa se ponen muy pesados. El más chiquitín estaba tan insoportable que las dos mujeres regresaron de la excursión antes de lo previsto.

Victoria se dejó caer sobre la cama con un bostezo. Le habría gustado tanto poder pasar una semana en El Cairo y remontar el Nilo. «¿Dónde ibas a conseguir el dinero, eh?», se preguntó. Era casi un milagro que la llevasen a Bagdad gratis.

«¿Y qué vas a hacer una vez en Bagdad con tan solo unas pocas libras en el bolsillo?», le preguntó una helada voz interior.

Victoria no quiso pensar en ello. Edward debería buscarle un empleo. Y en caso de que eso fallara, podía encontrarlo ella misma. ¿Por qué atormentarse entonces?

Sus ojos, fatigados por la fuerte luz solar, se cerraron lentamente.

La despertó una llamada a la puerta. Dijo: «Adelante». Y, al no obtener respuesta, se levantó de la cama para abrir.

Pero no habían llamado a su puerta, sino a la de la habitación contigua. Otra de las inevitables azafatas, morena y muy elegante, llamaba a la puerta de sir Rupert Crofton Lee. Él la abrió justo cuando Victoria asomaba la cabeza.

—¿Qué pasa ahora?

Parecía contrariado y soñoliento.

—Siento molestarle, sir Rupert, pero ¿le importaría pasar por la oficina de la BOAC? Está en este mismo pasillo tres puertas más abajo. Es solo para un detalle sobre el vuelo de mañana hacia Bagdad.

—¡Oh, muy bien!

Victoria volvió a entrar en su habitación. Ahora ya no tenía tanto sueño. Miró el reloj. Las cuatro y media. Faltaba todavía una hora y media para las seis. Decidió salir a dar un paseo por Heliópolis. Por suerte, andar no cuesta dinero.

Se empolvó la nariz y se puso los zapatos. Tenía los pies hinchados y le apretaban. La visita a las pirámides había sido una dura prueba para sus pies.

Salió de la habitación y caminó por el pasillo hacia el vestíbulo principal. Tres puertas más abajo pasó ante la oficina de la BOAC. Así lo anunciaba una tarjeta dorada en la puerta. En aquel preciso instante salió sir Rupert. Caminaba muy deprisa y la adelantó en un par de zancadas. Se alejó con la capa ondeando a su alrededor. Victoria tuvo la impresión de que estaba enfadado por algo.

Mrs. Clipp estaba malhumorada cuando Victoria se presentó a la hora convenida.

—Estoy preocupada por el exceso de equipaje, miss Jones. Di por hecho que había pagado la diferencia, pero al parecer solo está pagada hasta El Cairo. Mañana volaremos con la compañía aérea iraquí. Mi billete está pagado hasta final de trayecto, pero no el exceso de equipaje. ¿Puede ir usted a enterarse de si es así? Porque si no quizá tenga que cambiar otro cheque de viaje.

Victoria se avino a hacer las oportunas averiguaciones. En un primer momento no pudo encontrar la oficina de la BOAC, pero al fin la localizó en un pasillo, al otro lado del vestíbulo. Supuso que la otra solo la utilizaban durante la hora de la siesta. Los temores de Mrs. Clipp con respecto al exceso de equipaje eran justificados, cosa que contrarió enormemente a la dama.

Capítulo 8

La compañía de gramófonos Valhalla estaba instalada en el quinto piso de un bloque de oficinas de la City londinense. El hombre sentado detrás del escritorio leía un libro sobre economía cuando sonó el teléfono y dijo con voz indiferente:

—Compañía de gramófonos Valhalla.

—Sanders al habla.

—¿Sanders del Río? ¿Qué río?

—Río Tigris. Informando sobre A.S. La hemos perdido.

Se produjo un repentino silencio. Luego la voz volvió a hablar con un tono cortante:

—¿He oído bien?

—Hemos perdido a Anna Scheele.

—No diga nombres. Es un grave error por su parte. ¿Cómo ha sido?

—Fue a aquella clínica. Ya se lo expliqué antes. Operaban a su hermana.

—¿Y entonces?

—La operación salió bien. Esperamos que A.S. regresara al Savoy. No había dejado la *suite*. No volvió. Manteníamos vigilada la clínica y estábamos seguros de que no había salido. Supusimos que seguía allí.

—¿Y no está?

—Acabamos de descubrirlo. Salió en una ambulancia al día siguiente de la operación.

—¿Les dio esquinazo?

—Eso parece. Yo juraría que ignoraba que la seguíamos. Tomamos toda clase de precauciones. Éramos tres y aun así...

—Déjese de excusas. ¿Dónde la llevó la ambulancia?

—Al University College Hospital.

—¿Qué averiguó en el hospital?

—Que había llegado un paciente en compañía de una enfermera. Tuvo que ser Anna Scheele. No tienen ni idea de adónde fue después.

—¿Y el paciente?

—No sabe nada. Estaba bajo los efectos de la morfina.

—Así que Anna Scheele salió del hospital vestida de enfermera y ahora mismo puede estar en cualquier parte.

—Sí. Pero si vuelve al Savoy...

El otro le interrumpió:

—No volverá al Savoy.

—¿Debemos buscar en los demás hoteles?

—Sí, aunque dudo que consigan nada. Eso es lo que ella espera que hagan ustedes.

—Entonces, ¿cuáles son las instrucciones?

—Vigilen los puertos: Dover, Folkestone, etcétera. Las líneas aéreas. Y en especial todas las reservas de billetes de avión a Bagdad para los próximos quince días. Seguramente no lo habrá comprado a su nombre. Comprueben a todas las pasajeras de una edad similar.

—Su equipaje continúa en el Savoy. Tal vez lo reclame.

—No hará nada de eso. Usted puede ser un idiota, pero ella no lo es. ¿Sabe algo la hermana?

—Estamos en contacto con la enfermera particular que la atiende. Al parecer, cree que A.S. está en París por asuntos de negocios de Morganthal y que se hospeda en el Ritz. Cree que regresará a su casa el día veintitrés.

—En otras palabras, A.S. no le ha dicho nada. Busque

bien entre los pasajeros de avión. Es la única esperanza. Tiene que ir a Bagdad y el avión es el único medio para llegar a tiempo, y Sanders...

—¿Sí?

—No quiero más fallos. Es su última oportunidad.

Capítulo 9

El joven Mr. Lionel Shrivenham, de la embajada británica, contemplaba las evoluciones del avión que iba a aterrizar en el aeropuerto de Bagdad. De improviso se desencadenó una fuerte tormenta de arena. Las palmeras, las casas y las personas estaban envueltas en una espesa niebla pardusca.

—Apuesto diez contra uno —comentó amargamente— a que no podrán aterrizar aquí.

—¿Y qué van a hacer entonces? —preguntó su amigo Harold.

—Seguir hasta Basora, me imagino. Me han dicho que allí está despejado.

—Esperas a una personalidad, ¿no?

—Es mi sino —se lamentó el joven Shrivenham—. El nuevo embajador se ha retrasado. Landsdowne, el canciller, está en Inglaterra. Rice, el canciller para asuntos árabes, está en cama con una infección intestinal y fiebre muy alta. Best se ha ido a Teherán y aquí estoy yo solito. No sé a qué viene tanto jaleo con este tipo. Incluso los del servicio secreto están revolucionados. Es uno de esos viajeros que siempre andan por lugares inaccesibles montados en un camello. No entiendo por qué es tan importante, pero al parecer es el no va más y yo tengo que satisfacer todos sus caprichos. Si aterrizan en Basora se pondrá furioso. No sé qué sería mejor en este caso. ¿Tomar el tren de la noche o llamar a la RAF para que lo traigan mañana?

Shrivenham volvió a suspirar, y su sensación de agravio y el sentido de la responsabilidad se intensificaron. Desde su llegada a Bagdad, tres meses antes, había tenido muy poca suerte. Un tropiezo más pondría fin a lo que hubiese podido ser una brillante carrera.

El avión volvió a hacer otra pasada sobre la pista.

—Es evidente que no ve la posibilidad de aterrizar —manifestó Shrivenham, para agregar muy excitado—: ¡Vaya! Me parece que ya baja.

Minutos después, el avión tomó tierra y rodó pausadamente en dirección a la terminal aérea. Shrivenham se preparó para recibir al personaje.

Su mirada no profesional se fijó en una «chica bastante mona», antes de adelantarse para saludar a la figura de filibustero envuelta en la ondulante capa.

«¡Vaya disfraz!», pensó para sí, al tiempo que decía en voz alta:

—¿Sir Rupert Crofton Lee? Soy Shrivenham, de la embajada.

Sir Rupert tenía unos modales algo bruscos, pensó, tal vez comprensibles después de la incertidumbre de poder o no efectuar el aterrizaje.

—¡Qué tiempo más desagradable! —añadió Shrivenham—. Este año abundan las tormentas de arena. Ah, tiene usted las maletas. Entonces, si tiene la bondad de seguirme, todo está preparado.

Mientras salían del aeropuerto, Shrivenham comentó:

—Por un momento pensé que tendrían que dirigirse a otro aeropuerto, señor. No parecía que el piloto pudiera aterrizar. Ha venido tan de repente esta tormenta...

—Eso habría sido desastroso, desastroso —afirmó sir Rupert con muchas ínfulas—. Si hubiese tenido que modificar mi agenda de compromisos, joven, le aseguro que las consecuencias habrían sido graves y de mucho alcance.

«¡Qué presuntuoso! —pensó Shrivenham despectivamente—. Estos tipos se creen que sus asuntos hacen girar el mundo.»

En voz alta respondió con tono respetuoso:

—Ya me lo figuro, señor.

—¿Tiene usted alguna idea de cuándo llegará a Bagdad el embajador?

—Todavía no hay nada definitivo, señor.

—Sentiría no poder verlo. No lo he visto desde... Deje que piense. Sí, desde 1938, en uno de mis viajes a la India.

Shrivenham guardó un respetuoso silencio.

—Dígame, Rice está aquí, ¿no?

—Sí, señor, es el canciller de asuntos árabes.

—Un tipo capaz. Sabe mucho. Celebraré volver a verlo.

Shrivenham tosió discretamente.

—A decir verdad, señor, Rice está de baja por enfermedad. Le han llevado al hospital para tenerlo en observación. Sufre una gastroenteritis bastante virulenta. Algo mucho peor que el típico dolor de vientre de Bagdad.

—¿Cómo? —Sir Rupert volvió la cabeza con brusquedad—. Gastroenteritis aguda, hum... ¿Algo totalmente repentino?

—Hace un par de días, señor.

Sir Rupert había fruncido el ceño. Su afectada grandilocuencia había desaparecido. Había pasado a convertirse en un hombre más sencillo y también un tanto preocupado.

—Me pregunto —murmuró—. Me pregunto si...

Shrivenham lo miró con una amable expresión de interés.

—Me pregunto —explicó sir Rupert— si podría tratarse de un caso de verde de Scheele.

Desconcertado, Shrivenham permaneció en silencio.

Se aproximaron al puente Feisal y el automóvil giró hacia la izquierda en dirección a la embajada británica.

De pronto, sir Rupert se inclinó hacia delante.

—Pare un minuto—le ordenó sin más—. Sí, a mano derecha. Donde están todos esos cacharros.

El coche se arrimó a la acera y frenó delante de una pequeña tienda donde se amontonaban vasijas de arcilla blanca y jarras de agua.

Mientras se acercaban, un europeo bajo y rechoncho que hablaba con el propietario se alejó en dirección al puente. Shrivenham pensó si sería Crosbie, a quien había visto solo un par de veces.

Sir Rupert se apeó y se acercó a la tienda. Cogió uno de los cacharros y entabló una rápida conversación en árabe con el dueño. Hablaban demasiado rápido para Shrivenham, cuyo árabe era muy lento y de vocabulario muy limitado.

El propietario estaba radiante. Gesticulaba, extendía las manos, daba largas explicaciones. Sir Rupert inspeccionó diversos objetos, al parecer muy interesado. Al fin eligió una jarra de cuello estrecho, le entregó unas monedas al hombre y volvió a subir al coche.

—Se trata de una técnica interesante —comentó sir Rupert—. Se vienen haciendo desde hace miles de años. Este diseño es el mismo que en los poblados de las colinas de Armenia.

Deslizó su dedo índice por la estrecha abertura de la boca de la jarra y lo pasó varias veces por el borde.

—Es de fabricación muy tosca —dijo Shrivenham.

—¡Oh, no tiene ningún mérito artístico! Pero sí interés histórico. ¿Ve estas marcas en las asas? Se pueden sacar muchas conclusiones históricas observando los objetos sencillos de uso cotidiano. Tengo una colección de estos cacharros.

El coche cruzó la verja de la embajada británica.

Sir Rupert pidió que lo condujeran directamente a su habitación. A Shrivenham le divirtió observar que, una vez finalizada la disertación sobre la jarra, la abandonaba en el coche. Shrivenham se ocupó de recogerla y la subió, para dejarla sobre la mesilla de noche de sir Rupert.

—Su jarra, señor.

—¿Eh? ¡Oh, gracias, muchacho!

Sir Rupert parecía distraído. Shrivenham tuvo que repetirle que no tardarían en servir el almuerzo y que esperaba que tuviera a bien escoger los vinos.

Cuando el joven abandonó la habitación, sir Rupert se acercó a la ventana y desdobló el pequeño trozo de papel que había estado escondido en el cuello de la jarra. Lo alisó. La nota consistía en dos líneas. Las leyó cuidadosamente y luego quemó la nota.

Hizo venir a un criado.

—¿Sí, señor? ¿Deshago el equipaje?

—Todavía no. Quiero ver a Mr. Shrivenham aquí.

Shrivenham llegó con expresión un tanto aprensiva.

—¿Puedo ayudarle en algo? ¿Hay algo que no sea de su agrado?

—Mr. Shrivenham, mis planes han sufrido un cambio radical. Puedo contar con su discreción, ¿no es así?

—Oh, desde luego, señor.

—Ha pasado mucho tiempo desde mi última visita a Bagdad; en realidad desde la guerra. Los hoteles están en la otra orilla del río, ¿verdad?

—Sí, señor, en Rashid Street.

—¿Sobre el Tigris?

—Sí. El Babilonia Palace es el mayor de todos. Es más o menos el hotel oficial.

—¿Qué sabe de un hotel llamado Tio?

—Ah, mucha gente va allí. La comida es bastante buena y lo regenta un personaje increíble llamado Marcus Tio. Es una verdadera institución en Bagdad.

—Quiero que me busque una habitación en ese hotel, Mr. Shrivenham.

—¿Quiere decir que no va a quedarse en la embajada? —Shrivenham lo miró, asustado—. Pero, pero si está todo preparado, señor.

—Lo que está hecho se puede deshacer —rugió sir Rupert.

—Oh, claro, señor. No quise decir...

Shrivenham se interrumpió con el presentimiento de que en el futuro alguien iba a echarle la culpa.

—Tengo que llevar a cabo ciertas negociaciones muy delicadas. Sé que no pueden hacerse en la embajada. Quiero que me busque habitación en el Tio y abandonar la embajada de un modo discreto y sencillo, lo que quiere decir que no voy a ir al Tio en el coche oficial. También necesito un pasaje para el avión que sale pasado mañana para El Cairo.

La expresión de Shrivenham se volvió desesperada.

—Pero yo tenía entendido que iba a permanecer cinco días aquí.

—Ya no es así. Es necesario que llegue a El Cairo tan pronto como termine mis asuntos aquí. Sería peligroso que me quedara más tiempo.

—¿Peligroso?

Una súbita sonrisa transformó el rostro de sir Rupert. Los modales que a Shrivenham le habían hecho pensar en un sargento prusiano se esfumaron y el encanto del hombre se hizo aparente.

—Confieso que nunca me ha preocupado el peligro, pero en esta ocasión no solo hay que tener en cuenta mi integridad personal. Mi seguridad incluye la de muchas otras personas. Así que haga esas diligencias. Si le resulta difícil conseguir el billete de avión, reclame prioridad. Hasta que salga de aquí esta noche, permaneceré en mi habitación. —Agregó al ver la sorpresa de Shrivenham—: Oficialmente, estoy enfermo. Un ataque de malaria. —El joven asintió—. Así que no comeré nada.

—Pero podemos enviarle...

—Veinticuatro horas de ayuno no son nada para mí. He pasado mucha más hambre en algunos de mis viajes. Haga lo que le digo.

Una vez abajo, Shrivenham se enfrentó a sus colegas, cuyas preguntas contestó con un gruñido.

—Todo muy misterioso y exótico —les dijo—. No acabo de entender su grandilocuencia. Toda esa historia de la capa, el sombrero de bandolero y lo demás. Un amigo que leyó uno de sus libros me dijo que, aunque es un poco dado al autobombo, ha hecho todas esas cosas y ha estado en esos lugares, pero no sé. Ojalá estuviese Rice para ocuparse de sir Rupert. Eso me recuerda una cosa. ¿Qué es el verde de Scheele?

—¿Verde de Scheele? —replicó su amigo frunciendo el entrecejo—. Algo referente al papel de empapelar, ¿no? Es venenoso. Me parece que es arsénico o algo así.

—¡Caramba! —exclamó Shrivenham sorprendido—. Creí que era una enfermedad. Algo así como la disentería.

—Oh, no. Es un producto químico. Lo usan las mujeres para matar a sus maridos o viceversa.

Shrivenham enmudeció de asombro. Ciertos hechos desagradables cobraban sentido. Crofton Lee había sugerido, en efecto, que Thomas Rice, canciller para los asuntos árabes de la embajada, no sufría una gastroenteritis, sino un envenenamiento producido por arsénico. Si a esto le añadía que sir Rupert sospechaba que su propia vida corría peligro y su decisión de no probar la comida ni las bebidas preparadas en la embajada, el pobre Shrivenham tenía motivos suficientes como para que su decorosa alma británica se conmoviera hasta lo más íntimo. No sabía qué conclusión debía sacar de todo esto.

Capítulo 10

Victoria, que se ahogaba con el ardiente polvo amarillo, recibió una impresión muy poco favorable de Bagdad. En el trayecto desde el aeropuerto hasta el hotel Tio, el ruido era tan ensordecedor como incesante, los cláxones de los coches sonaban con enloquecedora persistencia; se oían gritos, el pitar de los silbatos y los terribles rugidos de los motores. A los ruidos incesantes de la calle se sumaba la charla incansable de Mrs. Hamilton Clipp.

Victoria llegó al hotel algo mareada.

Una callejuela unía la estrepitosa Rashid Street con el Tigris. Subieron unos escalones y, ante la entrada del hotel, fueron recibidas por un joven gordo, cuya sonrisa, al menos metafóricamente, las acogía de todo corazón. Victoria supuso que se trataba de Marcus o, mejor dicho, de Mr. Tio, el propietario del hotel.

Sus palabras de bienvenida fueron interrumpidas por sus órdenes a varios subordinados para que subieran los equipajes.

—Bueno, ya está aquí otra vez, Mrs. Clipp. Pero ¿qué le ha pasado a su brazo? (¡Idiotas, no lo cojáis así! ¡Imbéciles, no arrastréis así ese abrigo!) Querida, menudo día para llegar. Pensé que el avión no aterrizaba nunca. Estuvo dando vueltas y más vueltas. Marcus, me dije, no serás tú quien viaje en avión. ¿Para qué tanta prisa? Y ha traído a esta señorita. Siempre es agradable ver a una joven nueva en Bagdad. ¿Por qué no ha venido Mr. Harrison a recibirla? Le esperaba ayer. Pero, querida, deben beber algo enseguida.

Victoria, un tanto aturdida por los efectos de un *whisky* doble que le obligó a tomar Marcus, se hallaba ahora en una habitación encalada, en la que había una gran cama de latón, un tocador de diseño francés muy moderno, un antiguo armario victoriano y dos sillas tapizadas de felpa de un color chillón. El modesto equipaje descansaba a sus pies. Un hombre muy viejo de rostro amarillento y bigotes blancos le había sonreído sin dejar de asentir mientras colocaba las toallas en el cuarto de baño y le preguntaba si quería tomar un baño caliente.

—¿Cuánto tardarán?

—Unos veinte minutos o media hora. Iré a prepararlo enseguida.

Salió tras dirigirle una sonrisa paternal. Victoria se sentó sobre la cama y se pasó la mano por el pelo. Lo tenía cubierto de polvo y notaba el rostro dolorido y sucio. Se miró en el espejo. El polvo había cambiado el color negro del pelo por un extraño color castaño rojizo. Apartó un poco la cortina y miró el amplio balcón que daba al río. Pero no se veía el Tigris sino solo una niebla amarillenta. Víctima de la depresión, se dijo: «¡Qué lugar tan odioso!».

Luego fue a llamar a la puerta de la habitación de Mrs. Clipp. Tenía mucho que hacer antes de poder dedicarse a su propio aseo y arreglo.

Después de tomar un baño, comer y dormir una prolongada siesta, Victoria salió al balcón y contempló el Tigris con nuevos ánimos. La tormenta había cesado y, en lugar de la niebla amarilla, iba apareciendo una claridad tenue. Más allá del río se recortaba el delicado perfil de las palmeras y las casas colocadas caprichosamente.

Desde abajo llegó hasta ella un rumor de voces y se inclinó sobre la barandilla para mirar.

Mrs. Hamilton Clipp, infatigable conversadora y espíritu amistoso, había trabado relación con una inglesa, una de esas damas apergaminadas de edad indefinible que se encuentran en cualquier ciudad extranjera.

—... y la verdad es que no sé qué hubiera hecho sin ella —decía Mrs. Clipp—. Es la persona más agradable que pueda usted imaginar. Y está bien relacionada. Es sobrina del obispo de Llangow.

—¿Obispo de dónde?

—Llangow, creo que dijo.

—¡Pamplinas! No existe tal obispado —afirmó la otra.

Victoria frunció el ceño. Reconocía al tipo de inglesa rural que no se dejaba impresionar por el nombre de un falso obispo.

—Bueno, tal vez no comprendí bien el nombre —dijo Mrs. Clipp dudosa—. Pero —resumió— es una muchacha encantadora y muy competente.

—¡Ya! —exclamó la inglesa sin excesiva convicción.

Victoria resolvió mantenerse lo más apartada posible de aquella dama. Algo le decía que inventar historias para complacerla no iba a ser tarea fácil. Volvió a entrar en su habitación, se sentó en la cama y se dispuso a considerar con detenimiento su actual situación.

Se hospedaba en el hotel Tio, que no era precisamente barato, de eso estaba segura. Todo su capital se reducía a cuatro libras y diecisiete peniques. Había disfrutado de una suculenta comida que aún no había pagado y cuyo importe Mrs. Clipp no tenía por qué satisfacer. Solo se había ofrecido a pagarle el pasaje y el trato estaba cumplido, Victoria estaba ya en Bagdad. Mrs. Clipp había recibido las amables atenciones de la sobrina del obispo, una antigua enfermera y competente secretaria. Todo había concluido con satisfacción por ambas partes. Mrs. Hamilton Clipp saldría para Kirkuk en el tren de la noche y eso era todo. Victoria acarició esperanzada la idea de que Mrs. Clipp le diese como regalo de despedida algo en metálico, pero la abandonó por improbable. La mujer ignoraba sus dificultades pecuniarias.

¿Qué podría hacer entonces? La respuesta inmediata era buscar a Edward, claro.

Contrariada, tuvo que reconocer que desconocía el apellido de Edward. Edward, Bagdad. Victoria recordó a la doncella musulmana que llegó a Inglaterra conociendo tan solo el nombre de su amado «Gilberto» y el de «Inglaterra». Una historia muy romántica, pero con muchos inconvenientes. Cierto que en Inglaterra, durante la época de las cruzadas, nadie tenía apellido, pensó Victoria. Por otra parte, Inglaterra era más grande que Bagdad, aunque en cambio por aquel entonces estaba menos poblada.

Victoria dejó a un lado estas interesantes especulaciones para volver a la realidad. Debía encontrar a Edward de inmediato y él, a su vez, debía encontrarle un empleo, también de inmediato.

Ignoraba cuál era su apellido, pero estaba en Bagdad como secretario de un tal doctor Rathbone y era de presumir que el doctor fuese un hombre importante.

Se empolvó la nariz, se atusó el cabello y bajó las escaleras en busca de información.

El sonriente Marcus, que cruzaba el vestíbulo, la saludó con placer.

—¡Ah!, si es miss Jones. ¿Quiere venir conmigo a tomar algo, querida? Me encantan las damas inglesas. Todas las damas inglesas en Bagdad son amigas mías. Todo el mundo es feliz en mi hotel. Venga, vamos al bar.

Victoria, que no tenía nada en contra de las invitaciones, aceptó encantada.

Sentada en un taburete y con una copa de ginebra y zumo de naranja en la mano, comenzó sus pesquisas.

—¿Conoce al doctor Rathbone, que acaba de llegar a Bagdad? —preguntó.

—Conozco a todos en Bagdad —contestó Marcus Tio alegremente—. Y todo el mundo conoce a Marcus. Es verdad lo que le digo. ¡Oh, tengo muchos, muchos amigos!

—Estoy segura de que debe tenerlos. ¿Conoce al doctor Rathbone? —insistió Victoria.

—La semana pasada tuve la visita del mariscal del aire que tiene el mando de todo Oriente Medio y me dijo: «Marcus, pícaro, no te he visto desde 1946, y no has adelgazado ni un gramo». Oh, es un hombre muy amable. Lo aprecio mucho.

—¿Y qué me dice del doctor Rathbone? ¿Es un hombre amable?

—A mí me encantan las personas que saben divertirse. Aborrezco las caras tristes. Me gustan las personas alegres, jóvenes y encantadoras como usted. Y me dijo el mariscal del aire: «Marcus, te gustan demasiado las mujeres». Y yo le contesté: «No, mi desgracia es que me gusta demasiado Marcus». —Marcus se echó a reír a mandíbula batiente y de repente gritó—: ¡Jesús! ¡Jesús!

Victoria quedó muy sorprendida, pero «Jesús» resultó ser el nombre del barman. La muchacha volvió a pensar que los países árabes eran un lugar muy extraño.

—Otra ginebra con naranja y un *whisky* —ordenó Marcus.

—No creo que deba.

—Sí, sí, claro que sí. Son muy flojos.

—¿Y el doctor Rathbone? —persistió Victoria.

—Esa Mrs. Clipp. ¡Qué nombre tan raro! La que ha llegado con usted. ¿Es norteamericana? También me gustan los norteamericanos, aunque prefiero a los ingleses. Los norteamericanos siempre están preocupados, pero algunas veces son buenos tipos. Mr. Summers, ¿lo conoce? Bebe tanto cuando viene a Bagdad que duerme tres días de un tirón. Es demasiado. No es agradable.

—Por favor, ayúdeme —le rogó la muchacha.

Marcus pareció sorprenderse.

—Claro que la ayudaré. Siempre ayudo a mis amistades. Dígame lo que sea y al momento lo tendrá. Asado especial o pavo asado con arroz, pasas y hierbas, o pollitos.

—¡No quiero pollitos! —exclamó Victoria—. Al menos por ahora —agregó con prudencia—. Quiero encontrar al doctor Rathbone. Doctor Rathbone. Acaba de llegar a Bagdad con un secretario.

—No sé —dijo Marcus—. No se hospeda en el Tio.

Lo cual implicaba, naturalmente, que quien no se hospedaba en el Tio era como si no existiese para Marcus.

—Pero hay otros hoteles —continuó la muchacha—. O tal vez tenga una casa.

—Oh, sí, hay otros hoteles. El Babilonia Palace, el Sennacherib, el hotel Zobeide. Son buenos, sí, aunque no como el Tio.

—Desde luego que no —le aseguró Victoria—, pero ¿no sabe si el doctor Rathbone está en alguno de ellos? Dirige una sociedad, algo relacionado con la cultura y los libros.

Marcus se puso muy serio al oír hablar de cultura.

—Eso es lo que necesitamos. Tiene que haber mucha cultura. El arte y la música son deliciosos. Me encantan las sonatas para violín, si no son demasiado largas.

Aunque estaba plenamente de acuerdo con él, sobre todo con la parte final de su discurso, Victoria reconoció que no estaba acercándose demasiado a su propósito. Conversar con Marcus era muy entretenido y este era una persona encantadora con su entusiasmo infantil por la vida, pero su charla le recordaba a *Alicia en el País de las Maravillas* cuando buscaba en vano un camino que la llevara a la colina. Todos los temas volvían al punto de partida: ¡Marcus!

Rehusó beber nada más y se puso de pie, apenada. Notó un leve mareo. Las copas no habían sido precisamente flojas. Se alejó del bar en dirección a la terraza. Estaba apoyada en la barandilla mirando el río cuando alguien habló a su espalda.

—Perdóneme, pero sería conveniente que fuera a buscar un abrigo. Viniendo de Inglaterra esto parece verano, pero al anochecer hace mucho frío.

Era la inglesa que antes hablaba con Mrs. Clipp. Tenía la voz áspera de alguien acostumbrado a entrenar y mandar a perros de caza. Llevaba un abrigo de pieles, se cubría las piernas con una manta y bebía *whisky* con sifón.

—¡Oh, gracias! —dijo Victoria, y estaba a punto de escapar apresuradamente cuando sus intenciones se vieron frustradas.

—Debo presentarme. Soy Mrs. Cardew Trench. —La insinuación era clara: una de las Cardew Trench—. Tengo entendido que ha venido usted con Mrs... ¿Cuál es su nombre? ¿Hamilton Clipp?

—Sí —contestó Victoria—. Así es.

—Me ha dicho que era usted sobrina del obispo de Llangow.

—¿De veras? —preguntó fingiendo cierto regocijo.

—Supongo que lo he entendido mal.

Victoria sonrió.

—Los norteamericanos acostumbran a equivocarse con algunos de nuestros nombres. Se parece bastante a Llangow. Mi tío —prosiguió Victoria, improvisando rápidamente— es el obispo de Languao.

—¿Languao?

—Sí, está en un archipiélago del Pacífico. Es obispo colonial, claro.

—¡Ah, un obispo colonial! —exclamó Mrs. Cardew Trench, y su voz bajó por lo menos tres semitonos.

Como Victoria había anticipado, Mrs. Cardew Trench no estaba muy al corriente de los obispos coloniales.

—Eso lo explica todo —añadió la mujer.

Victoria pensó con orgullo que lo explicaba todo muy bien, siendo como era una mentira inventada deprisa y corriendo.

—¿Y qué está usted haciendo aquí? —preguntó la inglesa con la inexorable cordialidad que oculta a un carácter curioso por naturaleza.

«Buscar a un joven con el que he hablado solo unos minutos en una plaza de Londres» no era la respuesta más adecuada que podía dar. Pero recordó el párrafo del periódico que leyera y sus declaraciones a Mrs. Clipp.

—Voy a reunirme con mi tío, el doctor Pauncefoot Jones —contestó.

—¡Ah, conque esa es usted! —dijo Mrs. Cardew Trench, contenta por haber «ubicado» a Victoria—. Es un hombre encantador, aunque un poquito distraído, pero supongo que es natural. Le oí dar una conferencia en Londres el año pasado, algo interesantísimo, a pesar de que no entendí ni una palabra. Sí, pasó por Bagdad hará cosa de unos quince días. Creo que habló de unas jóvenes que vendrían más adelante.

Ahora que ya había establecido su posición, Victoria se apresuró a preguntar:

—¿Sabe usted si está aquí el doctor Rathbone?

—Acaba de llegar. Creo que dará una conferencia en el instituto el jueves que viene sobre las relaciones mundiales y la hermandad entre los pueblos, o algo parecido. Si quiere que le sea sincera, pamplinas. Cuanto más se quiere unir a las personas, más recelan unas de otras. Tanta poesía y música, y tanto traducir a Shakespeare y Wordsworth al árabe, al chino y al indostánico. «Una amapola en la orilla del río...» ¿Qué le puede importar eso a quien no ha visto nunca una amapola?

—¿Sabe dónde se hospeda?

—Me parece que en el Babilonia Palace, pero su cuartel general lo tiene establecido cerca del museo. Se llama La

Rama de Olivo. ¡Qué nombre tan ridículo! Está lleno de jovencitas en pantalones, con el cuello sucio y gafas de sol.

—Conozco a su secretario —dijo Victoria.

—¡Ah, sí! ¿Cómo se llama? Edward Nosequé, un muchacho simpático, demasiado bueno para este cargo. Se portó muy bien durante la guerra, eso oí decir. Pero un trabajo es un trabajo. Es muy atractivo. Me imagino que esas jovencitas deben volverse locas por él.

El tormento de los celos hizo presa en Victoria.

—La Rama de Olivo —repitió—. ¿Dónde dice que está?

—Una vez pasado el segundo puente. En un recodo de Rashid Street, bastante escondido. Cerca del bazar de artesanos del cobre. ¿Y cómo sigue la esposa de Pauncefoot Jones? —continuó Mrs. Cardew Trench—. ¿Vendrá pronto? Me han dicho que no estaba muy bien de salud.

Victoria ya había obtenido la información deseada y no quiso arriesgarse con más invenciones. Miró su reloj de pulsera y soltó una exclamación:

—¡Oh, Dios mío! Prometí a Mrs. Clipp que la despertaría a las seis y media para ayudarla con el equipaje. Debo darme prisa.

La excusa era cierta, aunque Victoria había dicho las seis y media en vez de las siete. Corrió escaleras arriba muy excitada. Mañana se pondría en contacto con Edward en La Rama de Olivo. ¡Chicas con el cuello sucio! ¡Qué poco atractivas! Sin embargo, reflexionó intranquila, los hombres no critican tanto los cuellos sucios como las inglesas de mediana edad, especialmente si las damiselas en cuestión miran embelesadas al joven de marras.

La velada pasó volando. Victoria cenó temprano con Mrs. Clipp, quien no paró de hablar sobre todos los temas habidos y por haber. Le dijo que fuera a verla y Victoria apuntó la dirección, porque nunca se sabe lo que podía ocurrir. La acompañó hasta la estación del Norte y se ocupó de instalarla en su compartimiento, donde conoció a una amiga de Mrs. Clipp que también iba a Kirkuk y que la ayudaría durante el viaje.

La locomotora lanzaba pitidos melancólicos como un alma en pena. Mrs. Clipp puso un abultado sobre en las manos de la muchacha.

—Solo es un pequeño recuerdo, miss Jones, por su agradable compañía. Espero que lo acepte con mis más expresivas gracias.

—Es usted demasiado amable, Mrs. Clipp —manifestó Victoria, encantada.

Se oyó un último y desgarrador aullido de la locomotora, y el tren salió lentamente de la estación.

Victoria regresó al hotel en un taxi porque no tenía la más remota idea de cómo volver ni vio a nadie a quien preguntar.

Una vez en el Tio, corrió a su habitación para abrir el sobre. Contenía dos pares de medias de nailon.

En cualquier otro momento le habrían entusiasmado; las medias de nailon estaban, por lo general, fuera de su alcance. Sin embargo, ahora mismo lo que necesitaba era dinero en efectivo. Mrs. Clipp había sido demasiado delicada para pensar en darle un billete de cinco dinares. Victoria deseó de todo corazón que no lo hubiese sido tanto.

No obstante, al día siguiente vería a Edward. Se acostó y, a los cinco minutos, dormía profundamente. En sus sueños se veía en un aeropuerto esperando a Edward, pero él no podía reunirse con ella porque una muchacha con gafas de sol lo sujetaba por el cuello mientras el avión volvía a emprender el vuelo lentamente.

Capítulo 11

A la mañana siguiente lucía un sol radiante. Victoria, una vez vestida, salió al amplio balcón. Un poco más allá, estaba sentado un hombre de espaldas a ella, con un pelo largo, gris y rizado que le cubría parte del cuello moreno y musculoso. Cuando este volvió la cabeza, ella comprobó con sorpresa que se trataba de sir Rupert Crofton Lee. No podía explicar el porqué de su asombro. Tal vez porque había dado por hecho que una personalidad como sir Rupert se alojaría en la embajada, y no en un hotel. Sin embargo, allí estaba, contemplando el Tigris con gran interés. Vio que tenía unos prismáticos colgados del brazo del sillón. Victoria pensó que a lo mejor observaba los pájaros.

Un joven, que en otros tiempos Victoria había juzgado atractivo, había sido un entusiasta de las aves y ella le había acompañado en varias excursiones los fines de semana, en las cuales no habían hecho otra cosa que permanecer inmóviles durante horas en bosques húmedos y con un viento helado, para que al fin él le dejase contemplar con los prismáticos algún pajarillo posado en una rama lejana, que, en su opinión, comparado con un petirrojo o pinzón salía perdiendo.

La muchacha bajó al vestíbulo y se encontró con Marcus Tio en la terraza situada entre las dos alas del hotel.

—Veo que está aquí sir Rupert Crofton Lee —dijo Victoria.

—¡Oh, sí! —respondió Marcus con una sonrisa radiante—. Es un hombre muy agradable, muy agradable.

—¿Le conoce bien?

—No, es la primera vez que lo veo. Mr. Shrivenham, de la embajada británica, lo trajo anoche. También Mr. Shrivenham es muy agradable. Lo conozco muy bien.

Mientras desayunaba, Victoria se preguntó si existía alguna persona que Marcus no considerara muy agradable. Por lo visto era muy caritativo.

Después de desayunar, Victoria salió en busca de La Rama de Olivo. Londinense de pura cepa, no pudo imaginar las dificultades que supone encontrar un lugar concreto en una ciudad como Bagdad hasta que comenzó su búsqueda.

Al salir volvió a tropezarse con Marcus y le preguntó el camino para ir al museo.

—Es un museo muy bonito —explicó este sonriendo—. Sí. Lleno de objetos interesantes y muy antiguos. No es que haya ido, pero tengo amigos, amigos arqueólogos, que se hospedan aquí siempre que pasan por Bagdad. Mr. Baker, Richard Baker, ¿le conoce? ¿Y el profesor Kalzman? El doctor Pauncefoot Jones y Mr. y Mrs. McIntyre, todos vienen al Tio. Son amigos míos y me cuentan lo que hay en el museo. Muy, muy interesante.

—¿Dónde está y cómo puedo llegar allí?

—Siga recto por Rashid Street un buen trecho, pase el puente Feisal y Bank Street. ¿Conoce Bank Street?

—No conozco nada de nada —respondió Victoria.

—Y luego viene otra calle, que también da a un puente, y está por allí a la derecha. Pregunte por Mr. Betoun Evans, es un guía inglés, un hombre muy agradable. Y su esposa también vino aquí durante la guerra como sargento de transportes. Oh, es una mujer muy, muy agradable.

—La verdad es que no quiero ir al museo —dijo Victoria—. Busco una sociedad, una especie de club llamado La Rama de Olivo.

—Si quiere aceitunas, las tengo buenísimas, de la mejor calidad. Me las traen especialmente para el hotel Tio. Ya verá, se las servirán esta misma noche.

—Es usted muy amable —afirmó Victoria y escapó hacia Rashid Street.

—A la izquierda —le gritó Marcus—, no a la derecha. Pero el museo está muy lejos. Será mejor que tome un taxi.

—¿Y el taxista sabrá dónde está La Rama de Olivo?

—No. ¡Nunca saben nada! Tiene uno que decirles: a la izquierda, a la derecha, pare, siga recto; es decir, por donde quiera ir.

—En ese caso puedo ir andando.

Al llegar a Rashid Street, torció a la izquierda.

Bagdad era completamente distinto a como lo había imaginado. La calle principal estaba atestada de gente, los cláxones de los coches sonaban sin cesar; gritos, productos europeos en los escaparates de las tiendas y hombres escupiendo a su alrededor, después de aclarar sus gargantas con tremendos carraspeos. Ninguna figura misteriosa con atuendos árabes. La mayoría vestía viejas prendas europeas raídas y andrajosas guerreras. Las pocas mujeres cubiertas con un velo y túnicas negras se perdían entre los híbridos atuendos a la europea. Los mendigos suplicantes se acercaban a ella, mujeres con chiquillos sucios en brazos. Las aceras eran desiguales y con algún que otro agujero.

Siguió su camino, sintiéndose de pronto extraña y perdida, y muy lejos de su casa. Allí no había encanto alguno, solo confusión.

Al fin llegó al puente Feisal y lo cruzó para seguir adelante. A su pesar, le interesaba la curiosa mezcla de productos que había en los escaparates de las tiendas. Zapatitos de niños, pasta dentífrica, cosméticos, linternas eléctricas, tazas de porcelana. Todo mezclado. Poco a poco se sintió dominada por la fascinación que despertaba ver aquella mezcolanza de las variadas mercancías llegadas de todo el mundo para satisfacer los gustos y necesidades de una población tan heterogénea.

Encontró el museo, pero no La Rama de Olivo. Acostumbrada a dar siempre con cualquier dirección en Londres, le parecía increíble no poder preguntar a nadie. No sabía árabe y los vendedores que al pasar le hablaban en inglés, ofreciéndole sus mercancías, expresaban su ignorancia cuando les preguntaba por La Rama de Olivo.

Si pudiera preguntar a un policía... Pero al verlos mover los brazos sin descanso, tocando sus silbatos, comprendió que no eran la solución.

Entró en una librería que exhibía libros ingleses en los escaparates, aunque su pregunta solo obtuvo un cortés encogimiento de hombros y un movimiento de negativa con la cabeza. El amable librero no tenía ni la menor idea.

Y entonces, mientras caminaba, llegó hasta ella el golpear de innumerables martillos. Vio una callejuela oscura, y recordó que Mrs. Cardew Trench le había dicho que La Rama de Olivo estaba cerca del bazar de artesanos del cobre. Por lo menos había dado con el bazar.

Durante los tres cuartos de hora siguientes se olvidó por completo de La Rama de Olivo. El bazar la fascinó. Los sopletes, el metal fundido, todo el proceso de fabricación fue un descubrimiento para la joven londinense, acostumbrada solo a ver los productos acabados en los escaparates. Cuando salió del bazar del cobre vagó sin rumbo por el zoco, contemplando las alegres mantas de colores y los cubrecamas a cuadros. Aquí las mercancías europeas tenían un aspecto totalmente distinto y, en la fresca sombra de las arcadas, lo llegado de ultramar se convertía en exótico, raro y original. Las piezas de telas de algodón con estampados vulgares y de diferentes colores eran un regalo para la vista.

De vez en cuando, al grito de *¡Balek! ¡Balek!*, pasaban a su lado una mula o un asno cargados y mozos con grandes bultos sobre sus hombros. Los chiquillos se cruzaban en su camino con bandejas colgadas del cuello.

—¡Mire, señora! Cintas elásticas, buena goma, goma inglesa. Peines, peines ingleses.

Le ponían las mercancías delante mismo de la cara, con vehementes ruegos para que las comprara. Victoria caminaba como en un sueño feliz. Ahora sí que estaba viendo mundo. En cada rincón, bajo las arcadas de las umbrías callejuelas, aparecía algo completamente inesperado: un callejón lleno de sastres sentados cosiendo y con figurines de elegantes trajes europeos, otra callejuela de relojería y bisutería barata. Piezas de terciopelo y brocados ricamente bordados en oro; una vuelta más y uno se encontraba ante una serie de tenderetes de trajes de segunda mano de pésimo gusto, blusas desteñidas y largas túnicas harapientas.

En algunos patios a veces se podía contemplar el cielo.

Vio una amplia exposición de pantalones, y a los dueños de los tenderetes sentados con las piernas cruzadas, entre sus mercaderías, todos con un aspecto muy digno.

—*¡Balek!*

Una mula muy cargada que apareció detrás de Victoria la hizo meterse en una callejuela que serpenteaba entre altos edificios. Este inesperado cambio de rumbo la llevó, por casualidad, a dar con el objeto de su búsqueda. Por una abertura, atisbó un pequeño patio interior y al otro lado un portal abierto con un enorme cartel que anunciaba «La Rama de Olivo», y un irreconocible pájaro de yeso con algo que parecía una rama en el pico.

Muy contenta, Victoria cruzó el patio y el portal. Entró en una habitación mal iluminada y con unas mesas llenas de libros y revistas, y muchos más en los estantes de las paredes. Se parecía bastante a una librería, con la diferencia de que había varios grupitos de sillas aquí y allá.

En la penumbra, una joven se acercó a Victoria y le preguntó en inglés, pronunciando las palabras con mucho cuidado:

—¿En qué puedo servirla, por favor?

Victoria la miró. Vestía un pantalón de pana negro, una camisa de franela color naranja y llevaba el pelo negro liso, cortado muy corto, como el de un niño. Tenía todo el aspecto de un miembro del grupo de Bloomsbury, pero su rostro lo desmentía, un rostro melancólico, con grandes ojos oscuros y tristes y una gran nariz.

—¿Está aquí el doctor Rathbone?

¡Era enloquecedor no saber el apellido de Edward! Incluso Mrs. Cardew Trench lo había llamado Edward Nosequé.

—Sí, el doctor Rathbone. La Rama de Olivo. ¿Desea unirse a nosotros? ¿Sí? Eso sería muy agradable.

—Sí, tal vez. ¿Podría ver al doctor Rathbone, por favor?

La joven sonrió con una expresión fatigada.

—Mejor no lo molestamos. Tengo un impreso. Yo se lo explicaré todo. Luego usted firma con su nombre. Son dos dinares.

—No estoy segura de que quiera asociarme —manifestó Victoria, alarmada ante la mención de los dos dinares—. Quisiera ver al doctor Rathbone o a su secretario. Me da lo mismo.

—Yo lo explicaré. Lo explicaré todo. Aquí todos somos amigos, amigos todo junto y amigos para el futuro; leemos libros educativos muy buenos. Recitamos poesías unos a otros.

—El secretario del doctor Rathbone —dijo Victoria en voz alta y clara—. Insistió en que preguntara por él.

En el rostro de la muchacha asomó una expresión obstinada.

—Hoy no. Yo le explicaré.

—¿Por qué hoy no? ¿Es que no está aquí? ¿No está aquí el doctor Rathbone?

—Sí, doctor Rathbone está aquí. Él está arriba. No lo molestamos.

Una cierta intolerancia anglosajona a los extranjeros dominó a Victoria. Lamentablemente, a pesar de los deseos de La Rama de Olivo de crear amistades internacionales, en ella producía efectos contrarios.

—Acabo de llegar de Inglaterra —explicó con un acento digno de Mrs. Cardew Trench— y traigo un mensaje muy importante para el doctor Rathbone que debo transmitirle personalmente. ¡Por favor, debo verlo enseguida! Siento molestarle, pero tengo que verlo. ¡Enseguida! —agregó para zanjar el asunto.

Ante una británica imperiosa que quiere salirse con la suya se desmoronan casi todas las barreras. La joven la condujo en el acto a la parte posterior de la estancia y de allí, por una escalera, hasta una galería que daba al patio. Se detuvo ante una puerta y llamó. Una voz varonil dijo: «Adelante».

La joven abrió y dejó pasar a Victoria.

—Es una señorita de Inglaterra que desea verlo.

Victoria entró.

Detrás de un escritorio cubierto de papeles, un hombre se puso en pie para saludarla.

Era un hombre mayor de aspecto imponente. Tendría unos sesenta años, la frente amplia y el cabello blanco. Las cualidades más destacadas de su personalidad eran la amabilidad, la benevolencia y el encanto. Un director de teatro le hubiera dado sin duda el papel de gran filántropo.

Saludó a Victoria con una cálida sonrisa y la mano extendida.

—¿Así que acaba de llegar de Inglaterra? Su primera visita a Oriente Medio, ¿verdad?

—Sí.

—Quisiera saber qué le parece todo esto. Tiene que contármelo algún día. Ahora déjeme pensar. ¿La he visto antes o no? Soy muy corto de vista y no me ha dicho usted su nombre.

—No, no me conoce —contestó Victoria—, pero soy amiga de Edward.

—Una amiga de Edward —dijo el doctor Rathbone—. Vaya, eso es magnífico. ¿Sabe Edward que está usted en Bagdad?

—Todavía no —respondió Victoria.

—Se llevará una sorpresa muy agradable cuando regrese.

—¿Regrese? —exclamó Victoria un tanto contrariada.

—Sí, en estos momentos está en Basora. Ha ido a recoger unos cajones de libros que nos han enviado. Los trámites aduaneros son cada vez más engorrosos, y sencillamente no hemos podido retirarlos. La gestión personal ayuda mucho y Edward es muy hábil para estas cosas. Sabe cuándo hay que hacerse simpático y cuándo hay que imponerse, y no descansará hasta que esté todo arreglado. Es muy tenaz. Buena cualidad para un joven. Lo aprecio mucho.

En sus ojos apareció un destello de picardía.

—Pero supongo que no necesito ponderarle sus cualidades, jovencita.

—¿Cuándo...? ¿Cuándo volverá de Basora? —preguntó Victoria con un hilo de voz.

—Ahora no puedo decirlo con exactitud. No volverá hasta que haya concluido su trabajo, y en este país no se puede ir muy deprisa. Dígame dónde se hospeda y me ocuparé de que se ponga en contacto con usted en cuanto regrese.

—Estaba pensando... —Victoria habló desesperada, consciente de su angustiosa falta de dinero—. Estaba pensando si podría encontrar algún empleo aquí.

—Vaya, eso sí que es algo digno de agradecer —señaló el doctor Rathbone entusiasmado—. Necesitamos muchos trabajadores y toda la ayuda que podamos conseguir. Sobre todo de muchachas inglesas. Nuestro trabajo va viento en popa, pero todavía queda mucho por hacer. Afortunadamente, la gente está muy interesada. Tengo treinta ayudantes voluntarios, treinta, todos deseosos de colaborar. Si de verdad tiene ganas de trabajar, puede ser una ayuda valiosa.

La palabra voluntaria resonó de una forma desagradable en los oídos de Victoria.

—Lo que busco es un empleo retribuido.

—¡Oh, Dios mío! —El rostro del doctor Rathbone perdió su entusiasmo—. Eso es bastante más difícil. Nuestra plantilla es mínima y, por ahora, con la ayuda voluntaria no precisamos más empleados.

—No puedo permitirme el lujo de no trabajar —explicó la muchacha—. Soy taquimecanógrafa y muy competente —agregó sin enrojecer.

—No dudo de que sea muy competente, mi querida jovencita, su aspecto irradia competencia. Pero lo nuestro es cuestión de libras, chelines y peniques. Claro que, aunque encuentre trabajo en otro sitio, espero que nos ayudará en sus ratos libres. La mayoría de nuestros empleados trabaja. Estoy seguro de que colaborar con nosotros le resultará muy inspirador. Debemos poner fin al salvajismo del mundo, las guerras, los malentendidos y los recelos. Lo que necesitamos es terreno común donde encontrarnos. El teatro, el arte, la poesía, las grandes esencias del espíritu. No dejemos sitio para mezquinas envidias y odios.

—No —contestó Victoria, vacilante. Recordaba a algunas amigas y amigos suyos que eran actrices y actores que parecían obsesionados con los celos por las causas más triviales y con odios de una peculiar violencia.

—Tengo *El sueño de una noche de verano* traducido a cuarenta idiomas —añadió el doctor Rathbone—. Cuarenta grupos diferentes de jóvenes representando la misma obra maestra de la literatura. Gente joven, he aquí el secreto. No quiero a nadie más que a los jóvenes. Cuando la mente y el espíritu se han encallecido, ya es demasiado tarde. No. Es a los jóvenes a quienes hay que reunir. Catherine, esa muchacha que la ha acompañado hasta aquí, es de Damasco. Usted y ella son probablemente de la misma edad. No tienen nada en común y en circunstancias normales nunca se hubieran encontrado. Pero en La Rama de Olivo ella, usted y muchas otras, rusas, judías, iraníes, turcas, armenias, egipcias, persas, todas se reúnen, simpatizan, leen los mismos libros, discuten sobre pintura y música. Contamos con algunos conferenciantes, y encuentran muy interesante conocer un nuevo punto de vista, lo que el mundo debiera ser.

Victoria consideró que el doctor era demasiado optimista al suponer que reuniendo a todos aquellos elementos tan distintos estos fuesen obligatoriamente a simpatizar. Catherine y ella, por ejemplo, no se habían caído nada bien, y sospechaba que, cuanto más se vieran, más crecería su mutua antipatía.

—¡Edward es estupendo! —afirmó el doctor Rathbone—. Se lleva bien con todo el mundo. Quizá mejor con las muchachas que con los jóvenes. Los estudiantes aquí son bastante difíciles al principio, recelosos, casi hostiles. Pero las chicas lo adoran y harían cualquier cosa por él. Él y Catherine simpatizan mucho.

—¿De veras? —preguntó Victoria con retintín. Su aversión hacia Catherine se hizo más intensa.

—Bien —dijo Rathbone sonriendo—, venga a ayudarnos si puede.

Era una despedida. Rathbone le estrechó la mano calurosamente. Victoria salió de la habitación y bajó la escalera. Catherine estaba junto a la puerta hablando con una muchacha que acababa de entrar con una pequeña maleta. Era una morena muy guapa y, por un momento, le pareció haberla visto en alguna otra parte, pero la joven la miró sin dar muestras de reconocerla. Las dos mujeres hablaban un lenguaje desconocido para Victoria. Al verla guardaron silencio. Ella se vio obligada a decir «Adiós» amablemente al pasar junto a Catherine.

Supo encontrar el camino hasta Rashid Street por la zigzagueante callejuela y emprendió el regreso al hotel a paso lento sin preocuparse de la multitud a su alrededor. Trató de no pensar en su situación (en Bagdad y sin un penique), y se concentró en el doctor Rathbone y La Rama de Olivo. Edward le había dicho en Londres que había algo «extraño» en su trabajo. ¿Qué era extraño? ¿El doctor Rathbone o La Rama de Olivo?

Victoria no quiso creer que hubiera nada sospechoso en el doctor Rathbone. Le parecía uno de esos visionarios equivocados que insisten en ver el mundo según sus propios ideales, sin hacer caso de la realidad.

¿Qué había querido decir Edward? Había sido muy ambiguo. Tal vez ni él mismo lo supiera.

¿Sería posible que el doctor Rathbone fuese un fraude colosal?

Victoria, todavía impresionada por su encanto, sacudió la cabeza. Era cierto que había cambiado su expresión, aunque había sido algo casi imperceptible, ante la idea de pagarle un sueldo. Era evidente que prefería que la gente trabajase por amor al arte.

Pero eso, pensó Victoria, era una muestra de sentido común. Greenholtz, por ejemplo, habría pensado lo mismo.

Capítulo 12

Victoria regresó al hotel Tio con los pies doloridos y fue recibida con entusiasmo por Marcus, que estaba sentado en la terraza que daba al Tigris en compañía de un hombre de mediana edad, delgado y de aspecto mezquino.

—Venga a tomar algo con nosotros, miss Jones. ¿Un martini? ¿O prefiere un *sidecar*?[1] Le presento a Mr. Dakin. Miss Jones, de Inglaterra. Ahora, querida, ¿qué va a tomar?

Victoria dijo que quería un *sidecar* y «algunas nueces de esas tan sabrosas», recordando que eran muy nutritivas.

—Le gustan las nueces. ¡Jesús! —Dio una orden en árabe y Dakin dijo con voz triste que tomaría una limonada.

—¡Ah! —exclamó Marcus—. Pero eso es ridículo. Aquí viene Mrs. Cardew Trench. ¿Conoce a Mr. Dakin? ¿Qué desea tomar?

—Ginebra con lima. —Mrs. Cardew Trench saludó a Dakin informalmente apenas con una inclinación de cabeza—. Parece muy acalorada —agregó dirigiéndose a Victoria.

—He estado paseando para ver la ciudad.

1. Cóctel hecho de brandi, licor de naranja y zumo de limón. *(N. del T.)*

Cuando trajeron las bebidas, Victoria se comió un gran plato de pistachos y algunas patatas fritas. Al cabo de un rato, apareció en la terraza un hombre bajo y fornido, y el hospitalario Marcus le invitó a que se uniera a ellos. Fue presentado como el capitán Crosbie y, por el modo en que la miraron sus ojos saltones, Victoria adivinó que era bastante susceptible a los encantos femeninos.

—¿Recién llegada? —le preguntó.

—Llegué ayer.

—No la había visto por aquí.

—Es muy agradable y bonita, ¿verdad? —dijo Marcus, contento—. Oh, sí. Es un placer tenerla entre nosotros. Voy a dar una fiesta en su honor. Será una fiesta preciosa.

—¿Con pollitos tiernos? —preguntó Victoria esperanzada.

—Sí, sí. Y *foie gras, foie gras* de Estrasburgo. Y tal vez caviar, y luego un plato de pescado riquísimo, pescado del Tigris, todo con salsa y setas. Después un pavo relleno como lo cocinamos en casa, con arroz, pasas y especias, y guisado así. Oh, es buenísimo, pero tiene que comer mucho, no solo un bocado. O si prefiere, puede tomar solomillo, un solomillo grande y tierno. Será una cena que durará horas y horas. Será algo delicioso. Yo no como, solo bebo.

—Me parece estupendo —afirmó Victoria con voz desfallecida. Las descripciones de las viandas la hacían sentirse mareada del hambre. Se preguntó si Marcus pensaría en serio dar esa fiesta y cuándo.

—Creí que se había marchado a Basora —dijo Mrs. Cardew Trench a Crosbie.

—Regresé ayer —contestó Crosbie.

El capitán miró hacia los balcones.

—¿Quién es ese tipo? —preguntó—. Tiene pinta de bandolero con ese sombrero.

—Es sir Rupert Crofton Lee —respondió Marcus—.

Mr. Shrivenham lo trajo de la embajada anoche. Es un hombre muy agradable y un viajero distinguido. Cruza el Sahara en camello y escala montañas. Esa clase de vida es muy incómoda y peligrosa. No me gustaría para mí, desde luego.

—¡Ah, es ese tipo! —exclamó Crosbie—. Leí uno de sus libros.

—Vinimos en el mismo avión —comentó Victoria.

Los dos hombres la miraron con interés, o al menos eso le pareció a ella.

—Es muy engreído y pagado de sí mismo —prosiguió Victoria con un tono crítico.

—Conocí a su tía en Simla —dijo Mrs. Cardew Trench—. Toda la familia es así. Son muy listos, pero no pueden dejar de alardear de ello.

—Se ha pasado toda la mañana sentado ahí sin hacer nada —comentó Victoria con un deje de desaprobación.

—Es su estómago —explicó Marcus—. Hoy no ha podido comer. Es triste.

—No puedo comprender, Marcus, que con su corpulencia pueda pasar sin comer nada —comentó Mrs. Cardew Trench.

—Es la bebida —afirmó él con un suspiro—. Bebo demasiado. Esta noche vendrán mi hermana y su marido, así que beberé casi hasta el amanecer. —Volvió a suspirar antes de lanzar su grito de costumbre—: ¡Jesús! ¡Jesús! Trae otro de lo mismo.

—Para mí no —se apresuró a decir Victoria.

Dakin también rehusó. Se bebió el resto de la limonada y se marchó con paso cansino mientras Crosbie subía a su habitación.

Mrs. Cardew Trench golpeó la copa de Dakin con la uña.

—¿Limonada como de costumbre? Mala señal.

Victoria quiso saber por qué era una mala señal.

—Es una mala señal que un hombre beba únicamente cuando está solo.

—Sí, querida —dijo Marcus—. Es cierto.

—Entonces, ¿es bebedor? —preguntó Victoria.

—Por eso nunca ha prosperado —comentó Mrs. Cardew Trench—. A duras penas consigue conservar su empleo, nada más.

—Pero es un hombre muy agradable —manifestó Marcus, siempre tan considerado.

—Bah —exclamó Mrs. Cardew Trench—. Es un inútil. Solo sabe andar por ahí perdiendo el tiempo, no tiene fibra ni apego a la vida. Otro inglés que ha venido aquí para acabar de hundirse.

Después de dar las gracias a Marcus por la copa y de rehusar otra ronda, Victoria subió a su habitación, se quitó los zapatos y se tendió en la cama para dedicarse a pensar seriamente. Era de suponer que las tres libras a que ascendía todo su capital se las debía ya a Marcus por el hospedaje y la manutención. Si contaba con su generosidad y con poder subsistir a base de copas, pistachos, aceitunas y patatas fritas, tenía resuelto el problema alimentario durante unos días. ¿Cuánto tiempo tardaría Marcus en presentarle la cuenta y cuánto toleraría el retraso del pago? No tenía ni la menor idea. En cuestiones de negocios, no parecía un despreocupado. Debía buscar, por supuesto, un sitio más barato donde vivir. Pero ¿cómo encontrarlo? Y también un empleo enseguida. ¿Dónde se buscaba trabajo? ¿Y qué clase de empleo? ¿A quién acudir para que se lo buscase? ¡Cuántas dificultades representaba hallarse en una ciudad extranjera prácticamente sin un penique y sin saber cómo se hacían las cosas! Con tan solo un ligero conocimiento del terreno, estaba segura (como siempre) de que podía salir adelante. ¿Cuándo volvería Edward de Basora? Tal vez (¡horror!) la hubiese olvidado por completo. ¿Por qué diablos había sido tan tonta de venir a Bagdad sin encomendarse a nadie? ¿Quién y qué era Edward después de todo? Un hombre joven con una sonrisa atractiva y un modo agradable de decir las cosas. ¿Y cuál era su apellido? De saberlo, podría telegrafiarle. Era inútil, ni siquiera sabía dónde se hospedaba. No sabía nada de nada, eso era lo malo, y ello limitaba su manera particular de hacer las cosas.

Y no había nadie a quien pedirle consejo. No a Marcus, que era muy amable, pero nunca escuchaba. Tampoco a Mrs. Cardew Trench, que había sospechado de ella desde el principio. Ni a Mrs. Hamilton Clipp, que se había marchado a Kirkuk, ni al doctor Rathbone.

Tenía que conseguir algún dinero o encontrar trabajo, cualquier trabajo. Cuidar niños, pegar sellos en una oficina, servir en un restaurante. De lo contrario la enviarían al consulado para ser repatriada a Inglaterra y no volvería a ver a Edward nunca más.

Al llegar a este punto, cansada de tantas emociones, se quedó dormida.

Se despertó algunas horas después y, pensando que de perdidos al río, bajó al comedor y se despachó un menú completo y espléndido. Cuando acabó de cenar, se sintió como una boa pero mucho más animada.

«¿De qué sirve preocuparme más? —pensó Victoria—. Lo dejaré para mañana. Puede que salga algo o que se me ocurra algo o que Edward regrese.»

Antes de acostarse salió a la terraza junto al río. Puesto que para los habitantes de Bagdad la temperatura era de pleno invierno, no había nadie, a excepción de un camarero que contemplaba el agua inclinado sobre la barandilla. En cuanto vio a Victoria, se apartó con actitud culpable y entró en el hotel por la puerta de servicio.

Para ella, que llegaba de Inglaterra, le parecía una noche de verano, con un ligero frescor en el aire. Le encantó la vista del Tigris bañado por la luna y el misterio de la orilla opuesta festoneada de palmeras.

«Bueno, de todos modos, ya estoy aquí —se dijo Victoria, mucho más alegre—. Y ya me las arreglaré. Algo saldrá que remedie la situación.»

Con estos pensamientos fue a acostarse, y el camarero volvió a salir cautelosamente para continuar su tarea de atar una escala a la barandilla de modo que colgara sobre el río.

Unos minutos después, otra figura salió de entre las sombras para reunirse con él. Dakin dijo en voz baja:

—¿Todo en orden?

—Sí, señor, nada sospechoso que informar.

Una vez cumplido su cometido a satisfacción, Dakin volvió a esfumarse en la penumbra, cambió la chaquetilla de camarero por su chaqueta azul a rayas y atravesó la terraza para detenerse junto a los escalones que daban a la calle. Su silueta se recortó sobre la orilla del río.

—Refresca mucho por las noches —comentó Crosbie, quien salió del bar para reunirse con él—. Supongo que usted no lo notará demasiado viniendo de Teherán.

Durante unos instantes fumaron en silencio. A menos que levantasen la voz nadie podía oírlos. Crosbie habló tranquilamente.

—¿Quién es la joven?

—Aparentemente la sobrina del arqueólogo Pauncefoot Jones.

—Oh, eso puede ser cierto, pero al venir en el mismo avión que Crofton Lee...

—Más vale no dar nada por sentado —afirmó Dakin.

—¿De verdad cree conveniente trasladar aquí lo de la embajada? —preguntó Crosbie.

—Sí, creo que sí.

—¿A pesar de que estaba todo preparado hasta el menor detalle?

—También estaba todo preparado hasta el menor detalle en Basora y salió mal.

—Oh, ya lo sé. Por cierto, Salah Hassan fue envenenado.

—Sí, era de suponer. ¿Ha habido algún intento de aproximación en el consulado?

—Sospecho que pudo haberlo. Se armó un pequeño jaleo. Un individuo sacó un revólver. —Hizo una pausa y agregó—: Richard Baker le cogió del brazo cuando iba a disparar y se lo arrebató.

—Richard Baker —repitió Dakin, pensativo.

—¿Le conoce? Es...

—Sí, sé quién es.

Hubo un silencio que Dakin fue el primero en romper.

—Improvisación. En eso confío. Si lo tenemos todo preparado como usted dijo, y nuestros planes son conocidos, al otro lado les es mucho más fácil desbaratarlos. Dudo mucho que Carmichael pueda llegar a la embajada, e incluso si consiguiese llegar... —Meneó la cabeza.

—Aquí, solo usted, yo y Crofton Lee sabemos lo que se prepara.

—Oh, por supuesto. Era inevitable. ¿Pero no ve, Crosbie, que cualquier cosa que hagan para contrarrestar nuestra improvisación debe también ser improvisada? Tendrán que pensar deprisa y ponerlo en práctica sin perder ni un segundo. Tiene que venir, por así decirlo, del exterior. No es posible que alguien esté esperando en el Tio desde hace seis meses. El Tio no ha entrado en escena hasta ahora. Nunca se había pensado en utilizarlo como lugar de contacto.

Dakin miró su reloj.

—Iré a ver a Crofton Lee.

No precisó llamar a la puerta de su habitación. Esta se abrió silenciosamente para darle paso.

El viajero solo tenía una lamparita encendida y había colocado su butaca junto a ella. Mientras volvía a sentarse, dejó la pequeña pistola automática en la mesa al alcance de su mano.

—¿Qué hay, Dakin? —preguntó—. ¿Cree que vendrá?

—Creo que sí, sir Rupert. No le ha visto nunca, ¿verdad?

El otro meneó la cabeza.

—No. Estoy deseando verlo. Ese hombre, Dakin, debe de tener mucho valor.

—Oh, sí —afirmó Dakin con voz hueca—. Es muy valiente.

Parecía un poco sorprendido de tener que confirmar el hecho.

—No me refiero solamente al arrojo —dijo el otro—. Durante la guerra ha habido ejemplos magníficos. Me refiero...

—¿A su imaginación? —insinuó Dakin.

—Sí. Tener el valor de creer en algo que no es nada probable. Arriesgar la vida para demostrar que una historia ridícula no lo es, ni mucho menos. Para eso se necesita algo que no es corriente en la juventud moderna. Espero que venga.

—Creo que vendrá —manifestó Dakin.

Sir Rupert le miró fijamente.

—¿Lo ha dejado todo preparado?

—Crosbie está en la terraza y yo vigilaré la escalera. Cuando Carmichael llegue, golpee la pared y vendré.

Crofton Lee asintió.

Dakin abandonó la habitación en silencio. Dobló a la izquierda, salió al balcón y fue hasta el otro extremo. Allí también una escala pendía hasta el suelo, a la sombra de un eucalipto y algunos arbustos.

Dakin volvió a pasar ante la habitación de Crofton Lee para dirigirse a la suya. Su cuarto tenía una segunda puerta que daba al pasillo de la parte de atrás de las habitaciones y se abría muy cerca del rellano de la escalera. La dejó entreabierta y comenzó su vigilancia.

Cuatro horas más tarde, una *gufa*, primitiva embarcación del Tigris, se acercó lentamente a la orilla y fue a parar debajo mismo del hotel Tio. Poco después, una figura delgada trepó por la escala escondida entre los arbustos.

Capítulo 13

La intención de Victoria era meterse en la cama, dormir y dejar todos sus problemas para la mañana siguiente, pero debido a la larga siesta estaba completamente despejada.

Finalmente encendió la luz, terminó de leer el artículo de la revista que había comenzado en el avión, zurció sus medias, se probó las nuevas de nailon, redactó varios anuncios distintos solicitando empleo (al día siguiente preguntaría dónde publicarlos) y escribió tres o cuatro cartas a Mrs. Hamilton Clipp, a cuál más ingeniosa, relatando las circunstancias imprevistas por las que se había quedado «varada» en Bagdad, y más o menos esbozó un par de telegramas pidiendo ayuda a su único pariente, un caballero muy viejo, tacaño y desagradable que vivía en el norte de Inglaterra y que nunca había ayudado a nadie en su vida. También se probó un nuevo peinado y por último, con un bostezo, y al comprobar que se le cerraban los ojos, decidió que era el momento de acostarse y descansar.

En aquel preciso instante y sin previo aviso, se abrió la puerta, entró un hombre que cerró con llave y le dijo desesperadamente:

—Por el amor de Dios, escóndame en algún sitio, deprisa.

Las reacciones de Victoria nunca habían sido lentas. En un abrir y cerrar de ojos se hizo cargo de la respiración entrecortada de aquel hombre, de su voz débil y de la fuerza con que sujetaba contra su pecho una vieja bufanda roja, y se puso en pie en el acto para afrontar la aventura.

La habitación no tenía muchos lugares propicios para servir de escondite. Un armario, una consola, una mesa y el tocador. La cama era grande, casi de matrimonio, y los recuerdos de los juegos infantiles hicieron que reaccionara rápidamente.

—Deprisa —dijo. Quitó las almohadas, levantó la sábana y la manta.

El hombre se tumbó en la cabecera. Victoria volvió a poner la sábana y la manta, colocó las almohadas en su sitio y se sentó en el borde de la cama.

Casi en el acto llamaron a la puerta con insistencia.

Victoria, con voz débil y asustada, preguntó:

—¿Quién es?

—Abra, por favor —dijo una voz masculina—. Policía.

Victoria cruzó la habitación poniéndose la bata. Al ver la bufanda del fugitivo caída en el suelo, la recogió y la metió en un cajón. Luego hizo girar la llave en la cerradura, abrió la puerta solo un poco y espió por la rendija con expresión de alarma.

Un joven de pelo oscuro, con un traje a rayas, estaba en el pasillo, escoltado por un policía de uniforme.

—¿Qué sucede? —preguntó Victoria con voz temblorosa.

El joven sonrió amablemente y le habló en un inglés bastante aceptable.

—No sabe cuánto siento tener que molestarla a estas horas, señorita, pero perseguimos a un criminal. Ha entrado en este hotel. Debemos registrar todas las habitaciones. Es un hombre muy peligroso.

—¡Oh, Dios mío! —Victoria se apartó para abrirles la puerta—. Entren, por favor, y busquen bien. ¡Qué miedo! Miren en el cuarto de baño, por favor. ¡Oh! Y en el armario.

¿Les importaría mirar debajo de la cama? Puede haber estado ahí todo el día.

El registro fue muy rápido.

—No, no está aquí.

—¿Seguro que no está debajo de la cama? No. ¡Qué tonta soy! No puede estar aquí. Cerré la puerta con llave cuando me acosté.

—Gracias, señorita, y buenas noches.

El joven insinuó una reverencia y salió en compañía del agente uniformado.

Victoria los siguió hasta la puerta.

—Será mejor que cierre otra vez, ¿no les parece? —dijo—. Para estar más segura.

—Sí, será mejor, desde luego. Gracias.

Victoria volvió a cerrar la puerta con llave, pero no se apartó durante unos minutos. Escuchó cómo los policías llamaban a la puerta del otro lado del pasillo y cómo esta se abría, el intercambio de comentarios y la indignación en la voz ronca de Mrs. Cardew Trench, y luego, el ruido al cerrarse. Volvió a abrirse unos momentos después, y el ruido de las pisadas se alejó por el pasillo. La siguiente llamada se produjo mucho más lejos.

Victoria se acercó a la cama. Empezaba a creer que había sido demasiado tonta. Llevada por su romanticismo y por el sonido de su mismo idioma, había ofrecido impulsivamente su ayuda a quien tal vez fuese un asesino peligroso. En ocasiones ponerse al lado del perseguido trae consecuencias desagradables. «¡Oh, bueno! De todas maneras ya está hecho», pensó.

—Levántese.

El hombre no se movió y la joven repitió con aspereza, aunque sin alzar la voz:

—Ya se han ido. Puede levantarse.

Pero tampoco esta vez hubo el menor movimiento debajo de las almohadas. Victoria las apartó con impaciencia.

El hombre continuaba en la misma posición en que lo dejara, pero ahora su rostro mostraba un extraño tinte grisáceo y tenía los ojos cerrados.

Victoria contuvo la respiración al ver algo más: una gran mancha roja que traspasaba la manta.

—¡Oh, no! —exclamó, como si hablara con alguien—. ¡Oh, no, no!

Como una respuesta a sus súplicas, el herido abrió los ojos y la miró fijamente como si estuviera muy lejos y no muy seguro de lo que veía.

Entreabrió los labios; su voz era tan tenue que Victoria apenas le oía.

Se inclinó sobre él.

—¿Qué?

Esta vez lo oyó. Con dificultad, con mucha dificultad, el joven pronunció dos palabras. Parecían no tener sentido ni significado alguno. Lo que dijo fue: «Lucifer... Basora».

Los párpados se cerraron sobre los ojos ansiosos. Dijo otra palabra, un nombre. Luego echó la cabeza hacia atrás y se quedó inmóvil.

Victoria permaneció muy quieta mientras su corazón latía apresuradamente. Ahora se sentía invadida por un sentimiento de intensa compasión y cólera. No tenía la menor idea de lo que iba a hacer. Debía llamar a alguien, conseguir que viniera alguien. Estaba sola con un hombre muerto y tarde o temprano la policía pediría una explicación.

Mientras su cerebro trabajaba activamente en el análisis de la situación, un ruido le hizo volver la cabeza. La llave había caído al suelo y, mientras la miraba, oyó girar otra llave en la cerradura. La puerta se abrió y entró Mr. Dakin. Después cerró la puerta con mucho cuidado.

Se acercó a la joven.

—Buen trabajo, querida —dijo en voz baja—. Piensa usted muy rápido. ¿Cómo está?

—Creo que está muerto —contestó Victoria con un hilillo de voz.

Vio cómo se alteraba el rostro de Dakin, captó el relámpago de ira, para después recuperar la expresión del día anterior, solo que su indecisión y su flaqueza habían desaparecido para dar paso a algo muy distinto.

Se inclinó para desabrochar suavemente la raída guerrera.

—Una puñalada limpia en pleno pecho —dijo Dakin mientras se erguía—. Era un muchacho valiente y muy listo.

Victoria recuperó la voz.

—Ha venido la policía. Dijeron que era un criminal. ¿Lo era?

—No.

—¿Eran policías de verdad?

—No lo sé. Puede que sí. Qué más da. ¿Dijo algo antes de morir?

—Sí.

—¿Qué dijo?

—«Lucifer» y luego «Basora». Después me dijo un nombre, me pareció un nombre francés, pero puede que no lo entendiera bien.

—¿Cómo le sonó a usted?

—Algo así como Lefarge.

—Lefarge —repitió Dakin, pensativo.

—¿Qué significa todo esto? —preguntó Victoria, y añadió con desmayo—: ¿Y qué voy a hacer?

—Debemos mantenerla fuera de todo esto cuanto nos sea posible. Respecto a lo que significa, vendré más tarde a explicárselo. Lo primero que hay que hacer es llamar a Marcus. Es su hotel y Marcus tiene una buena dosis de sentido común, aunque uno no siempre lo advierte al hablar con él. Voy a ver si lo encuentro. No debe de haberse acostado todavía. Es la una y media. Nunca se acuesta antes de las dos. Procure maquillarse adecuadamente antes de que lo traiga. Marcus es muy susceptible ante una belleza en apuros.

Salió de la habitación. Como en un sueño, Victoria fue hasta el tocador para peinarse y dar a su rostro un matiz pálido. Luego se dejó caer en una butaca hasta oír un rumor de pasos que se acercaban. Dakin entró sin anunciarse. Le seguía la mole de Marcus Tio. Esta vez estaba muy serio, sin su acostumbrada sonrisa.

—Ahora, Marcus —dijo Dakin—, debe hacer lo que pueda. Ha sido un golpe terrible para la pobrecita. Ese individuo entró por sorpresa, se desmayó. Ella tiene el corazón muy sensible y lo ocultó a la policía. Ahora está muerto. Tal vez no debiera haberlo hecho, pero las mujeres tienen un corazón tan tierno.

—Comprendo que no le guste la policía —afirmó Marcus—. A nadie le gusta la policía. A mí tampoco. Pero tengo que estar a bien con ellos por mi hotel. ¿Quiere que los soborne?

—Solo queremos sacar el cuerpo sin llamar la atención.

—Eso está muy bien. Yo tampoco quiero tener un cadáver en mi hotel. Pero no es fácil.

—Creo que puede arreglarse. Usted tiene un médico en la familia, ¿verdad?

—Sí, Paul, el marido de mi hermana, es médico. Es un muchacho muy agradable, pero no quisiera meterlo en ningún lío.

—No lo tendrá. Escuche, Marcus. Trasladaremos el cadáver desde la habitación de miss Jones a la mía. Eso la deja al margen de todo. Luego llamo por teléfono. A los diez minutos un hombre viene al hotel tambaleándose. Está muy bebido, se coge el costado. Pregunta por mí a grandes gritos. Entra en mi habitación y sufre un colapso. Yo salgo a buscarle a usted para que llame a un médico. Usted trae a su cuñado. Él pide una ambulancia y se va con mi amigo, el borracho. Antes de llegar al hospital mi amigo fallece. Había sido apuñalado. Usted no tiene nada que ver. Lo han apuñalado en la calle unos minutos antes de entrar en el hotel.

—Mi cuñado se lleva el cuerpo y el joven que representa el papel de borracho se marcha tranquilamente por la mañana, ¿no es así?

—Esa es la idea.

—¿Y no encuentran ningún cadáver en mi hotel? ¿Y miss Jones no tiene que preocuparse más? Creo que es una buena idea.

—Bien. En cuanto usted se encargue de que no haya moros en la costa, yo me llevaré el cadáver a mi cuarto. Sus criados se pasan media noche corriendo por los pasillos. Vaya a su habitación y monte un escándalo. Ordéneles que vayan a buscarle cosas.

Marcus asintió y salió de la habitación.

—Es usted una muchacha fuerte —dijo Dakin—. ¿Puede ayudarme a llevarlo hasta mi habitación?

Victoria asintió. Entre los dos levantaron el cuerpo inerte y lo llevaron por el desierto corredor (en la distancia se oía la voz furiosa de Marcus) y lo dejaron sobre la cama de Dakin.

—¿Tiene unas tijeras? —preguntó Dakin—. Corte la parte de la manta que está manchada. No creo que haya empapado el colchón. La guerrera ha absorbido la mayor parte de la sangre. Iré a verla dentro de una hora. ¡Eh! Espere un momento, beba un trago. —Le ofreció una petaca.

Victoria obedeció.

—Buena chica. Ahora vuelva a su habitación y apague la luz. Como le digo, volveré dentro de una hora.

—¿Y me explicará qué significa todo esto?

Él le dirigió una mirada bastante extraña, pero no contestó a la pregunta.

Capítulo 14

Victoria permaneció acostada en la cama, a oscuras y atenta al menor ruido. Oyó la voz alterada de un borracho que decía: «Tenía que encontrarte. He tenido una pelea ahí fuera con un individuo». Luego el sonido de los timbres. Otras voces y un gran alboroto. Después unos minutos de relativo silencio, excepto las lejanas notas de una canción árabe que algún huésped había puesto en el gramófono. Cuando le parecía que habían transcurrido varias horas, oyó abrirse la puerta de su habitación. Se sentó en la cama y encendió la luz de la mesita de noche.

—Muy bien —dijo Dakin aprobadoramente.

Acercó una silla a la cama y se sentó. Durante unos momentos la miró como un médico dispuesto a hacer un diagnóstico.

—Cuéntemelo todo —exigía Victoria.

—¿Qué le parece si primero hablamos de usted? —replicó Dakin—. ¿Qué está haciendo aquí? ¿Por qué ha venido a Bagdad?

Ya fuera por los sucesos de aquella noche o por la personalidad de Dakin (Victoria comprendió más tarde que había sido por esto último), por una vez no se embarcó en ningún inspirado y feliz relato para explicar su presencia en Bagdad, sino que le contó la verdad lisa y llanamente. El encuentro con Edward, la decisión de ir a Bagdad, el milagro de haber encontrado a Mrs. Hamilton Clipp y la precaria situación económica.

—Comprendo —manifestó Dakin cuando Victoria hubo concluido. Guardó silencio unos instantes antes de continuar—: Tal vez me hubiera gustado apartarla de todo esto. No estoy seguro. Pero el caso es que ya no puede apartarse. Está metida en esto me guste o no. Y ya que está metida, bien puede trabajar para mí.

—¿Tiene usted algún empleo para mí? —Victoria se irguió con las mejillas arreboladas.

—Tal vez. Pero no la clase de empleo que usted supone. Este es un trabajo serio, Victoria. Y peligroso.

—¡Oh, no me importa! —afirmó ella alegremente, aunque después añadió con un tono de duda—. No será nada deshonesto, ¿verdad? Porque a pesar de que digo muchas mentiras, no quisiera hacer nada que lo fuese.

Dakin sonrió.

—Aunque parezca extraño, su capacidad y su rapidez para inventar mentiras convincentes son dos de las cualidades que la hacen apta para este trabajo. No, no se trata de nada deshonesto. Al contrario, va a alistarse en favor de la ley y el orden. Voy a ponerla al corriente, aunque solo en líneas generales, para que comprenda qué es lo que tendrá que hacer y cuáles son exactamente los riesgos. Parece usted una joven sensata y no creo que haya pensado mucho sobre la política mundial, algo que no se le puede reprochar, porque como sabiamente dijo Hamlet: «Nada es bueno o malo, sino en función de lo que nosotros pensamos de ello».

—Sé que todo el mundo dice que tarde o temprano habrá otra guerra —dijo Victoria.

—Exacto. ¿Por qué dice eso todo el mundo, Victoria?

—Pues —frunció el ceño—, a causa de Rusia, los comunistas, Estados Unidos... —se detuvo.

—¿Lo ve usted? No son opiniones o palabras suyas. Están cogidas de los periódicos, las conversaciones y la radio. Es muy cierto que hay dos puntos de vista divergentes que dominan distintas partes del mundo. Y están representados en la mente del público por «Rusia y los comunistas» y «Estados Unidos». La única esperanza del futuro, Victoria, se basa en la paz, la producción, las actividades constructivas y no destructivas. Por tanto, todo depende de aquellos que sostienen estos dos puntos de vista divergentes, bien sea conformándose cada uno con sus opiniones y respectivas esferas de actividad, o bien buscando una base de mutuo acuerdo, o al menos de tolerancia. En vez de esto, está ocurriendo todo lo contrario: se está introduciendo una cuña para obligar a ambos grupos a separarse más y más. Ciertas cosas condujeron a algunas personas a creer que esta maniobra proviene de una tercera persona o grupo que trabaja bajo mano, completamente ignorado por el mundo en general. Dondequiera que haya una oportunidad de llegar a un acuerdo o cualquier señal de cooperación y colaboración, ocurre algún incidente que induce a la desconfianza de un bando o provoca en el otro un miedo histérico. Esas cosas no son accidentes, Victoria, sino que han sido calculadas deliberadamente para producir el efecto deseado.

—¿Pero por qué lo cree así y quién lo hace?

—Una de las razones es el dinero. Verá, el dinero lo suministra una fuente equivocada. El dinero, Victoria, es siempre la clave de lo que está sucediendo en el mundo. Como el médico que le toma el pulso para diagnosticar su estado de salud, el dinero es la sangre que alimenta toda gran causa o movimiento. Sin él, no se puede seguir adelante. Ahora, aquí hay grandes sumas de dinero y, aunque estén muy bien camufladas, no está demasiado clara su procedencia ni tampoco a dónde van a parar. Se producen numerosas huelgas ilegales, se amenaza a los gobiernos de países europeos cuando dan signos de recuperación económica, siempre organizadas y llevadas a la práctica por los comunistas, incansables trabajadores en pro de su causa, pero los fondos no salen de fuentes comunistas, sino de muy distintas procedencias. No es dinero del capitalismo, aunque naturalmente pasa por sus manos. Y hay un tercer aspecto: al parecer, están desapareciendo de la circulación enormes cantidades de dinero. Para que lo entienda, le pondré un ejemplo sencillo: usted gasta su sueldo en una serie de cosas, pulseras, mesas, sillas, y esas cosas luego desaparecen o quedan fuera de la circulación. Por todo el mundo se ha extendido una gran demanda de diamantes y otras piedras preciosas. Pasan de mano en mano una docena de veces, hasta que al fin desaparecen sin dejar rastro.

»Esto, claro está, es solo un ligero boceto. El resultado final es que en algún lugar hay un tercer grupo, cuyos objetivos siguen siendo oscuros, que fomenta las huelgas y los malentendidos, y se dedica a camuflar dinero y joyas para sus propios fines. Tenemos razones para creer que en cada país existen agentes de este grupo, algunos establecidos desde hace muchos años. Los hay que ocupan cargos de responsabilidad, y otros tienen un papel más modesto, pero todos trabajan para un fin desconocido. En resumen, sus actividades son exactamente las mismas de la Quinta Columna al principio de la pasada guerra, solo que esta vez es a escala mundial.

—Pero ¿quiénes son esas personas? —preguntó Victoria.

—Creemos que no tienen una nacionalidad determinada. Me temo que lo que quieren es ¡mejorar el mundo! La alucinación de que pueden imponer por la fuerza un período de paz y prosperidad a la raza humana es uno de los delirios más peligrosos que existen. Aquellos que solo pretenden llenarse los bolsillos poco daño pueden hacer. La codicia derrota a sus propios fines. Pero creer en superhombres destinados a regir al resto del mundo en decadencia, esa, Victoria, es la peor de todas las creencias. Porque cuando uno dice «Yo no soy como los demás», perdemos las dos cualidades más valiosas a las que aspiramos: la humildad y la solidaridad.

Carraspeó.

—Bien, no quiero echarle un sermón. Déjeme explicarle lo que sabemos. Existen varios centros. Uno en Argentina, otro en Canadá, desde luego uno o dos más en Estados Unidos y me imagino, aunque no hay nada probado, que otros en Rusia. Y ahora llegamos a un fenómeno muy interesante.

»En los dos últimos años, veintiocho jóvenes científicos de enorme porvenir y de distintas nacionalidades han desaparecido de sus respectivos países. Lo mismo ha ocurrido con ingenieros, aviadores, expertos en electrónica y otros campos. Estas desapariciones tienen algo en común: todos son hombres jóvenes, ambiciosos y sin vínculos. Además de los casos que conocemos, debe de haber muchos más y empezamos a adivinar lo que están haciendo.

Victoria lo escuchaba con el entrecejo fruncido.

—Usted me dirá que es imposible en la actualidad que ocurra algo en un lugar y que el resto del mundo no se entere. No me refiero, naturalmente, a actividades clandestinas que pueden llevarse a cabo en cualquier parte, sino a una producción moderna a gran escala, como se hace ahora. Sin embargo, todavía quedan algunos lugares desconocidos en ciertas partes del mundo, alejados de las rutas comerciales, separados por montañas y desiertos, poblados por gentes que aún conservan el poder de mantener a raya a los extranjeros y que solo son conocidos y visitados por algún solitario y excepcional viajero. Lo que allí ocurre nunca trasciende al exterior, sino que es como un rumor ridículo y absurdo.

»No especificaré el lugar. Se puede llegar desde China, y nadie sabe lo que pasa en el interior de China. También se puede acceder por el Himalaya, pero allí los viajes, salvo para los expertos, son duros y largos. No obstante, máquinas y personal de todas partes del planeta llegan hasta allí, después de ser desviados de su aparente destino. No es necesario entrar en la mecánica del asunto.

»Sin embargo, un hombre insistió en seguir cierta pista. Era un hombre extraordinario, un hombre que tenía amigos y contactos por todo el Oriente Medio y el Extremo Oriente. Había nacido en Kashgar y conocía unos veinte dialectos y lenguas. Sospechó y siguió la pista. Lo que oyó era tan increíble que, cuando regresó a la civilización, no le creyeron. Confesó que había tenido unas fiebres y le trataron como a alguien que había tenido delirios.

»Solo dos personas creyeron su historia. Una fui yo mismo. No tengo inconveniente en creer cosas imposibles; a menudo suelen ser verdad. La otra persona... —vaciló.

—Siga —suplicó Victoria.

—La otra persona fue sir Rupert Crofton Lee, un gran viajero, un hombre que ha viajado a través de esas regiones remotas y que sabe algo de sus posibilidades.

»El resultado de todo esto fue que Carmichael, mi hombre, decidió ir en persona a averiguarlo. Era un viaje arduo y desesperado, pero iba tan bien equipado como el mejor. De eso hace nueve meses. No supimos nada de él hasta hace pocas semanas. Estaba vivo y había conseguido lo que buscaba: las pruebas definitivas.

»Pero el bando enemigo le perseguía. Para ellos era de importancia vital que no volviera con las pruebas. Y hemos tenido oportunidad de comprobar que todo nuestro sistema está infiltrado por sus agentes; incluso en mi propio departamento hay filtraciones. Y algunas de estas filtraciones, Dios nos ayude, se producen a muy alto nivel.

»Todas las fronteras han sido vigiladas para cogerle. Vidas inocentes han sido sacrificadas por error, no dan mucho valor a una vida humana. Pero de un modo u otro había logrado escabullirse, hasta esta noche.

—Entonces, ¿ese hombre era él?

—Sí, querida. Un joven muy valiente e indómito.

—Pero ¿y las pruebas? ¿Las consiguieron?

Una lenta sonrisa apareció en el rostro cansado de Dakin.

—No lo creo. No, conociendo a Carmichael, estoy seguro de que no. Pero ha muerto sin poder decirnos dónde están esas pruebas y cómo conseguirlas. Creo que intentó decir algo que pudiera darnos una pista. —Repitió despacio—: Lucifer, Basora, Lafarge. Estuvo en Basora, quiso dar parte en el consulado, pero le dispararon y escapó de milagro. Es posible que dejara las pruebas en algún lugar de Basora. Lo que yo quiero de usted, Victoria, es que vaya a Basora e intente averiguarlo.

—¿Yo?

—Sí. Usted no tiene experiencia, no sabe lo que busca, pero oyó las últimas palabras de Carmichael y tal vez ellas le sugieran algo cuando llegue allí. ¡Quién sabe si no tendrá la suerte de los principiantes!

—Me encantaría ir a Basora —afirmó Victoria con vehemencia.

Dakin volvió a sonreír.

—Le gusta porque ese joven está allí, ¿eh? Está bien. Buena excusa. Nada mejor que un asunto amoroso auténtico para despistar. Vaya a Basora, abra bien los ojos y los oídos, y observe todo lo que pase a su alrededor. No puedo darle instrucciones sobre cómo actuar, y de hecho prefiero no hacerlo. Es usted una joven rebosante de ingenio. Ignoro lo que significan las palabras Lucifer y Lafarge, suponiendo que las entendiera bien. Me inclino a creer, como usted, que Lafarge debe de ser un nombre. Búsquelo.

—¿Y cómo iré a Basora? —preguntó Victoria con un práctico tono comercial—. ¿Y de dónde sacaré el dinero?

Dakin sacó su cartera y le tendió un fajo de billetes.

—Aquí tiene el dinero y, en cuanto a cómo irá a Basora, hable con esa vieja Mrs. Cardew Trench mañana por la mañana. Dígale que desea conocer Basora antes de marcharse a esas excavaciones donde pretende trabajar. Pregúntele por algún hotel. Ella le dirá enseguida que debe hospedarse en el consulado y enviará un telegrama a Mrs. Clayton. Probablemente allí encontrará a su Edward. Los Clayton tienen las puertas abiertas y todo el que pasa por allí se hospeda con ellos.

»Por lo demás, no puedo darle más que un consejo. Si sucediera algo desagradable, si le preguntaran qué hace y quién le ha dicho que lo hiciera, no quiera ser una heroína. Confiese enseguida.

—Muchísimas gracias —dijo Victoria agradecida—. Soy muy cobarde y, si alguien me tortura, me temo que no podría callarme.

—No se molestarán en torturarla —comentó Dakin—, a menos que intervenga algún sádico. Está muy pasado de moda. Basta una inyección para que confiese toda la verdad sin darse cuenta de lo que hace. Vivimos en una era científica, por eso no insisto en mantener el secreto. No puede decirles nada que ya no sepan. A partir de esta noche me vigilarán estrechamente. Y también a Rupert Crofton Lee.

—¿Y a Edward puedo decírselo?

—Esto lo dejo a su elección. En teoría, usted no debe decir ni una palabra a nadie de lo que está haciendo. ¡En la práctica —frunció las cejas significativamente—, también lo pone en peligro! He ahí uno de los problemas. Sin embargo, creo que el joven tiene una buena hoja de servicios en las fuerzas aéreas. No creo que le preocupe el peligro, y cuatro ojos ven más que dos. ¿Así que él cree que hay algo raro en La Rama de Olivo, donde trabaja? Eso es interesante, muy interesante.

—¿Por qué?

—Porque nosotros también lo pensamos —manifestó Dakin—. Dos advertencias antes de marcharse. Primera, si no le molesta que se lo diga, no cuente demasiadas mentiras. Es difícil poder recordarlas todas. Sé que es usted una virtuosa, pero simplifique, se lo aconsejo.

—Lo tendré en cuenta —dijo Victoria con encantadora humildad—. ¿Y la otra advertencia? No crea que me molestará si me la hace.

—Que esté atenta si alguien menciona a una joven llamada Anna Scheele.

—¿Quién es?

—No sabemos gran cosa de ella y nos gustaría saber algo más.

Capítulo 15

I

—Por supuesto, debe usted alojarse en el consulado —afirmó Mrs. Cardew Trench—. Tonterías, querida, no puede quedarse en el hotel del aeropuerto. Los Clayton estarán encantados. Los conozco desde hace muchos años. Les pondré un telegrama y usted puede coger el tren que sale esta noche. Conocen muy bien al doctor Pauncefoot Jones.

Victoria tuvo la delicadeza de enrojecer. El obispo de Llangow, alias el obispo de Languao, era una cosa, pero un ser de carne y hueso, como el doctor Pauncefoot Jones, otra muy distinta.

«Supongo que pueden meterme en la cárcel por falso parentesco o algo por el estilo», pensó Victoria sintiéndose culpable. Sin embargo, se alegró diciéndose que solo cuando uno intenta conseguir dinero con falsedades es cuando se le aplica la fuerza de la ley. Si eso era o no cierto, lo ignoraba porque desconocía la ley, como la mayoría de la gente, aunque eso no la desanimó.

El viaje en tren tuvo el aliciente de la novedad, a pesar de que para Victoria aquello no era precisamente un expreso. La joven ya había comenzado a ser consciente de su impaciencia occidental.

Un coche oficial la esperaba en la estación y la llevó al

consulado. El vehículo atravesó la verja y un jardín delicioso, y fue a detenerse ante un tramo de escalones que daban a la terraza que rodeaba la casa. Mrs. Clayton, sonriente, abrió la puerta mosquitera y le dio la bienvenida.

—¡Cuánto celebramos conocerla! Basora está espléndida en esta época del año y es un pecado abandonar Irak sin haberla visitado. Afortunadamente, ahora mismo no hay demasiada gente aquí. Algunas veces no sabemos dónde meterla, pero ahora solo tenemos al secretario del doctor Rathbone, que es un hombre encantador. A propósito, no verá a Richard Baker. Se marchó antes de que yo recibiera el telegrama de Mrs. Cardew Trench.

Victoria no tenía la menor idea de quién era Richard Baker, pero le pareció una suerte que se hubiera marchado.

—Se ha ido a Kuwait un par de días —prosiguió Mrs. Clayton—. Es un lugar a visitar antes de que se estropee. Me atrevo a decir que no tardará mucho. Todos los sitios se estropean tarde o temprano. ¿Qué prefiere tomar primero, un baño o un café?

—Un baño, por favor —contestó Victoria, agradecida.

—¿Cómo está Mrs. Cardew Trench? Esta es su habitación y el cuarto de baño aquí al lado. ¿Es una vieja amiga suya?

—¡Oh, no! —exclamó Victoria sinceramente—. Acabo de conocerla.

—Ya me figuro que la marearía al cuarto de hora. Supongo que se habrá dado cuenta de que es una cotilla empedernida. Tiene la manía de saberlo todo de todo el mundo. Pero es una buena compañía y una excelente jugadora de *bridge*. ¿Está segura de que no quiere tomar café o alguna otra cosa primero?

—No, de verdad.

—Bien, entonces la veré más tarde. ¿Tiene todo lo que necesita?

Mrs. Clayton se alejó como una bulliciosa abeja. Victoria se bañó, se maquilló y se peinó con el esmero de toda joven que va a reunirse con el hombre que le ha sorbido el seso.

De ser posible, Victoria esperaba ver a Edward a solas. No creía que fuese a hacer algún comentario indiscreto. Por fortuna, sabía que se llamaba Jones y que ahora le hubiese antepuesto Pauncefoot no era probable que le sorprendiera. La sorpresa sería verla en Irak, y por eso Victoria esperaba verle a solas aunque solo fuese un momento.

Con este propósito, después de ponerse un vestido de verano (porque para ella el clima de Basora le recordaba un día de junio en Londres), salió por la puerta mosquitera y se situó estratégicamente en la terraza, donde podría interceptar a Edward cuando regresara de sus ocupaciones, que al parecer consistían en batallar con los inspectores de aduana.

El primero en llegar fue un hombre alto y delgado, de rostro pensativo, y, mientras subía los escalones, Victoria se ocultó en la esquina de la terraza. Entonces vio a Edward, que entraba por la puerta del jardín que daba al recodo del río.

Fiel a la tradición de Julieta, Victoria se inclinó sobre la barandilla y lo llamó con un «chis».

Edward (que en opinión de Victoria estaba más atractivo que nunca) volvió la cabeza sorprendido y miró a su alrededor.

—¡Chis! ¡Aquí arriba! —llamó Victoria en voz baja.

Edward levantó la cabeza y una expresión de asombro apareció en su rostro.

—¡Cielo Santo!

—Calla. Espérame. Ahora bajo.

Victoria bajó los escalones de la terraza, dobló la esquina de la casa y se dirigió al lugar donde el obediente Edward la esperaba con la misma expresión de asombro.

—No es posible que esté borracho tan temprano —comentó Edward—. ¿Eres tú?

—Sí, soy yo —contestó Victoria alegremente.

—Pero ¿qué estás haciendo aquí? ¿Cómo has venido? Pensé que no volvería a verte nunca más.

—Y yo también.

—Parece un milagro. ¿Cómo llegaste hasta aquí?

—Volando.

—Naturalmente. De otro modo no hubieras tenido tiempo. Pero me refiero a la bendita y maravillosa casualidad que te ha traído a Basora.

—El tren —replicó Victoria.

—Lo estás haciendo a propósito, malvada. Cielos, me alegro de verte. Pero ¿cómo has venido aquí? Ahora en serio.

—Vine con una señora que se había roto el brazo, una tal Mrs. Clipp, una norteamericana. Me ofrecieron el empleo al día siguiente de conocerte y, como me hablaste de Bagdad y ya estaba un poco harta de Londres, pensé ¿por qué no ver mundo?

—La verdad es que eres muy intrépida, Victoria. ¿Dónde está esa Mrs. Clipp? ¿Aquí?

—No. Ha ido a ver a una hija suya cerca de Kirkuk. Solo me empleó para acompañarla durante el viaje.

—Entonces, ¿qué estás haciendo ahora?

—Continúo viendo mundo. Pero para ello han sido necesarios algunos subterfugios. Por eso quería verte a solas. Principalmente para evitar que dijeses que la última vez que me viste era una taquimecanógrafa sin trabajo.

—Por lo que a mí respecta, serás lo que tú digas.

—La idea es que soy miss Pauncefoot Jones —le informó Victoria—. Mi tío es un eminente arqueólogo que está realizando unas excavaciones en algún lugar más o menos inaccesible y yo voy a reunirme con él en breve.

—¿Y nada de eso es cierto?

—Claro que no. Aunque es una buena historia.

—Oh, sí, excelente. Pero imagina que tú y el tal Pauncefoot Jones os encontráis cara a cara.

—No lo creo probable. Tengo entendido que, cuando un arqueólogo empieza a excavar, sigue excavando como un loco, obsesionado por su incorregible manía.

—Sí, como los terrier. Pero queda un pequeño detalle. ¿Tiene él una sobrina de verdad?

—¿Cómo voy a saberlo?

—¡Oh! Entonces no representas a nadie en particular. Eso es mucho más fácil.

—Sí, después de todo, un hombre puede tener muchas sobrinas y, en caso de apuro, puedo decir que soy prima suya, pero que siempre le he llamado tío.

—Piensas en todo —observó Edward con admiración—. La verdad es que eres una chica sorprendente, Victoria. Nunca he conocido a nadie como tú. Pensé que no iba a verte en muchos años y que, si te veía, te habrías olvidado por completo de mí. Y ahora estás aquí.

La mirada de admiración que le dirigió llenó a Victoria de intensa satisfacción. De haber sido un gato hubiera ronroneado.

—Pero necesitarás un empleo, ¿verdad? —dijo Edward—. Quiero decir que no habrás heredado una fortuna o algo parecido.

—¡Qué va! Sí, necesito trabajo —contestó Victoria pausadamente—. Fui a La Rama de Olivo y vi al doctor Rathbone, le pedí un empleo, pero se mostró muy poco dispuesto, es decir, si tenía que ser remunerado.

—Ese viejo truhan es un tacaño —afirmó Edward—. Se cree que todo el mundo trabajará para él por amor al arte.

—¿Crees que es un farsante, Edward?

—No. No sé exactamente qué pensar. Debe de ser un buena fe, porque no saca ningún beneficio. Por lo que puedo ver, su terrible entusiasmo parece auténtico. Y, sin embargo, la verdad es que no lo considero un tonto.

—Será mejor que entremos —dijo Victoria—. Podemos hablar más tarde.

—No sabía que se conocieran usted y Edward —exclamó Mrs. Clayton.

—Somos viejos amigos —replicó Victoria con tono alegre—. Solo que hacía mucho que no nos veíamos. No tenía idea de que Edward estuviera aquí.

Mr. Clayton, el caballero de aspecto pensativo que viera subir los escalones, preguntó:

—¿Cómo le ha ido esta mañana, Edward? ¿Algún progreso?

—Me parece un asunto muy peliagudo, señor. Los cajones de libros están aquí y en orden, pero las formalidades necesarias para poder retirarlos parecen interminables.

Clayton sonrió.

—La costumbre local de demorarlo todo le pilla de nuevas.

—El oficial que necesito ver siempre está fuera —se quejó Edward—. Todo el mundo es amable y complaciente, solo que no pasa nada.

Todos rieron y Mrs. Clayton dijo para consolarle:

—Al final lo conseguirá. El doctor Rathbone ha sido muy inteligente al enviar a alguien que se ocupe personalmente. De otro modo es probable que hubieran estado meses aquí.

—Tienen mucho miedo de que envíen bombas y también recelan de la literatura subversiva. Sospechan de todo.

—Espero que el doctor Rathbone no se dedique a enviar bombas disimuladas como libros —comentó Mrs. Clayton riendo.

Victoria creyó ver un súbito destello en los ojos de Edward, como si el comentario de Mrs. Clayton le hubiese abierto una nueva perspectiva.

—El doctor Rathbone es un hombre muy entendido y goza de muy buena reputación, querida —manifestó Clayton con un leve tono de reproche—. Es miembro de varias sociedades importantes, conocido y respetado en toda Europa.

—Eso le da más facilidades para dedicarse al contrabando de bombas —insistió la incorregible Mrs. Clayton.

Victoria observó que Gerald Clayton no celebraba su ocurrencia y miraba ceñudo a su esposa.

Como las tiendas cerraban a mediodía después de comer, Edward y Victoria salieron a dar un paseo y a ver el paisaje. A Victoria le encantó el río Chatt el-Arab, con las orillas bordeadas de palmeras y el aspecto veneciano de las motoras amarradas al canal de la ciudad. Luego anduvieron por el zoco, contemplando los arcones kuwaitíes tachonados con piezas de latón y otras mercancías no menos atractivas.

Cuando regresaban al consulado y Edward se preparaba para asaltar la aduana una vez más, Victoria le preguntó de sopetón:

—Edward, ¿cómo te llamas?

—¿Qué diablos quieres decir, Victoria? —exclamó atónito.

—Tu apellido. ¿No comprendes que no lo sé?

—¿No lo sabes? No, claro, supongo que no. Goring.

—Edward Goring. No tienes idea de lo tonta que me sentí cuando fui a La Rama de Olivo para preguntar por ti sabiendo solo que te llamabas Edward.

—¿No había una chica morena? ¿Con el pelo muy corto?

—Sí.

—Es Catherine. Una chica muy simpática. Con que solo le hubieses dicho Edward te habría entendido.

—Me figuro que sí —replicó Victoria con reserva.

—Es muy simpática, ¿no crees?

—¡Oh, mucho!

—No es que sea muy atractiva, en realidad no es gran cosa, pero desborda simpatía.

—¿De veras? —El tono de Victoria era glacial, pero Edward pareció no darse cuenta.

—La verdad es que no sé lo que hubiera hecho sin ella. Me puso al corriente de todo y evitó que me comportara como un tonto. Estoy seguro de que seréis grandes amigas.

—No creo que tengamos la oportunidad.

—Oh, claro que sí. Voy a conseguirte un empleo.

—¿Cómo vas a arreglártelas?

—No lo sé, pero lo conseguiré. Le diré al viejo Rathbone lo buena taquimeca que eres.

—Pronto descubrirá que no lo soy.

—Sea como sea, te meteré en La Rama de Olivo. No voy a consentir que vayas por ahí por tu cuenta. Lo próximo que sabría de ti sería que te marchas a Birmania o a lo más profundo del África negra. No, jovencita, voy a tenerte bajo mi vigilancia. No voy a darte más ocasiones para que salgas por ahí corriendo. No me fío de ti. Tienes demasiada afición a ver mundo.

«¡Qué tonto eres, querido! —pensó Victoria—. ¿No te das cuenta de que no podrían sacarme de Bagdad ni arrastrada por bueyes?» Y en voz baja dijo:

—Bueno, será muy divertido trabajar en La Rama de Olivo.

—Yo no lo encuentro precisamente divertido. Todo hay que hacerlo deprisa y corriendo, y para colmo es de lo más tonto.

—¿Todavía piensas que hay algo raro?

—¡Oh! Eso fue solo una idea disparatada.

—No —replicó Victoria pensativa—. No creo que fuese solo una idea disparatada. Creo que es cierto.

Edward se volvió hacia ella bruscamente.

—¿Por qué dices eso?

—Por algo que dijo un amigo.

—¿Quién era?

—Solo un amigo.

—Las chicas como tú tienen demasiados amigos —gruñó Edward—. Eres un demonio, Victoria. Te quiero con locura y eso te importa un bledo.

—¡Oh!, sí que me importa. Un poquitín.

Luego, conteniendo su inmensa satisfacción, le preguntó:

—Edward, ¿hay alguien llamado Lefarge relacionado con La Rama de Olivo o con alguna otra organización?

—¿Lefarge? —Edward parecía intrigado—. No, no lo creo. ¿Quién es?

Victoria continuó su interrogatorio.

—¿Y una mujer llamada Anna Scheele?

Esta vez la reacción de Edward fue muy distinta. Se volvió con rapidez y cogiéndola del brazo preguntó:

—¿Qué sabes de Anna Scheele?

—¡Ay! ¡Suéltame, Edward! No sé nada. Solo quería saber si tú sabías algo.

—¿Dónde has oído hablar de ella? ¿Mrs. Clipp?

—No, no fue Mrs. Clipp, o al menos eso creo, pero habla tan deprisa y de tanta gente que es probable que yo no lo recordara aunque la hubiese mencionado.

—Pero ¿qué te hace pensar que esa Anna Scheele tiene algo que ver con La Rama de Olivo?

—¿Tiene algo que ver?

—No lo sé. Es todo tan... tan vago.

Estaban ante la puerta del jardín del consulado. Edward miró su reloj.

—Tengo que ocuparme de mi trabajo. Ojalá supiera un poco de árabe. Pero tenemos que volver a vernos, Victoria. Hay muchas cosas que quiero saber.

—Y hay muchas cosas que quiero decirte —contestó Victoria. Otra tierna heroína de una época más romántica hubiera mantenido apartado del peligro a su Romeo. Victoria, no. Los hombres, en su opinión, habían nacido para el peligro, del mismo modo que las chispas saltan hacia arriba. Edward no le agradecería que lo dejase al margen de los acontecimientos. Y cuanto más lo pensaba, más convencida estaba de que Mr. Dakin no había tenido intención de que así lo hiciera.

II

Al ponerse el sol, Edward y Victoria paseaban juntos por el jardín del consulado. Por deferencia a Mrs. Clayton, que había insistido en que hacía mucho aire, Victoria llevaba una rebeca de lana sobre su vestido estival. La puesta de sol era magnífica, pero ninguno de los dos jóvenes se dio cuenta. Estaban discutiendo asuntos mucho más importantes.

—Empezó simplemente cuando un hombre entró en mi habitación del hotel Tio y murió de una puñalada —dijo Victoria.

No era, tal vez, la idea que tiene la mayoría de la gente de un comienzo sencillo. Edward la miró fijamente.

—¿De qué?

—De una puñalada —repitió Victoria—. Por lo menos eso creo, aunque quizá le dispararon, solo que no oí el ruido del disparo. De todas formas —agregó—, estaba muerto.

—¿Cómo pudo entrar en tu habitación si estaba muerto?

—¡Oh, Edward, no seas estúpido!

Victoria le contó toda la historia a trancas y barrancas. Por alguna razón misteriosa, cuando narraba la verdad no conseguía nunca imprimirle dramatismo y sonó como si se hubiera inventado el relato de principio a fin.

Cuando terminó, Edward la miró dubitativamente.

—¿Te encuentras bien, Victoria? Quiero decir si no tendrás un poco de insolación o has soñado.

—Claro que no.

—Porque, la verdad, me parece demasiado inverosímil para que haya sucedido.

—Bueno, pues ha sucedido —insistió Victoria, testaruda.

—Y toda esa historia melodramática de fuerzas mundiales y misteriosas instalaciones secretas en el corazón del Tíbet o en Beluchistán, sencillamente no puede ser verdad. Esas cosas no suceden.

—Eso lo dice siempre la gente antes de que sucedan.

—Por Dios, no me dirás que no te lo has inventado todo.

—¡No! —exclamó Victoria exasperada.

—Y has venido aquí en busca de alguien llamado Lefarge y de una tal Anna Scheele.

—De quien tú mismo has oído hablar —le interrumpió Victoria—. Porque has oído hablar de ella, ¿no es así?

—Sí, he oído su nombre.

—¿Cuándo? ¿Dónde? ¿En La Rama de Olivo?

—No sé si significará algo —contestó Edward tras unos momentos de silencio—, pero fue algo extraño.

—Continúa. Cuéntamelo.

—Mira, Victoria, soy tan distinto de ti. No soy tan inteligente como tú. Solo sé, en cierta manera, que las cosas no son como debieran ser, pero no sé por qué pienso así. Tú observas lo que ocurre a tu alrededor y luego sacas conclusiones. Yo no soy tan listo, solo me doy cuenta de que las cosas están equivocadas, pero no sé por qué.

—A mí me pasa lo mismo algunas veces —comentó Victoria—. Como ver a sir Rupert en el balcón del Tio.

—¿Quién es sir Rupert?

—Sir Rupert Crofton Lee. Vino en el mismo avión que yo. Es muy presuntuoso y teatral. Todo un personaje. Y cuando lo vi sentado en el Tio a pleno sol, tuve la extraña impresión que acabas de explicar de que había algo erróneo, pero sin saber qué era.

—Creo que Rathbone le pidió que diese una conferencia en La Rama de Olivo, pero no pudo ser. Tengo entendido que ayer por la mañana salió para El Cairo o para Damasco.

—Bien, sigue contándome lo de Anna Scheele.

—¡Oh, Anna Scheele! No fue nada de particular. La nombró una de las chicas.

—¿Catherine? —preguntó Victoria en el acto.

—Ahora que lo pienso creo que fue ella.

—¡Claro que fue Catherine! Por eso no quieres contármelo.

—¡Qué tontería! Eso es absurdo.

—Bueno, ¿qué dijo?

—Catherine le dijo a otra de las chicas: «Cuando venga Anna Scheele podremos seguir adelante. Entonces dará las órdenes ella sola».

—Eso es muy importante, Edward.

—Recuerda que ni siquiera estoy seguro de que fuese ese el nombre —le advirtió él.

—¿Y entonces no lo encontraste extraño?

—No, claro que no. Pensé que sería alguna mujer que vendría como directora. Una especie de abeja reina. ¿Estás segura de que no son imaginaciones tuyas, Victoria?

Ante la mirada que le dirigió su joven amiga, se arrepintió.

—Está bien, está bien —se apresuró a decir—. Tienes que admitir que esta historia es muy poco verosímil. Un hombre que entra en tu habitación, pronuncia unas palabras que no significan nada y fallece. No parece muy real que digamos.

—Tú no viste la sangre —señaló Victoria con un estremecimiento.

—Debió de ser un impacto terrible —dijo Edward comprensivamente.

—Lo fue. Y para colmo, vienes tú y me preguntas si son imaginaciones mías.

—Lo siento. Pero es que eres bastante buena inventando cosas. ¡El obispo de Llangow, por ejemplo!

—¡Oh! Eso fue una infantil *joie de vivre*[1] —afirmó Victoria—. Pero esto es serio, Edward, muy serio.

—Ese hombre, Dakin. ¿Se llama así? ¿Te dio la impresión de que sabía de qué hablaba?

—Sí, estuvo muy convincente. Pero oye, Edward, ¿cómo sabes...?

Una llamada desde la terraza la interrumpió:

—Ustedes dos, vengan. Las copas están servidas.

—Enseguida vamos —gritó Victoria.

Mrs. Clayton le comentó a su marido mientras los veía acercarse a la escalera:

—¡Aquí hay gato encerrado! Hacen una bonita pareja. ¿Quieres que te diga lo que pienso, Gerald?

—Desde luego, querida. Siempre me interesan tus opiniones.

—Creo que esa joven ha venido a reunirse con su tío en las excavaciones solamente por ese muchacho.

—No lo creo. Parecían muy sorprendidos de encontrarse.

—¡Bah! —exclamó Mrs. Clayton—. ¡Yo diría que ha sido él quien se ha sorprendido!

Gerald Clayton meneó la cabeza y le sonrió.

—No tiene pinta de arqueóloga —continuó Mrs. Clayton—. Acostumbran a ser muchachas ansiosas que usan gafas y tienen las manos sudadas.

—Querida, no puedes generalizar de ese modo.

—Y son unas intelectuales. Esta muchacha es una boba-

1. Alegría de vivir. *(N. del T.)*

licona con mucho sentido común. Es completamente distinta. Y él es un joven agradable. Es una lástima que esté ligado a ese estúpido asunto de La Rama de Olivo, aunque me figuro que no es fácil conseguir un empleo. Tendrían que buscar trabajo para estos chicos.

—No es tan fácil, querida, pero lo intentan. Ya sabes, no tienen preparación ni experiencia y, por lo general, les cuesta concentrarse.

Aquella noche Victoria se acostó dominada por sentimientos contradictorios.

Había conseguido su objetivo: ¡Encontrar a Edward! Y sufría la consiguiente reacción. Por mucho que lo intentara, persistía la sensación de anticlímax.

La incredulidad de Edward hacía que todo lo sucedido pareciera irreal y novelesco. Ella, Victoria Jones, una insignificante mecanógrafa londinense, había llegado a Bagdad y había visto morir asesinado a un hombre casi ante sus propios ojos, se había convertido en un agente secreto o algo por el estilo y por fin había encontrado al hombre que amaba en un jardín tropical, donde las palmeras se cimbreaban sobre sus cabezas y, con toda probabilidad, no lejos del lugar donde se decía que había estado el paraíso terrenal.

Acudió a su memoria un fragmento de una canción infantil:

How many miles to Babylon?
Threescore and ten.
Can I get there by candlelight?
Yes, and back again.

(¿Cuántas millas hay hasta Babilonia?
Setenta.
¿Puedo llegar antes del anochecer?
Sí, y regresar otra vez.)

Pero ella no había regresado, seguía en Babilonia.

Tal vez ya no volviera nunca más y se quedara para siempre con Edward en Babilonia.

Había querido preguntarle algo en el jardín. El jardín del Edén, ella y Edward. Preguntar a Edward. Pero Mrs. Clayton les había llamado y se le había ido de la cabeza. Debía recordarlo porque era importante. No tenía sentido. Palmeras, jardín, Edward, una joven musulmana, Anna Scheele, Rupert Crofton Lee. Todo era erróneo. Si tan solo pudiera recordar...

Una mujer que avanzaba hacia ella por el pasillo de un hotel, una mujer con un traje sastre. Era ella misma, pero cuando llegó a su lado, vio que el rostro era el de Catherine. Edward y Catherine. ¡Absurdo! «Ven conmigo», le dijo ella a Edward. «Encontraremos al señor Lefarge.»

Y de repente allí estaba, con una barbita negra y puntiaguda y unos guantes amarillo limón.

Edward se había marchado y estaba sola. Debía regresar de Babilonia antes de que las velas se consumieran.

Nos quedaremos a oscuras.

¿Quién dijo esto? Violencia, terror, dolor, sangre en una harapienta guerrera caqui. Ella corría, corría por el pasillo del hotel. Y ellos la perseguían.

Victoria se despertó con un grito.

III

—¿Café? —preguntó Mrs. Clayton—. ¿Cómo prefiere los huevos? ¿Revueltos?

—Me encantan.

—Tiene bastante mala cara. ¿Se encuentra bien?

—No, la verdad es que me costó dormir y no sé por qué. La cama es muy cómoda.

—¿Quieres poner la radio, Gerald? Van a dar las noticias.

Edward llegó en el preciso momento en que sonaban las señales horarias.

Ayer por la noche, en la Cámara de los Comunes, el Primer Ministro dio nuevos detalles sobre las limitaciones a las importaciones de dólares.

Un informe recibido de El Cairo anuncia que el cadáver de sir Rupert Crofton Lee ha sido encontrado en el Nilo.

Victoria dejó su taza de café sobre la mesa y Mrs. Clayton profirió una exclamación.

Sir Rupert abandonó el hotel ayer por la tarde después de su llegada en avión procedente de Bagdad y ya no regresó. Cuando encontraron su cuerpo, habían transcurrido veinticuatro horas desde su desaparición. Su muerte fue debida a una puñalada en el corazón y no a haberse ahogado. Sir Rupert era un viajero famoso por sus expediciones a través de China y Beluchistán y autor de varios libros.

—¡Asesinado! —exclamó Mrs. Clayton—. Creo que ahora El Cairo es el peor lugar del mundo. ¿Sabías algo, Gerry?

—Sabía que había desaparecido —contestó el aludido—. Al parecer, recibió una nota entregada en mano y abandonó el hotel a toda prisa y sin decir adónde iba.

—Ya ves —le dijo Victoria a Edward después del desayuno cuando estuvieron a solas—. Todo es cierto. Primero ese hombre, Carmichael, y ahora sir Rupert Crofton Lee. Siento haberle llamado presuntuoso. Fui muy poco amable. Todas las personas que conocen o intuyen algo sobre este extraño asunto son eliminadas. Edward, ¿crees que yo seré la próxima?

—Por el amor de Dios, Victoria, no te regodees con la idea. Tu sentido del drama se pasa de la raya. No creo que te eliminen porque en realidad no sabes nada. Pero, por favor, ten mucho cuidado.

—Los dos debemos tener cuidado. Yo te he metido en esto.

—No te preocupes. Alivia la monotonía.

—Sí, pero ten cuidado. —Y se estremeció antes de añadir—: Es terrible. Tenía tanta vitalidad. Me refiero a Crofton Lee. Y ahora también ha muerto. Es espantoso, espantoso.

Capítulo 16

I

—¿Encontró a ese joven? —preguntó Mr. Dakin.

Victoria asintió.

—¿Averiguó algo más?

Bastante desanimada, respondió que no.

—Bueno, anímese —le dijo Dakin—. Recuerde que en este juego los resultados son escasos y a largo plazo. Podría haber averiguado algo, nunca se sabe, pero no contaba con ello.

—¿Puedo seguir probando? —preguntó Victoria.

—¿Lo desea?

—Sí. Edward cree que podrá encontrarme un empleo en La Rama de Olivo. Si mantengo los ojos y los oídos bien abiertos puede que averigüe algo. Allí saben algo de Anna Scheele.

—Eso es muy interesante, Victoria. ¿Cómo se ha enterado?

Victoria le repitió lo dicho por Edward sobre Catherine y su comentario de que «cuando llegara Anna Scheele sería quien diese las órdenes».

—Muy interesante —repitió Dakin.

—¿Quién es Anna Scheele? —quiso saber Victoria—. Quiero decir que usted debe saber algo de ella. ¿O es tan solo un nombre?

—Es algo más que un nombre. Es la secretaria privada de un banquero norteamericano, cabeza de una firma bancaria internacional. Hace diez días salió de Nueva York para ir a Londres. Desde entonces, es como si la tierra se la hubiese tragado.

—¿Desaparecida? ¿No habrá muerto?

—De ser así, no han encontrado el cadáver.

—Pero ¿podría haber muerto?

—¡Sí, claro!

—¿Iba a venir a Bagdad?

—No tengo ni la menor idea. Según el comentario de esa joven, Catherine, parece que iba a venir. Mejor dicho, digamos que va a venir, puesto que todavía no hay ninguna razón para creer que no esté viva.

—Puede que averigüe algo más en La Rama de Olivo.

—Quizá sí, pero debo advertirle una vez más que tenga mucho cuidado, Victoria. Esa organización a la que se enfrenta es despiadada. No quisiera que encontrasen su cadáver flotando en el Tigris.

Victoria se estremeció ligeramente.

—Como el de sir Rupert Crofton Lee —murmuró—. Aquella mañana, cuando estuvo en el hotel, lo noté algo extraño, hubo algo que me sorprendió. Quisiera poder recordar qué fue.

—¿Extraño? ¿En qué sentido?

—No sé, algo diferente. —En respuesta a la interrogante mirada de Dakin meneó la cabeza, irritada, y dijo—: Tal vez vuelva a acordarme. De todos modos, no creo que tenga importancia.

—Cualquier detalle puede ser importante.

—Si Edward me consigue el empleo, dice que debería hospedarme en una casa de huéspedes o en un hostal, como otras chicas, en lugar de quedarme aquí.

—Le resultaría más económico. Los hoteles de Bagdad son muy caros. Me parece que ese joven es muy sensato.

—¿Quiere conocerlo?

Dakin meneó la cabeza enfáticamente.

—No, dígale que se mantenga alejado de mí. Usted, por desgracia, debido a las circunstancias de la noche de la muerte de Carmichael, se ha convertido en sospechosa, pero Edward no tiene ninguna relación con aquellos sucesos ni conmigo, y eso es una ventaja.

—Quería preguntarle algo... ¿Quién apuñaló a Carmichael? ¿Fue alguien que le siguió hasta aquí?

—No —respondió Dakin despacio—. No pudo ser así.

—¿Qué no pudo ser?

—Llegó en una *gufa,* una de esas embarcaciones de los nativos, y no le siguieron. Lo sabemos porque el río estaba vigilado.

—Entonces, ¿fue alguien del hotel?

—Sí, Victoria. Y lo que es más, en un ala determinada del hotel, porque yo mismo vigilaba la escalera y no subió nadie.

Dakin observó su expresión intrigada y prosiguió en voz baja:

—Eso no nos deja mucho donde escoger. Usted, yo, Mrs. Cardew Trench, Marcus y sus hermanas. Un par de viejos criados que sirven desde hace años. Un hombre llamado Harrison, de Kirkuk, que no tiene ningún antecedente sospechoso. Una enfermera que trabaja en el hospital judío. Pudo ser cualquiera, aunque hay una buena razón para pensar que ninguno de ellos lo hizo.

—¿Qué razón?

—Carmichael estaba prevenido. Sabía que se acercaba el momento cumbre de su misión. Era un hombre con un instinto extraordinario para el peligro. ¿Qué le hizo descuidarse?

—Esos policías que vinieron... —comenzó a decir Victoria.

—¡Ah! Llegaron después, venían de la calle. Supongo

que debieron de hacerles alguna señal. Pero no le apuñalaron. Debió hacerlo alguien que lo conocía muy bien y en quien confiaba o no creía peligroso. Si yo supiera...

II

Los logros conllevan su propio anticlímax. Llegar a Bagdad, encontrar a Edward, penetrar en los secretos de La Rama de Olivo: todo le había parecido fascinante. Ahora, una vez logrado su objetivo, Victoria se preguntaba, en un poco habitual momento de reflexión, qué demonios estaba haciendo. La emoción de reunirse con Edward había pasado. Edward la quería y ella amaba a Edward. Casi todos los días trabajaban bajo el mismo techo, pero, pensándolo desapasionadamente, ¿qué diablos estaban haciendo?

De una forma u otra, por pura cabezonería o con ingeniosa persuasión, Edward había sido el instrumento para que Victoria obtuviera un empleo miserablemente retribuido en La Rama de Olivo. Pasaba la mayor parte del tiempo en un cuartucho siniestro, iluminado todo el día por una solitaria bombilla eléctrica, escribiendo en una máquina destartalada toda una serie de manifiestos y cartas referentes a las actividades de La Rama de Olivo. Edward había tenido la corazonada de que había algo extraño en la entidad. Mr. Dakin parecía compartir su punto de vista. Victoria estaba allí para averiguar lo que pudiera, pero, en su opinión, allí no había nada que averiguar. Las actividades de La Rama de Olivo destilaban la miel de la paz internacional. Se organizaban reuniones en las que se bebía naranjada acompañada de algunos aperitivos baratos y en las que Victoria desempeñaba casi el papel de anfitriona: reunir, presentar y favorecer la armonía general entre varios extranjeros, que se sentían inclinados a mirarse con animosidad y que engullían los aperitivos con hambre de lobo.

A los ojos de Victoria allí no había tejemanejes ocultos, conspiraciones ni grupitos sospechosos. Todo se hacía abiertamente y resultaba terriblemente aburrido. Varios jóvenes morenos intentaron hacerle la corte, otros le prestaron libros a los que echó una mirada y que le parecieron soporíferos. Abandonó el hotel Tio y se fue a vivir con otras jóvenes empleadas de varias nacionalidades a una casa situada en la orilla oeste del río. Entre esas muchachas estaba Catherine, y a Victoria le daba la impresión de que la observaba con recelo, pero ignoraba por completo si esto era debido a que sospechaba de sus actividades como espía o porque era objeto de más atenciones por parte de Edward. Más bien se inclinaba a favor de lo segundo. Era de todos conocido que Edward le había conseguido el empleo, y varios pares de ojos oscuros y celosos no dejaban de mirarla con muy poca simpatía.

«Lo cierto es que Edward es demasiado atractivo», pensó Victoria malhumorada. Todas aquellas muchachas estaban enamoradas de él y su actitud amistosa complicaba las cosas. Por mutuo acuerdo, Victoria y Edward habían decidido no demostrar su intimidad. Si querían descubrir algo que mereciera la pena, era mejor no dejar que sospecharan que trabajaban juntos. La actitud de Edward hacia ella era la misma que la que tenía hacia las demás muchachas, e incluso añadía una ligera frialdad.

Aunque La Rama de Olivo parecía algo inocente, Victoria tenía una opinión distinta de su jefe y fundador. Una o dos veces se dio cuenta de que su mirada pensativa se fijaba en ella y, aunque ella le correspondía con su expresión más ingenua y mansa, sentía en su interior algo parecido al miedo.

Una vez que la llamó para aclarar un error de máquina, el asunto fue más allá de la simple mirada.

—Espero que sea feliz entre nosotros —le dijo.

—¡Oh, sí, desde luego, señor! —afirmó Victoria—. Siento cometer tantas equivocaciones.

—A nosotros no nos importan. Una máquina infalible no nos serviría. Necesitamos juventud, generosidad de espíritu, amplitud de miras.

Victoria procuró parecer generosa y bien dispuesta.

—Debemos amar el trabajo y el objetivo por el que trabajamos y mirar hacia delante, hacia el glorioso futuro. ¿De veras siente usted todo esto, querida niña?

—Es todo tan nuevo para mí —replicó Victoria—. La verdad es que no creo haberme adaptado todavía.

—Hay que unirse, unirse, la gente joven debe estar unida. Eso es lo principal. ¿Disfruta en las veladas de amables debates y camaradería?

—¡Oh, sí! —contestó Victoria, que las aborrecía.

—Armonía y no discordia. Hermandad y no odio. Lenta pero segura crece la armonía. Usted lo nota, ¿verdad?

Victoria pensó en las innumerables envidias, en las mezquindades, en los violentos desacuerdos, las peleas, los sentimientos heridos, y apenas supo qué decir.

—Algunas veces la gente es algo difícil —insinuó con tacto.

—Lo sé, lo sé —suspiró el doctor Rathbone, y su noble frente abombada se pobló de arrugas—. ¿Qué es eso que he oído referente a Michael Rakounian de que golpeó a Isaac Nahoumn y le partió el labio?

—Es que tuvieron una pequeña discusión —explicó Victoria.

—Paciencia y fe —murmuró Rathbone apesadumbrado—. Paciencia y fe.

Victoria susurró una frase de asentimiento y fue hacia la puerta. Entonces, recordando que había olvidado su escrito, se volvió. La mirada que sorprendió en los ojos del doctor Rathbone la asustó un poco. Era una mirada recelosa, que le hizo preguntarse intranquila si la vigilaban muy de cerca y qué era lo que el doctor Rathbone pensaba en realidad de su persona.

Las instrucciones recibidas de Mr. Dakin eran muy precisas. Tenía que obedecer ciertas normas para ponerse en contacto con él si tenía algo que informar. Le había entregado un viejo pañuelo rosa descolorido. Si tenía algún informe, Victoria debía ir a pasear por la orilla del río, como tenía por costumbre al ponerse el sol. Había un camino que se extendía ante las casas a lo largo de casi un cuarto de milla. Por allí se llegaba a una amplia escalinata que bajaba hasta el borde mismo del agua donde constantemente se veían botes amarrados. En uno de los postes había un clavo herrumbroso y Victoria tenía que colgar allí un trocito del pañuelo rosa cuando quisiera comunicarse con Dakin. Hasta entonces no había necesitado hacerlo, pensó con amargura. Sencillamente hacía mal un trabajo. Veía a Edward muy de vez en cuando, puesto que el doctor Rathbone siempre lo enviaba a lugares lejanos. Ahora acababa de regresar de Persia. Durante su ausencia, había tenido una corta entrevista con Dakin. Sus instrucciones habían sido que volviera al hotel Tio para preguntar si se había olvidado un cárdigan. La respuesta, naturalmente, fue negativa, pero Marcus apareció enseguida para invitarla a tomar una copa en la terraza. Entonces Dakin llegó casualmente de la calle y Marcus le instó a que se uniera a ellos. Mientras Dakin tomaba su limonada, llamaron a Marcus por teléfono y ambos se encontraron compartiendo la mesa.

Victoria le confesó su escaso éxito, pero Dakin fue indulgente.

—Mi querida jovencita, pero si ni siquiera sabe lo que anda buscando, ni si hay algo que buscar. ¿Qué opina de La Rama de Olivo?

—Que es de una estupidez aplastante —señaló Victoria despacio.

—Estúpido, sí, pero ¿no falso?

—No lo sé. Ya sabe, la gente se pica cuando le hablan de cultura.

—¿Quiere decir que cuando está la cultura de por medio nadie se pregunta si se hace de buena fe, tal como lo harían de tratarse de una organización financiera o de caridad? Es cierto. Pero ¿para qué usan la organización?

—Yo creo que hay mucha actividad comunista —opinó Victoria sin demasiado convencimiento—, Edward también lo cree así y me ha dicho que lea a Karl Marx y deje el libro por ahí para ver cómo reaccionan.

Dakin asintió.

—Interesante. ¿Ha conseguido alguna respuesta hasta ahora?

—No, todavía no.

—¿Y qué me dice de Rathbone? ¿Es sincero?

—Yo creo que lo es —replicó Victoria con un tono de duda.

—Es el único que me inquieta —dijo Dakin—. Porque es un pez gordo. Supongamos que estén preparando un complot comunista. Los estudiantes y los jóvenes revolucionarios tienen pocas ocasiones de ponerse en contacto con el Presidente. La policía impedirá que tiren bombas en la calle. Pero Rathbone es distinto. Ocupa un lugar destacado, es un hombre distinguido gracias a su fama de benefactor público. Él puede ponerse en contacto con las visitas importantes. Y es probable que lo haga. Me gustaría saber algo más sobre el doctor Rathbone.

Sí, pensó Victoria, todo giraba en torno a Rathbone. En su primer encuentro en Londres, cuando Edward hizo algunas insinuaciones sobre lo «mosqueante» de aquella sociedad, en realidad se refería a su jefe. Victoria decidió sin más que debió de ocurrir algún incidente o que había escuchado algunas palabras que despertaron su desconfianza. Porque, según Victoria, era así como trabajaba el cerebro. Las dudas y los recelos no son solo corazonadas, siempre obedecen a alguna causa. Si Edward pudiera recordar, quizá entre los dos averiguarían el hecho o incidente que había levantado sus sospechas. Del mismo modo, Victoria debía recordar lo que la sorprendió tanto cuando se asomó al balcón del Tio y vio a sir Rupert Crofton Lee sentado al sol. Desde luego había esperado que se alojara en la embajada y no en el hotel Tio, pero no era motivo suficiente para aquel convencimiento interior de la imposibilidad de que estuviera sentado allí. Ella debía repasar una y otra vez los acontecimientos de aquella mañana y Edward debía hacer lo mismo con sus primeras entrevistas con Rathbone. Se lo diría en cuanto lo viera a solas. Aunque esto no era tan sencillo. Para empezar, él se había ido a Persia y ahora que estaba de regreso era imposible toda comunicación privada en La Rama de Olivo, donde el eslogan de la última guerra *(Les oreilles ennemies vous écoutent)*[1] podía haberse escrito en todas las paredes. Y en la casa armenia donde tenía su habitación era asimismo imposible. «¡La verdad, para lo que veo a Edward, podía haberme quedado en Inglaterra!», se dijo Victoria.

Pero esto no era del todo exacto, como se demostraría muy poco después.

Edward se acercó a ella con algunas páginas manuscritas y le dijo:

—El doctor Rathbone quiere que pases esto a máquina enseguida, Victoria. Sobre todo fíjate en la segunda página, hay algunos nombres árabes muy difíciles.

Victoria, resignada, puso una hoja de papel en la máquina y comenzó la tarea con su acostumbrada pericia. La escritura del doctor Rathbone era fácil de leer y la joven se felicitó de cometer menos errores que en otras ocasiones. Dejó la primera página a un lado, se dispuso a emprender la siguiente y entonces comprendió la advertencia de Edward. Una notita de este estaba enganchada en la parte superior del papel:

1. Los oídos enemigos os escuchan. *(N. del T.)*

Mañana por la mañana, a las once, ve a pasear por la orilla del Tigris pasado el Beit Melek Ali.

El día siguiente era viernes, jornada de asueto semanal. El optimismo de Victoria subió como la espuma. Se pondría su pullover verde jade. Necesitaba lavarse la cabeza y en la pensión no podía hacerlo.

—Y la verdad, lo necesito —murmuró en voz alta.

—¿Qué dices? —Catherine, muy ocupada con un montón de cartas y circulares en otra mesa, la miró con suspicacia.

Victoria hizo desaparecer la nota de Edward mientras respondía despreocupadamente:

—Necesito lavarme la cabeza. La mayoría de las peluquerías de por aquí tienen un aspecto tan sucio que no sé dónde ir.

—Sí, están muy sucias y son caras. Pero yo conozco a una chica que lava el cabello muy bien y tiene las toallas limpias. Te acompañaré si quieres.

—Eres muy amable, Catherine.

—Podemos ir mañana. Es fiesta.

—Mañana, no —dijo Victoria.

—¿Por qué no?

Sus ojos la miraron con recelo. Victoria sintió crecer su aversión hacia Catherine.

—Prefiero dar un paseo, tomar el aire. Me siento enjaulada aquí dentro.

—¿Dónde vas a ir a pasear? En Bagdad no hay ningún lugar adecuado para ir de paseo.

—Ya encontraré alguno.

—Sería mejor que fueses al cine o a alguna conferencia interesante.

—No, quiero salir. En Inglaterra nos gusta pasear.

—Eres tan orgullosa y estirada porque eres inglesa. ¿Qué significa ser inglesa? Nada. Aquí escupimos sobre los ingleses.

—Pues si se te ocurre hacerlo conmigo vas a llevarte una sorpresa —le advirtió Victoria, sorprendida, como de costumbre, por la facilidad con que se llegaba al arrebato en La Rama de Olivo.

—¿Qué harías?

—Prueba y verás.

—¿Por qué lees a Karl Marx? No puedes comprenderlo. Eres demasiado estúpida. ¿Crees que iban a aceptarte como miembro del partido comunista? No estás bien educada políticamente.

—¿Por qué no puedo leerlo? Escribió para personas como yo, trabajadoras.

—Tú no eres una trabajadora sino una burguesa. Ni siquiera sabes escribir correctamente. Fíjate cuántos errores cometes.

—Algunas personas muy inteligentes no saben ortografía —le contestó Victoria muy digna—. ¿Y cómo voy a trabajar si no dejas de hablarme?

Tecleó una línea a toda velocidad y se llevó un chasco al comprobar que por haber dejado puesta la tecla de las mayúsculas había escrito una línea con signos de admiración, números y paréntesis. Quitó el papel, puso otra hoja en blanco y trabajó con diligencia hasta concluir la tarea. Entonces se la llevó al doctor Rathbone, quien la leyó mientras murmuraba:

—Shiraz está en Irán, no en Irak, y, de todas formas, Irak no se escribe con ce. Wasit, y no Wuzle. Gracias, Victoria.

Cuando ya salía de la habitación, la llamó.

—Victoria, ¿es feliz aquí?

—Oh, sí, doctor Rathbone.

Los ojos oscuros bajo las pobladas cejas la miraban inquisitivos. Victoria se sintió intranquila.

—Me temo que no le pagamos gran cosa.

—Eso no importa. Me gusta este trabajo.

—¿De veras?

—Oh, sí. Una siente que esto realmente vale la pena. —Su inocente y límpida mirada no flaqueó.

—¿Y le llega para vivir?

—Sí. He encontrado un sitio barato, una pensión de unos armenios. Estoy perfectamente.

—Ahora hay mucha demanda de taquimecanógrafas en Bagdad —dijo Rathbone—. Me parece que podría encontrarle un empleo mejor que el que tiene aquí.

—Pero yo no quiero otro empleo.

—Sería más prudente que aceptara.

—¿Prudente?

—Eso he dicho. Solo es una advertencia, un consejo.

Había cierta amenaza en su tono.

Victoria abrió más los ojos.

—La verdad, no lo entiendo, doctor Rathbone.

—Algunas veces es más prudente no mezclarse en cosas que uno no entiende.

Ahora estaba segura de su amenaza, pero continuó mirándolo con ojos de gatita inocente.

—¿Por qué ha venido a trabajar aquí, Victoria? ¿Por Edward?

Victoria enrojeció.

—¡Claro que no! —le cortó, indignada. Estaba furiosa de verdad.

—Edward tiene un largo camino por recorrer. Y pasarán muchos años antes de que esté en disposición de poder servirle de algo. Si yo estuviera en su lugar, dejaría de pensar en él. Y, como le digo, hay buenos empleos ahora, con buen salario y futuro, y en los que se encontrará entre los de su clase.

Seguía mirándola fijamente. ¿Sería una prueba? Victoria afirmó con un falso interés:

—Pero si yo me encuentro muy a gusto en La Rama de Olivo, doctor Rathbone.

Él se encogió de hombros y la dejó marchar, pero ella notaba su mirada en la nuca mientras salía.

Aquella entrevista la inquietó. ¿Había ocurrido algo que hubiera despertado sus sospechas? ¿Suponía que ella era un agente introducido en La Rama de Olivo para descubrir sus secretos? Su voz y su actitud la llenaron de temor. Su insinuación de que hubiera ido a trabajar allí para estar cerca de Edward la había sacado de quicio y por eso lo negó rotundamente, pero ahora comprendía que habría sido mucho mejor dejarle creer que ese era el motivo y no que sospechase la verdad. De todas formas, debido a su tonto rubor, era probable que Rathbone siguiera creyendo que la causa era Edward. Así que todo había salido bien.

No obstante, aquella noche se fue a dormir con una desagradabilísima sensación de temor.

Capítulo 17

I

A la mañana siguiente, le bastaron un par de pretextos para poder salir sola. Victoria había preguntado por el Beit Melek Ali y le dijeron que era una gran casa junto al río, en la orilla oeste y algo más abajo.

Hasta entonces había tenido muy poco tiempo para explorar los alrededores y, al acabarse la estrecha calle, tuvo la agradable sorpresa de encontrarse en la misma orilla del río. Torció a la derecha y caminó despacio por el borde del alto terraplén. En algunos puntos resultaba ciertamente peligroso, el terraplén había sido erosionado por las aguas y no siempre lo habían vuelto a reparar o a reconstruir. Una de las casas tenía escalones en la entrada, por lo que dar un paso de más en una noche oscura podía significar precipitarse al río. Victoria contempló el agua y rodeó los escalones. Después, durante un trecho, era más ancho y estaba pavimentado. Las casas del lado derecho tenían un seductor aspecto misterioso, sin dar señales de quiénes eran sus ocupantes. Ocasionalmente las puertas principales estaban abiertas y Victoria, que espió el interior, quedó fascinada por los contrastes. En una de ellas contempló un patio con un surtidor rodeado de sillas acolchadas y tumbonas, palmeras muy altas y, al fondo, un jardín que parecía un decorado teatral. La casa del costado, siendo muy parecida en lo exterior, era un laberinto de pasillos oscuros donde jugaban cinco o seis chiquillos sucios y andrajosos. Luego siguieron los jardines de palmeras. A su izquierda había unos escalones desiguales que conducían hasta el río, donde un árabe, sentado en un rudimentario bote de remos, la llamaba gesticulando, preguntándole, sin duda, si quería cruzar al otro lado. Juzgó que estaba aproximadamente enfrente del hotel Tio, aunque era difícil distinguirlo desde esta orilla, y además todos los hoteles eran parecidos. Llegó a una calle bordeada de palmeras y después a dos casas de pisos con balcones. Más allá se alzaba un gran edificio con jardín y terraza sobre el río que debía ser Beit Melek Ali, o sea, la Casa del Rey Alí.

Victoria lo dejó atrás y se adentró en una zona menos atractiva. El río quedaba oculto por las plantaciones de palmeras rodeadas por una valla de alambre de espino herrumbroso. A la derecha había varias casas medio derruidas, rodeadas por unos muros de ladrillos, y algunas chabolas donde los niños jugaban entre suciedad y nubes de moscas, que revoloteaban sobre los montones de basura.

En la carretera que se alejaba del río vio un coche viejo. Junto al coche aguardaba Edward.

—Bien —dijo el joven—, ya estás aquí. Sube.

—¿Adónde vamos? —preguntó Victoria subiendo al desvencijado coche con sumo placer.

El conductor, que parecía un montón de harapos ambulante, se volvió hacia ella con una sonrisa.

—A Babilonia —contestó Edward—. Ya es hora de que tengamos un día de asueto.

El coche se puso en marcha con una violenta sacudida y comenzó a botar a lo loco sobre los desiguales adoquines.

—¿A Babilonia? —exclamó Victoria—. Eso suena maravillosamente. ¿De verdad vamos a Babilonia?

El coche giró a la izquierda, donde siguieron saltando sobre una bien pavimentada y ancha carretera.

—Sí, pero no esperes demasiado. Babilonia no es lo que era. No sé si me comprendes.

Victoria tarareó:

¿Cuántas millas hay hasta Babilonia?
Setenta.
¿Puedo llegar antes del anochecer?
Sí, y regresar otra vez.

—Solía cantarla cuando era pequeña. Siempre me ha fascinado. ¡Y ahora voy a ir de verdad!

—Y regresaremos al anochecer. O tal vez no. En este país nunca se sabe.

—Tengo la sensación de que este coche comenzará a caerse a trozos en cualquier momento.

—No me extrañaría. Estoy seguro de que todo está estropeado. Pero estos árabes son fantásticos; atan una cuerdecita, dicen *Inch'Allah* y el cacharro vuelve a ponerse en marcha.

—Siempre dicen *Inch'Allah,* ¿no?

—Sí, no hay nada como cargarle toda la responsabilidad al Todopoderoso.

—La carretera no es muy buena, ¿verdad? —inquirió Victoria, botando en el asiento. La aparentemente bien pavimentada y amplia calzada no daba lo que prometía. Seguía siendo ancha, pero estaba marcada por profundas rodadas.

—¡Después aún está peor! —gritó Edward.

Siguieron saltando alegremente. El cacharro levantaba nubes de polvo a su alrededor. Grandes camiones llenos de árabes corrían por el centro de la carretera, sordos a sus bocinazos.

Pasaron ante jardines con altos muros, grupos de mujeres, niños y asnos. Para Victoria todo era nuevo y formaba parte del encanto de ir a Babilonia con Edward.

Magullados y doloridos, llegaron a Babilonia en un par de horas. Aquel montón de ruinas de barro y ladrillos quemados decepcionó bastante a Victoria, que esperaba encontrar los arcos y las columnas que aparecían en algunos cuadros que había visto en Baalbek.

Sin embargo, poco a poco su decepción desapareció mientras trepaban por túmulos y montículos de ladrillos chamuscados, detrás del guía. Escuchó a medias sus extensas explicaciones, pero cuando pasaron por el Camino de las Procesiones hasta la puerta de Ishtar, con los borrosos relieves de animales inverosímiles en la parte más alta de las paredes, se sintió invadida por la grandeza del pasado y el deseo de saber algo más de aquella vasta y orgullosa ciudad que ahora yacía muerta y abandonada. Una vez pagado su tributo a la antigüedad, se sentaron junto al León de Babilonia para disfrutar de la comida que Edward había llevado. El guía se marchó sonriendo después de insistir en que más tarde debían visitar el museo.

—¿Iremos? —preguntó Victoria como en un sueño—. Todos esos objetos metidos en las vitrinas con sus etiquetas no me parecen reales. Una vez fui al Museo Británico. ¡Fue espantoso, y acabé con un dolor de pies terrible!

—El pasado es siempre aburrido —manifestó Edward—. El futuro es mucho más interesante.

—Esto no es aburrido —dijo Victoria mientras señalaba con el sándwich el panorama de ladrillos derrumbados—. Aquí percibes una sensación de grandeza. ¿Cómo dice aquella poesía?

Cuando tú eras rey de Babilonia
y yo una esclava cristiana...

—Tal vez lo hayamos sido. Me refiero a ti y a mí.

—No creo que hubiese reyes de Babilonia en los tiempos del cristianismo —comentó Edward—. Me parece que

Babilonia dejó de funcionar unos quinientos o seiscientos años antes de Jesucristo. Siempre hay algún arqueólogo que da conferencias sobre estas cosas, pero nunca recuerdo las fechas, quiero decir hasta los tiempos de los griegos y los romanos.

—¿Te hubiera gustado ser rey de Babilonia, Edward?

Edward exhaló un profundo suspiro.

—Sí.

—Entonces diremos que lo fuiste. Ahora te has reencarnado.

—¡En aquella época sabían ser reyes! Por eso pudieron gobernar el mundo y darle forma.

—No creo que me hubiese gustado ser esclava —dijo Victoria, pensativa—, ni siquiera cristiana o de cualquier otra confesión.

—Milton tenía razón: «Es mejor reinar en el Infierno que servir en el Cielo». Siempre he admirado al *Satán* de Milton.

—Nunca llegué a Milton —replicó Victoria a modo de disculpa—, pero fui a ver *Comus* y es maravilloso, y Margot Fonteyn bailó como los ángeles.

—Si tú fueras una esclava, Victoria, te liberaría para llevarte a mi harén, que estaría allí —dijo, y señaló un montón de ladrillos.

—Hablando de harenes... —comenzó Victoria con un brillo en los ojos.

—¿Qué tal te llevas con Catherine? —se apresuró a preguntar Edward interrumpiéndola.

—¿Cómo sabes que pensaba en Catherine?

—Bueno, el caso es que pensabas en ella, ¿no? Sinceramente, Vicky, me gustaría que fuerais buenas amigas.

—No me llames Vicky.

—Está bien. Quiero que seas amiga de Catherine.

—¡Qué fatuos sois los hombres! ¡Siempre queréis que vuestras novias simpaticen!

Edward, que estaba reclinado con las manos bajo la nuca, se incorporó en el acto.

—Estás muy equivocada, Victoria. De todos modos tus referencias a los harenes son ridículas.

—No, no lo son. ¡Me vuelve loca ver cómo todas esas chicas revolotean a tu alrededor!

—¡Estupendo! Me encanta que te vuelvas loca. Pero volviendo a Catherine, la razón por la que quiero que seas su amiga es porque estoy casi seguro de que ella es el mejor medio de averiguar las cosas que nos interesan. Ella sabe algo.

—¿Lo crees de veras?

—Recuerda lo que le oí decir de Anna Scheele.

—Lo había olvidado.

—¿Qué tal te ha ido con Karl Marx? ¿Ha dado resultados?

—Nadie me ha invitado a que ingrese en el rebaño. A decir verdad, Catherine me dijo ayer que el partido no me aceptaría porque no estoy lo bastante educada políticamente. Y la verdad, tener que leer toda esa pesadez es que no lo aguanto.

—No eres muy despierta en política, ¿eh? —Edward se echó a reír—. Pobrecita, bien, bien. Catherine puede ser todo lo inteligente y despierta que quiera para la política, pero mi ilusión sigue siendo una taquimecanógrafa londinense que no sabe deletrear las palabras de más de tres sílabas.

Victoria frunció el entrecejo. Las palabras de Edward trajeron a su memoria la curiosa entrevista sostenida con el doctor Rathbone. Se lo contó y el joven se mostró mucho más alarmado de lo que hubiera podido suponer.

—Esto es serio, Victoria, muy serio. Trata de recordar y dime exactamente lo que dijo.

Victoria procuró emplear las mismas palabras utilizadas por el doctor Rathbone.

—Pero no comprendo por qué te inquieta tanto —concluyó.

—¿Eh? —Edward parecía abstraído—. ¿No ves que...? Mi querida Victoria, ¿no te das cuenta de que eso demuestra que han querido avisarte? Te aconsejan que te marches. No me gusta, no me gusta nada.

Hizo una pausa antes de continuar con un tono grave:

—¿Sabes? Los comunistas son muy despiadados. Forma parte de sus creencias no detenerse ante nada. No quisiera que te diesen un golpe en la cabeza y te arrojaran al Tigris, querida.

«¡Qué extraño es estar sentada entre las ruinas de Babilonia discutiendo sobre si voy a ser o no golpeada en la cabeza y arrojada al Tigris!», pensaba una soñadora Victoria con los párpados entornados. «Pronto despertaré y veré que estoy en Londres soñando un maravilloso sueño romántico sobre la peligrosa Babilonia. Tal vez...—cerró del todo los ojos— estoy en Londres y no tardará en sonar el despertador, tendré que levantarme para ir a la oficina de Mr. Greenholtz y no estaré con ningún Edward.»

Y al llegar a este punto, abrió los ojos de nuevo para asegurarse de que, efectivamente, Edward estaba allí (¿qué era lo que quiso preguntarle en Basora cuando les interrumpieron y que había olvidado?) y que no se trataba de un sueño. El sol brillaba en todo su esplendor de una forma muy poco londinense y las ruinas se veían pálidas y difuminadas contra el fondo de las oscuras palmeras. Y sentado junto a ella, dándole un poco la espalda, estaba Edward. ¡Qué pelo tan bonito tenía y cómo brillaba en contraste con su cuello, hermoso, tostado por el sol, sin la menor imperfección! Cuántos hombres tenían el cuello lleno de quistes y granos a causa del roce del cuello de la camisa, como el cuello de sir Rupert, por ejemplo, con aquel grano incipiente.

De pronto, con una exclamación ahogada, se sentó de un salto y se olvidó de sus sueños. Estaba excitadísima.

Edward volvió la cabeza, alarmado.

—¿Qué te pasa, Victoria?

—Acabo de recordar lo de sir Rupert Crofton Lee.

Y mientras Edward la miraba sin comprender, Victoria procuró explicárselo, cosa que no hizo con demasiada claridad.

—Tenía un grano en el cuello.

—¿Un grano en el cuello? —Edward seguía sin comprender.

—Sí, en el avión. Ya sabes que estaba sentado delante de mí, la capucha se le resbaló y vi el grano.

—¿Por qué no podía tener un grano? Es molesto, aunque mucha gente los tiene.

—Sí, sí, claro. Pero el caso es que aquella mañana, cuando le vi en el balcón, no lo tenía.

—¿No tenía qué?

—No tenía ningún grano. Oh, Edward, trata de comprender. En el avión tenía un grano y en la terraza del Tio ya no lo tenía. Su cuello estaba limpio y sin señales, como el tuyo.

—Bueno, es posible que le hubiese desaparecido.

—¡Oh, no, Edward, no puede ser! Fue el día anterior y le estaba saliendo. No podía haber desaparecido sin dejar siquiera una señal. Así que ya sabes lo que eso significa. Sí, significa que el hombre que estaba en el Tio no era sir Rupert.

Victoria asintió con vehemencia.

—Estás loca, Victoria. Tenía que ser sir Rupert. ¿No notaste ninguna otra diferencia?

—No lo vi con detalle, solo su aspecto general. El sombrero, la capa y su actitud. Era un tipo fácil de imitar.

—Pero lo hubieran conocido en la embajada.

—No estuvo en la embajada, sino en el Tio. Y fue uno de los secretarios quien acudió a recibirlo. El embajador estaba en Inglaterra. Además, había estado viajando durante mucho tiempo.

—¿Pero por qué?

—Por Carmichael, naturalmente. Carmichael iba a venir a Bagdad para reunirse con él, para decirle lo que había averiguado. Solo que nunca se habían visto. Así que Carmichael no supo que no era el auténtico y no estaba prevenido. Claro, fue el falso Rupert Crofton Lee quien apuñaló a Carmichael. ¡Oh, Edward, todo concuerda!

—No me creo ni una sola palabra. Es una locura. No olvides que después sir Rupert fue asesinado en El Cairo.

—Así es como sucedió. Ahora lo sé. ¡Oh, Edward, qué horrible! Yo lo vi.

—¿Que tú viste qué? Victoria, te has vuelto loca de remate.

—No, no estoy loca. Escucha, Edward. Llamaron a mi puerta, en el hotel en Heliópolis, al menos creí que era mi puerta, y salí a ver; pero no era en la mía, sino en la de al lado, la de sir Rupert Crofton Lee. Una de las azafatas le pedía que pasara por la oficina de la BOAC, que estaba en el mismo pasillo. Yo salí de mi cuarto poco después y, al pasar ante la puerta, vi que tenía un cartelito con las iniciales BOAC. En aquel instante salía sir Rupert y pensé que habría recibido malas noticias porque caminaba de un modo distinto. ¿No lo comprendes, Edward? Fue una trampa. El sustituto estaba preparado y, tan pronto como él entró, debieron de golpearle en la cabeza mientras el otro salía a representar su papel. Me figuro que lo tendrían secuestrado en El Cairo, tal vez en el hotel, dándole alguna droga, y luego lo asesinaron en el preciso momento en que el falso sir Rupert había regresado a El Cairo.

—Victoria, es una historia magnífica —dijo Edward—, pero, con franqueza, creo que son todo imaginaciones tuyas. No tienes ninguna prueba.

—El grano.

—¡Oh, el maldito grano!

—Y otro par de detalles.

—¿Cuáles?

—El cartelito con las iniciales BOAC. Más tarde ya no estaba. Recuerdo que me extrañó encontrar la oficina de la BOAC al otro lado del vestíbulo. Esa es una. Y hay otra. La azafata, la que llamó a sir Rupert. La vi hace poco, aquí en Bagdad, y, lo que es más, en La Rama de Olivo. La vi el primer día que fui allí. Hablaba con Catherine. Entonces no recordé dónde la había visto antes.

Hizo una pausa.

—Así que debes admitir que no son todo imaginaciones mías, Edward.

—Todo converge hacia La Rama de Olivo y Catherine. Victoria, dejando a un lado la antipatía personal, debes intimar con ella. Adúlala, hazle la pelota, háblale de ideas bolcheviques. De un modo u otro gánate su confianza para saber quiénes son sus amigos, adónde va y con quién trata fuera de La Rama de Olivo.

—No será fácil, aunque lo intentaré. ¿Y Mr. Dakin? ¿Debo contarle todo esto?

—Sí, desde luego, pero espera un par de días. Quizá descubramos algo más. —Edward suspiró—. Una de estas noches llevaré a Catherine a *Le Select*.

Y esta vez Victoria no sintió el menor asomo de celos. Edward había hablado con tanta tristeza y resignación que anulaba por completo todo asomo de placer en la tarea que se había impuesto.

II

Entusiasmada con sus descubrimientos, Victoria no tuvo que esforzarse para saludar a Catherine al día siguiente con gran efusión y camaradería. Había sido tan amable, le dijo, al ofrecerse a acompañarla a una peluquería para que le lavasen el pelo. Y además lo necesitaba con toda urgencia. (Esto era innegable, porque Victoria había regresado de Babilonia con el pelo cubierto de polvo rojizo.)

—Sí, tienes un aspecto deplorable —comentó Catherine con cierta maligna satisfacción—. ¿Al fin saliste a pesar de la tormenta que tuvimos ayer tarde?

—Alquilé un coche y fui a visitar Babilonia. Fue muy interesante, pero durante el regreso se levantó la tormenta que casi me dejó ciega.

—Babilonia es interesante, pero debiste ir con alguien que la conociera y pudiera explicártelo todo correctamente. En cuanto a tu pelo, esta misma noche iremos a ver a esa chica armenia para que te dé un champú a la crema. Es lo mejor.

—No comprendo cómo puedes tener siempre el pelo tan bonito —le dijo Victoria con una expresión que quiso ser de admiración al contemplar sus rizos, que parecían salchichas pringosas.

Catherine sonrió complacida y Victoria pensó en lo acertado que había estado Edward al recomendarte que la adulara.

Aquella tarde salieron de La Rama de Olivo en los más cordiales términos de camaradería. Catherine la condujo a través de callejuelas estrechas y pasajes, y finalmente llamó a una puerta en la que no se veía señal alguna de que se tratase de una peluquería. No obstante, fueron recibidas por una joven sencilla, pero competente, que hablaba inglés recalcando cada palabra y que llevó a Victoria hasta un lavabo muy limpio y con grifos relucientes rodeados de botellas y lociones. Catherine se fue y Victoria confió su pelo a las manos de miss Ankounian. Su cabeza no tardó en ser una masa espumosa.

—Y ahora, si tiene la bondad...

Victoria se inclinó sobre la pila. El agua que caía sobre su cabeza desaparecía por el desagüe.

De repente su olfato percibió un aroma dulzón, aunque bastante desagradable, que ella asoció vagamente con los hospitales. Sobre su boca y su nariz apretaron con fuerza una toallita empapada. Se retorció y forcejeó, pero una mano de hierro mantuvo la toalla en su lugar. Comenzó a ahogarse, le dio vueltas la cabeza y notó un rugido en los oídos.

Y luego la oscuridad más profunda.

Capítulo 18

Al recuperar el conocimiento, Victoria tuvo la impresión de que había transcurrido mucho tiempo. Sus recuerdos eran confusos: el traqueteo de un automóvil, gritos y discusiones en árabe, la luz de un foco en los ojos, una horrible sensación de náusea. Recordaba vagamente haber estado tendida sobre una cama y que alguien le levantaba el brazo, así como el doloroso pinchazo de una aguja hipodérmica. Luego, más sueños confusos y oscuridad, y detrás de todo una creciente sensación de urgencia.

Ahora, al fin, era ella, Victoria Jones. Y algo le había ocurrido a Victoria Jones hacía mucho, meses, tal vez años o, después de todo, tan solo unos días.

Babilonia, sol, polvo, cabello. Catherine. Catherine, claro, sonriente, con sus ojos astutos debajo de los pringosos rizos, Catherine la había acompañado a lavarse la cabeza y entonces... ¿qué había ocurrido? Aquel horrible olor, todavía lo recordaba, nauseabundo; cloroformo, claro. La habían cloroformizado y llevado ¿a dónde?

Con mucha precaución intentó sentarse. Le parecía estar en una cama, una cama muy dura. Le dolía la cabeza, seguía mareada y tenía muchísimo sueño. Aquel pinchazo, el pinchazo de una aguja hipodérmica; la habían drogado y los efectos no habían desaparecido todavía.

Bueno, de todos modos no la habían asesinado (¿por qué no?). Estaba perfectamente. Puesto que seguía bajo los efectos de la droga, lo mejor sería dormir. Y así lo hizo.

Cuando volvió a despertarse, tenía la cabeza más despejada. Era de día y vio con más claridad dónde se encontraba.

Era una habitación pequeña y de techo alto, pintada de un triste color gris azulado. El suelo era de tierra apisonada. Los únicos muebles eran la cama en la que estaba echada, cubierta por una manta sucia, y una mesa destartalada con una palangana desconchada y un cubo de zinc debajo. La ventana tenía una celosía de madera por su parte exterior. Victoria se levantó con mucho cuidado, notó una sensación extraña y se acercó a la ventana. A través del enrejado de la celosía, pudo ver un jardín y unas palmeras al fondo. Era bastante bonito según los cánones árabes, aunque un inglés que viviese en los suburbios lo habría desdeñado. Abundaban las caléndulas de un color naranja brillante, unos eucaliptos polvorientos y algunos raquíticos tamarindos.

Un niño con la cara teñida de azul y muchos brazaletes iba de un lado a otro en pos de su pelota y cantaba con un tono nasal muy parecido a las gaitas.

Victoria dirigió su atención a la puerta, que era grande y recia. Sin demasiadas esperanzas, se acercó a ella y probó a abrirla.

Estaba cerrada con llave. Volvió a sentarse sobre la cama.

¿Dónde estaba? En Bagdad, no, de eso estaba segura. ¿Y qué haría ahora?

Después de pensarlo un par de minutos, decidió que la última pregunta no era oportuna, sino más bien: ¿qué iban a hacer con ella? Con una sensación desagradable en la boca del estómago, recordó el consejo de Mr. Dakin de contar todo lo que supiera. Pero tal vez ya hubiesen conseguido la información mientras había estado bajo los efectos de la droga.

Todavía (Victoria volvió a este punto con considerable alegría) estaba viva. ¡Si pudiera seguir así hasta que Edward la encontrara! ¿Qué habría hecho él al darse cuenta de que había desaparecido? ¿Ir a ver a Mr. Dakin? ¿O buscarla por sus propios medios? ¿Amedrentaría a Catherine hasta hacerla confesar? ¿Y si ni siquiera sospechaba de ella? Cuanto más intentaba imaginar a Edward en plena acción, menos lo conseguía. ¿Era inteligente? Edward era adorable y atractivo, aunque ¿tenía cerebro? Porque en su actual situación lo iba a necesitar.

Mr. Dakin sí que era inteligente. ¿Pero tendría ímpetu? ¿O se limitaría a tachar su nombre de una lista imaginaria y poner a continuación R.I.P.? Al fin y al cabo, para él era solo una entre miles. Le dieron su oportunidad y, si fracasaba, mala suerte. No, tampoco veía a Mr. Dakin dispuesto a rescatarla. Después de todo, ya la había advertido.

Y el doctor Rathbone también. ¿Advertencia o amenaza? Y al negarse ella a ser intimidada, no tardó en cumplir su amenaza.

Pero sigo viviendo, repitió Victoria, dispuesta a continuar contemplando el lado bueno de las cosas.

Se oyeron pasos que se aproximaban y el chirrido de la llave en la mohosa cerradura. Se abrió la puerta. En el umbral apareció un árabe cargado con una bandeja de hojalata con algunos platos.

Parecía de muy buen humor. Sonriente, le dirigió unas incomprensibles frases en árabe, dejó la bandeja sobre la mesa, abrió la boca, señaló la garganta y se marchó, cerrando la puerta con llave.

Victoria se acercó a la bandeja con interés. Había un gran tazón de arroz, unas hojas de col enrolladas y pan árabe, además de una jarra de agua y un vaso.

Comenzó por beber agua y luego siguió con el arroz, el pan y las hojas de col, que resultaron estar llenas de carne picada con un gusto bastante especial. Cuando terminó, se sintió mucho mejor.

Trató de ordenar mentalmente los acontecimientos. Había sido cloroformizada y raptada. ¿Cuánto hacía? Solo tenía una borrosa idea. Por sus vagos recuerdos de las veces que se había despertado le pareció que debían de haber transcurrido varios días. La habían sacado de Bagdad, pero ¿dónde estaba? No temía averiguarlo. Debido a su ignorancia del árabe, no le era posible hacer preguntas. Ni averiguar el lugar, el nombre ni la fecha. Transcurrieron varias horas de profundo aburrimiento.

Aquella noche su carcelero reapareció con otra bandeja. Esta vez iba acompañado de dos mujeres vestidas de negro y con el rostro cubierto. No entraron en la habitación, se quedaron mirando desde la puerta. Una de ellas llevaba un bebé en brazos. Permanecían allí y reían. Tenía la impresión de que la observaban a través del fino velo que las cubría. Para ellas era muy divertido y excitante tener a una mujer europea encerrada allí.

Victoria se dirigió a ellas en inglés y francés, pero solo obtuvo risas como respuesta. Le parecía muy extraño no poder comunicarse con personas de su propio sexo. Lentamente y con suma dificultad, pronunció una de las pocas frases que había aprendido:

—*El hamdu lillah.*

Su esfuerzo fue premiado con un encantado discurso en árabe. Las mujeres asintieron vigorosamente. Victoria avanzó hacia ellas, pero el criado árabe, o lo que fuese, se interpuso rápidamente cerrándole el paso. Ordenó a las mujeres que se marcharan y luego salió, volviendo a cerrar la puerta. Antes de hacerlo murmuró varias veces:

—*Bukra. Bukra.*

Era una palabra que Victoria había oído mucho. Significaba mañana.

Victoria se sentó en la cama para meditar. ¿Mañana?

Mañana llegaría alguien o iba a ocurrir algo. Mañana terminaría su encierro (¿o no?), y si terminaba, podría ser su fin. La idea no le gustó demasiado. El instinto la avisó de que sería mucho mejor que mañana pudiera estar en cualquier otra parte.

Pero ¿era eso posible? Por primera vez dedicó toda su atención a este problema. Primero se acercó a la puerta para examinarla. Allí no había nada que hacer. No era de esos cerrojos que pueden abrirse con una horquilla, si es que ella hubiese sido capaz de hacerlo, cosa que dudaba.

Quedaba la ventana, que, como no tardó en descubrir, ofrecía más posibilidades. La celosía de madera era una ruina. Suponiendo que pudiera romperla lo suficiente para poder pasar todo el cuerpo, sería del todo imposible sin hacer ruido, ya que llamaría la atención. Además, como aquella habitación estaba en un piso alto, necesitaría una cuerda para descolgarse, con el riesgo de torcerse un tobillo o de sufrir cualquier otro percance. En las novelas, pensó Victoria, se hacía una cuerda con las sábanas. Miró con tristeza la gruesa manta de algodón y la andrajosa sábana. Ninguna de las dos parecía adecuada para sus propósitos. Además, ¿con qué iba a cortarlas? Y, aunque consiguiera rasgar la manta, era tan vieja que no soportaría su peso.

—¡Maldición! —exclamó en voz alta.

Iba entusiasmándose más y más con la idea de la huida. Por lo que pudo observar, sus carceleros eran gente de mentalidad simple para quienes el hecho de tenerla encerrada en un cuarto era suficiente. Es decir, que no esperaban que se escapase porque era una prisionera y no podía hacerlo. Quienquiera que la hubiese llevado allí y hubiera utilizado la aguja hipodérmica ya no estaba, de eso no le cabía la menor duda. Lo esperaban *bukra*. La habían dejado bajo la custodia de aquella gente sencilla que obedecía sus instrucciones, pero que no apreciaba las sutilezas y que no calculaba las cualidades de inventiva de una joven europea ante el temor de una muerte inminente.

«Tengo que salir de aquí como sea», se dijo.

Se acercó a la mesa y atacó la cena, dispuesta a conservar las fuerzas. Le habían vuelto a poner arroz, algunas naranjas y unos pedacitos de carne con una brillante salsa de color naranja.

Se lo comió todo y luego bebió agua. Al dejar la jarra sobre la mesa, se derramó un poco de agua por el suelo, que se convirtió en barro líquido. Al verlo, una idea brotó en el fértil cerebro de Victoria Jones.

La pregunta era: «¿Estaba la llave en la cerradura?».

Se ponía el sol y pronto sería de noche. Victoria se acercó a la puerta, se arrodilló y miró a través del enorme ojo de la cerradura. No vio nada. Ahora lo que necesitaba era algo con que empujarla, un lápiz o el extremo de una pluma estilográfica. ¡Qué lástima que no le hubieran dejado conservar el bolso! Con el entrecejo fruncido miró a su alrededor. El único cubierto que había sobre la mesa era una cuchara. De momento no le servía, pero tal vez pudiera utilizarla más tarde. Se sentó para pensar y buscar la manera. Al fin, con una exclamación, se quitó el zapato y le arrancó el forro. Luego lo enrolló muy apretado. Era bastante rígido. Volvió junto a la puerta y lo metió con fuerza en la cerradura. Por fortuna, la llave no ajustaba demasiado y, después de dos o tres minutos de esfuerzos, la oyó caer al otro lado de la puerta. Apenas hizo ruido al chocar con el suelo de tierra.

«Ahora debo darme prisa antes de que oscurezca del todo», pensó. Cogió la jarra y derramó un poco de agua junto a la puerta lo más cerca posible del lugar en que, según suponía, debía de haber caído la llave. Luego, con la cuchara y los dedos, escarbó en el barro. Poco a poco, con nuevas adiciones de agua, consiguió abrir un surco debajo de la puerta. Se echó al suelo e intentó espiar, pero no era fácil ver nada. Se subió las mangas, pasó la mano y parte del brazo por debajo de la puerta y tanteó hasta que con la punta de un dedo tocó algo metálico. Había localizado la llave, pero era imposible alargar más el brazo para poderla coger. Acto seguido procedió a utilizar un imperdible que llevaba para sujetar un tirante roto y convertirlo en un gancho que sujetó a un trozo de pan árabe, y volvió a echarse al suelo para pescar la llave. Cuando ya estaba a punto de llorar de rabia, el imperdible enganchó la llave y la arrastró hasta dejarla al alcance de sus dedos. Ella la pasó por el surco abierto en el barro hasta el interior del cuartucho.

Victoria se sentó sobre sus talones, admirada de su propio ingenio. Asió la llave con la mano cubierta de barro, se levantó y la introdujo en la cerradura. Aguardó unos instantes hasta oír ladrar unos perros de la vecindad para hacerla girar. Empujó la puerta y se abrió un poco, Victoria miró a través de la abertura. La puerta daba a otra pequeña habitación con una puerta abierta en el otro extremo. Esperó unos segundos y luego la atravesó de puntillas. Aquella habitación tenía varios agujeros en el techo y uno o dos en el suelo. La puerta daba a un tramo de escalones construidos con ladrillos de barro adosados a la pared de la casa que conducían al jardín.

Era todo lo que Victoria deseaba ver. Siempre de puntillas, volvió al lugar de su encierro. No era probable que nadie se acercase a su celda aquella noche. Una vez hubiese oscurecido y el pueblo o la ciudad se hubiera entregado al descanso, huiría.

También se había fijado en otra cosa. Había un montón de trapos de color oscuro junto a la puerta exterior. Se trataba de un viejo *aba* que le sería muy útil para cubrir sus ropas europeas.

No sabría decir cuánto tiempo esperó. A ella se le hizo eterno. Sin embargo, al fin cesaron los ruidos y todo signo de vida humana. Un lejano gramófono dejó de tocar canciones árabes, cesaron las voces airadas y el escupir de las gentes, y ya no se oyeron las risas de las mujeres ni el llanto de los niños.

Solo quedó el lejano aullido de los chacales y los intermitentes ladridos de los perros, que sabía que continuarían toda la noche.

«Bueno, ¡allá voy!», exclamó, poniéndose en pie.

Después de un momento de reflexión, Victoria cerró la puerta de su prisión y dejó la llave en la cerradura. Luego atravesó la otra habitación, recogió el montón de trapos y salió al rellano de la escalera. Había luna, pero aún estaba muy baja. Su luz le bastaba para ver el camino. Comenzó a descender los escalones, pero cuando le faltaban cuatro para el final se detuvo. Ahora estaba al mismo nivel que la tapia del jardín. De continuar bajando, tendría que pasar junto a la casa. Se oían los ronquidos procedentes de las habitaciones de la planta baja. Era mejor seguir por la parte superior de la pared. El muro era lo suficientemente ancho como para poder caminar por él.

Escogió este camino y, a paso rápido, llegó allí donde la pared formaba un ángulo recto. En el exterior se extendía un jardín con palmeras. Siguió por la pared hasta un lugar donde estaba medio derruida. Allí saltó, mejor dicho, se deslizó como pudo, y poco después caminaba entre las palmeras en dirección a un boquete abierto en el muro exterior. Salió a una callejuela de tierra, bordeada de tapias, por la que no podía pasar un coche, aunque adecuada para los asnos. Victoria corrió tanto como sus piernas se lo permitieron.

Los perros comenzaron a ladrar con furia y un par de ellos le salieron al encuentro desde un portal. Cogió un puñado de guijarros y se lo arrojó a los morros. Con un aullido lastimero se alejaron corriendo. Victoria prosiguió su carrera. Dio la vuelta a una esquina y llegó a lo que debía de ser la calle principal. Angosta y con profundas rodadas, cruzaba una aldea de casas de barro iluminadas por la pálida luz de la luna. Las palmeras asomaban detrás de las tapias y los perros gruñían y ladraban. Victoria tomó aliento y corrió. Los perros seguían ladrando, pero ningún ser viviente se interesó por un posible merodeador nocturno. Ahora se abrían ante ella un espacio abierto, una corriente cenagosa y un puente decrépito. Más allá, la carretera o la pista se perdía en el infinito. Victoria continuó corriendo hasta perder el resuello.

El pueblo quedaba ahora a sus espaldas. La luna estaba muy alta y a su derecha, a su izquierda y ante ella, la tierra desnuda y rocosa, sin cultivar y sin señal alguna de ocupación humana. Parecía llana, pero estaba ligeramente ondulada. No había ninguna referencia y tampoco sabía hacia dónde iba. No conocía las estrellas para saber siquiera cuál era el rumbo. Aquella extensión desierta la aterró, pero era imposible volverse atrás. Solo podía continuar.

Se detuvo para recobrar nuevamente el aliento, y, tras mirar por encima del hombro para asegurarse de que no habían descubierto su huida, siguió caminando a unas tres millas y media por hora hacia lo desconocido.

El alba encontró a Victoria agotada, con los pies doloridos y casi al borde de la histeria. La luz en el horizonte le indicó que se dirigía al suroeste, pero como ignoraba su situación, de nada podía servirle.

Un poco hacia la derecha había una pequeña colina o montículo. Victoria dejó el camino para dirigirse hacia allí; las pendientes eran muy empinadas, pero subió hasta la cima.

Desde allí pudo contemplar el paisaje que la rodeaba y de nuevo la dominó el pánico. Allí no había nada. El paisaje era hermoso a la luz del amanecer. El horizonte estaba surcado de nubes en tonos pasteles rosados y amarillentos. Era bello, pero aterrador. «Ahora sé lo que significa estar sola en el mundo», pensó.

Se veían algunas porciones de terreno cubiertas de hierba y cardos secos, pero estos eran los únicos vestigios de vida. Allí solo estaba Victoria Jones.

Tampoco veía el pueblo de donde había huido. El camino por el que había llegado desaparecía en un desierto infinito. Le pareció imposible haberlo perdido de vista tan pronto. Por un momento tuvo tentaciones de volver atrás. De volver de una manera u otra a tener contacto con seres humanos.

Entonces recuperó el control, quería escapar y lo había conseguido, pero sus apuros no iban a terminar por haber interpuesto varias millas entre ella y sus carceleros. Cualquier coche, aunque fuese viejo y destartalado, cubriría esa distancia en muy poco tiempo. Tan pronto como descubrieran su fuga, alguien saldría en su busca. ¿Y dónde demonios iba a esconderse? Allí no había dónde hacerlo. Todavía llevaba el raído *aba* negro que cogiera en su huida. Se envolvió entre sus pliegues y se cubrió el rostro. No pudo ver su aspecto por carecer de espejo. Si se quitaba los zapatos y las medias, y caminaba descalza, quizá no llamaría la atención. Una mujer árabe cubierta pudorosamente, aunque fuese desharrapada y pobre, no despertaría sospechas. Sin embargo, ¿podría engañar con ese disfraz a los ojos occidentales que pudieran ir en el coche? De todos modos, era su única esperanza.

Estaba demasiado cansada para caminar. La sed era terrible, pero ¿qué podía hacer? Lo mejor, decidió, era tenderse en la ladera. Desde allí, oculta entre las grietas del terreno, podría oír el ruido de cualquier coche que pasase. Si eran sus perseguidores, siempre podría ocultarse detrás del montículo.

Por otro lado, lo que necesitaba urgentemente era volver a la civilización, y el único medio para hacerlo sería parar un coche en que viajasen europeos y pedir que la llevaran, siempre que los europeos no fuesen sus enemigos. ¿Y cómo saberlo?

Angustiada por este pensamiento, se quedó dormida sin darse cuenta, agotada por la larga caminata y el desfallecimiento general.

Cuando se despertó, el sol estaba en su cénit. Se sentía maltrecha, dolorida y la sed se había convertido en un tormento. Victoria dejó escapar un gemido, pero mientras este brotaba entre sus resecos labios se puso tensa y escuchó. Lejano, aunque con nitidez, oyó el ruido de un coche. Con grandes precauciones levantó la cabeza. El coche no venía de la aldea, sino que iba hacia allí. Eso significaba que no la perseguía. Todavía era solo un punto negro en la distancia. Procuró ocultarse todo lo posible y vio cómo se acercaba. ¡Ojalá tuviera unos prismáticos!

Desapareció durante unos minutos en una depresión del terreno y luego reapareció no muy lejos, remontando un altozano. Lo conducía un árabe y a su lado iba un hombre vestido a la europea.

«Ahora debo decidirme», pensó Victoria. ¿Era esta su oportunidad? ¿Debía correr hasta la carretera y detener el coche? Cuando se disponía a hacerlo, se detuvo asaltada por una repentina duda: «¿Y si es el enemigo?».

Al fin y al cabo, ¿cómo iba a saberlo? El camino era poco frecuentado. No había pasado ningún otro coche, camión, ni tan solo una reata de mulas. Aquel coche tal vez se dirigiera al pueblo que ella había abandonado la noche anterior.

¿Qué hacer? Era una decisión terrible que debía tomar en el acto. Si fuese el enemigo, sería su fin. Pero si no lo era, tal vez fuera su única esperanza de salvación, porque de seguir vagando como ahora lo más probable era que muriese de sed e inanición. ¿Qué hacer?

Y mientras continuaba paralizada por la indecisión, el ruido del coche fue otro. Aminoró la marcha y, tras abandonar la carretera, se dirigió campo a través hacia el montículo donde Victoria se había refugiado.

¡La habían visto! ¡Iban en su busca!

Victoria se arrastró hacia la otra parte del montículo para esconderse. Oyó como el coche se paraba y el portazo que dio la persona que se apeó.

Luego oyó hablar en árabe. Después, nada. De repente, sin previo aviso, un hombre apareció ante su vista. Caminaba alrededor del montículo con la mirada puesta en el suelo. De vez en cuando se agachaba para recoger algo. Lo que andaba buscando no parecía ser una muchacha llamada Victoria Jones. Por otra parte, era indiscutiblemente un inglés.

Con una exclamación de alivio, Victoria se puso en pie y fue derecha hacia él, que alzó la cabeza sorprendido.

—¡Oh! —le espetó Victoria—. Me alegro tanto de que haya venido.

—¡Qué diablos...! —comenzó—. ¿Es usted inglesa? Pero...

Con una carcajada, Victoria se quitó el *aba* que la envolvía.

—Claro que soy inglesa —afirmó—. Por favor, ¿puede llevarme a Bagdad?

—No me dirijo a Bagdad, vengo de allí. Pero ¿qué diablos está usted haciendo sola en mitad del desierto?

—Me han raptado —contestó Victoria—. Fui a que me lavaran la cabeza y me cloroformizaron. Cuando desperté estaba en una casa árabe de un pueblo que se encuentra en esa dirección.

Señaló el horizonte.

—¿En Mandali?

—No sé cómo se llama. Me escapé anoche. Anduve toda la noche y luego me oculté detrás de esta colina por si usted era uno de los secuestradores.

Su salvador la miraba con una expresión bastante curiosa. Era un hombre de unos treinta y cinco años, de cabellos rubios y una expresión de fastidio. Su lenguaje era académico y preciso. Se puso las gafas y la miró con desagrado. Victoria comprendió que aquel hombre no creía ni una palabra de lo que estaba diciendo.

Entonces se sintió dominada por una furiosa indignación.

—Todo es cierto. ¡Hasta la última palabra!

El desconocido la miró con más incredulidad todavía.

—Muy interesante —comentó con frialdad.

Victoria fue presa de un ataque de desesperación. Ella, que siempre conseguía hacer creer sus mentiras a los demás, al decir la verdad carecía de poder de convicción.

—Si no tiene nada de beber me moriré de sed —le dijo—. Me moriré de sed de todos modos si me deja y se marcha sin mí.

—Por supuesto que no la dejaré, ni siquiera me ha pasado por la imaginación —afirmó el desconocido—. No es muy conveniente para una inglesa andar vagando sola por el desierto. Cielos, tiene los labios agrietados. ¡Abdul!

—¿Sahib? —dijo el conductor.

Después de recibir instrucciones en árabe, el hombre corrió al coche, para volver al poco rato con un termo y un vaso.

Victoria bebió con avidez.

—¡Oh! Esto está mejor.

—Mi nombre es Richard Baker —se presentó el inglés.

—Y el mío Victoria Jones. —Y haciendo un esfuerzo para recobrar el terreno perdido y conseguir reemplazar su incredulidad por algo de respetuosa atención, agregó—: Pauncefoot Jones. Voy a reunirme con mi tío, el famoso doctor Pauncefoot Jones, en sus excavaciones.

—¡Qué coincidencia más extraordinaria! —exclamó Baker, que la miró sorprendido—. Yo también me dirijo a la excavación. Solo está a unas quince millas de aquí. Soy la persona más adecuada para haberla encontrado, ¿no le parece?

Decir que Victoria se quedó estupefacta sería quedarse corto. Estaba completamente atónita. En silencio, siguió a Richard hasta el coche.

—Supongo que es usted antropóloga —añadió Richard mientras quitaba diversos trastos del asiento trasero para hacerle sitio—. Había oído decir que vendría, pero no la esperaba tan a principios de temporada.

Se entretuvo unos minutos para clasificar los trozos de cerámica que llevaba en los bolsillos, y Victoria comprendió qué era lo que había recogido en la superficie del montículo.

—Parecía un túmulo interesante —dijo señalando el montículo—, pero no hay nada del otro jueves. Fragmentos de cerámica asiria del último período. La mayoría son fragmentos de vajilla. Algunos objetos partos y varias bases circulares del período casita. —Sonrió al agregar—: Celebro ver que, a pesar de sus apuros, sus instintos arqueológicos la llevaron hasta ese montículo.

Victoria abrió la boca, pero la volvió a cerrar. El conductor puso el coche en marcha y partieron.

Bueno, después de todo, ¿qué podía decir? La verdad es que la desenmascararían en cuanto llegasen al campamento base, pero era mucho mejor confesar allí y pedir perdón por sus invenciones que contárselo todo a Mr. Richard Baker en mitad del desierto. Lo peor que podían hacerle era enviarla a Bagdad y, de todos modos, pensó la incorregible Victoria, tal vez antes de llegar allí se le ocurriera algo. Su fértil imaginación comenzó a trabajar activamente. ¿Y si fingía haber perdido la memoria? Había salido de viaje con una joven que le había pedido... No, ciertamente era mejor confesar toda la verdad. Aunque preferiría mil veces hacerlo ante el doctor Pauncefoot Jones, fuese la clase de hombre que fuese, que ante Richard Baker, con su fastidiosa manera de fruncir las cejas y su evidente incredulidad ante la historia verdadera que le había contado.

—No pasaremos por Mandali —le informó Richard—. Nos desviaremos del camino para atravesar el desierto a una milla de aquí. Algunas veces es difícil encontrar la ruta exacta sin ninguna señal.

Al cabo de unos momentos, le dirigió unas palabras a Abdul y el coche abandonó la carretera y encaró el desierto. Como no había ningún poste indicador, Richard Baker iba diciéndole a Abdul: «A la derecha. A la izquierda». Al fin, exclamó satisfecho:

—Ya estamos en el buen camino.

Victoria no veía camino alguno, pero distinguió unas débiles huellas de neumáticos.

Llegaron a un lugar donde las huellas estaban más marcadas. Richard le ordenó a Abdul que detuviera el coche.

—Desde aquí puede admirar una vista muy interesante —le comentó a Victoria—. Puesto que es nueva en el país no debe de haberla visto.

Dos hombres se acercaban al coche. Uno de ellos llevaba un banco de madera sobre la espalda y el otro un objeto del tamaño de un piano vertical.

Richard los llamó y ellos le saludaron con grandes muestras de alegría. Les ofreció cigarrillos y comenzaron una amable charla.

Después Richard se volvió a la muchacha.

—¿Le gusta el cine? Entonces asistirá a una proyección.

Habló con los dos hombres, que sonrieron complacidos. Pusieron el banco en el suelo e indicaron a Richard y a Victoria que tomaran asiento. Montaron el aparato cilíndrico en una especie de soporte. Tenía un par de agujeros a modo de mirilla y, al verlos, Victoria exclamó:

—¡Es como esas cosas que hay en los muelles! Lo que vio el mayordomo.

—Así es —dijo Richard—. Pero más primitivo.

Victoria apoyó los ojos en la mirilla de cristal y uno de

los hombres comenzó a hacer girar una manivela, mientras el otro entonaba una monótona cantinela.

—¿Qué dice? —quiso saber la muchacha.

Richard fue traduciendo el canturreo.

—Acérquese y prepárese para contemplar grandes maravillas. Prepárese para ver las maravillas de la antigüedad.

Una escena mal coloreada de unos negros segando el trigo apareció ante los ojos de Victoria.

—Labradores en América —tradujo Richard.

Y luego:

—La esposa del gran sah del mundo occidental. —La emperatriz Eugenia aparecía sonriente acariciándose un rizo—. El palacio del rey en Montenegro. La gran Exposición.

Una curiosa y variada colección de vistas se sucedían unas a otras sin más explicación y otras veces eran anunciadas en los términos más extraños. El príncipe consorte, Disraeli, los fiordos noruegos y patinadores en Suiza completaban esa extraña visión de tiempos pasados.

El narrador acabó con las siguientes palabras:

—Acaban de ver las maravillas de la antigüedad de otros países y lugares lejanos. Esperamos que su donativo sea generoso para estar al nivel de las maravillas que han contemplado, pues todas ellas son ciertas.

Había terminado. Victoria sonrió encantada.

—¡Realmente ha sido maravilloso! Nunca lo hubiera creído.

Los propietarios del cine ambulante sonreían orgullosos. Victoria se levantó del banco y Richard, que estaba sentado en el otro extremo, cayó al suelo en una posición nada académica. Victoria le pidió perdón, aunque en el fondo no lo sentía. Richard recompensó a los hombres y, tras varias reverencias, deseándose mutuamente las mejores bendiciones del cielo, se marcharon. Richard y Victoria volvieron a subir al coche, mientras los dos hombres se adentraban en el desierto.

—¿Adónde van? —preguntó la joven.

—Viajan por todo el país. Primero me los encontré en Transjordania, en la carretera que va desde el mar Muerto hasta Ammán. Ahora se dirigen a Kerbala por las rutas menos frecuentadas, para dar representaciones en los pueblos más remotos.

—Tal vez alguien quisiera llevarlos en su automóvil.

Richard se echó a reír.

—Probablemente no aceptarían. Una vez me ofrecí a llevar a un viejo que iba andando de Basora a Bagdad. Le pregunté cuánto tiempo pensaba emplear y me dijo que un par de meses. Le dije que subiera y que llegaría aquella misma noche, pero me dio las gracias y se negó. No le importaba andar dos meses. Aquí el tiempo no cuenta para nada. Cuando consiguen lo que se proponen sienten una curiosa satisfacción.

—Sí, me lo imagino.

—A los árabes les resulta muy difícil comprender nuestro afán por hacer las cosas deprisa, eso de ir directamente al grano en las conversaciones les parece una falta de educación. Aquí hay que hablar de otras cosas durante una hora o, si se prefiere, guardar silencio.

—Sería bastante curioso si lo hiciéramos así en las oficinas de Londres. Perderíamos muchísimo tiempo.

—Sí, pero vamos a la cuestión. ¿Qué es el tiempo? ¿Y qué significa perderlo?

Victoria reflexionó sobre estos aspectos. El coche seguía avanzando por el desierto con gran tranquilidad.

—¿Dónde está ese sitio? —preguntó al fin.

—¿Tell Aswad? En medio del desierto. Pronto veremos el zigurat.[1] Entretanto, mire a la izquierda. Allí, allí donde le señalo.

1. Antiguos templos caldeos. Actualmente sus restos se encuentran convertidos en montículos. *(N. del T.)*

—¿Eso son nubes? —preguntó Victoria—. No pueden ser montañas.

—Sí, lo son. Las cumbres nevadas del Kurdistán. Solo pueden verse cuando la atmósfera está muy clara.

Victoria se sintió invadida por una plácida ensoñación. Si pudiera seguir así para siempre. Si no fuese una redomada embustera. Se estremeció como una chiquilla atemorizada al pensar en lo que le aguardaba. ¿Cómo sería el doctor Pauncefoot Jones? ¿Alto, con una barba larga y gris y un ceño muy fiero? No importaba, por más temible que fuese, ya había engañado a Catherine, en La Rama de Olivo, y al doctor Rathbone.

—Ahí lo tiene —dijo Richard.

Señaló a través del parabrisas. Victoria distinguió una protuberancia en el lejano horizonte.

—Parece estar lejísimos.

—¡Oh, no! Está a pocas millas. Ya verá.

Efectivamente, la protuberancia fue agrandándose con sorprendente rapidez, primero en un montículo, luego en una colina y, al fin, en una enorme excavación en uno de cuyos lados se alzaba un edificio rectangular.

—La casa de la expedición —dijo Richard.

El coche aparcó entre los ladridos de los perros. Criados vestidos de blanco salieron a saludarles, muy sonrientes. Después de intercambiar los saludos de rigor, Richard le dijo a Victoria:

—Al parecer no la esperaban tan pronto. Pero enseguida le prepararán la cama y le llevarán agua caliente. Supongo que deseará lavarse y descansar. El doctor Pauncefoot Jones está arriba, en la excavación. Voy a reunirme con él. Ibrahim la acompañará.

Se alejó mientras Victoria seguía al sonriente Ibrahim hasta la casa, cuyo interior le pareció oscuro viniendo del sol. Pasaron por una sala donde había varias mesas y algunos sillones destartalados, y luego, dando la vuelta a un patio, llegaron a un cuarto con un ventanuco. Había una cama, una cómoda rústica, una mesa con una jofaina y una palangana, y una silla. Ibrahim sonrió y volvió al poco rato con un cubo de agua caliente y una toalla áspera. Luego, con una sonrisa de disculpa, reapareció con un espejito que colgó de un clavo en la pared.

Victoria estaba contenta de poderse lavar. Comenzaba a darse cuenta de que además de agotada, estaba sucia de pies a cabeza.

«Supongo que debo de tener un aspecto terrible», se dijo al acercarse al espejo.

Durante un momento contempló su imagen sin comprender.

Aquella no era ella, no era Victoria Jones.

Y al fin cayó en la cuenta: aunque las facciones eran las mismas, su cabello era ahora rubio platino.

Capítulo 19

I

Richard encontró al doctor Pauncefoot Jones en las excavaciones, en cuclillas junto al capataz y golpeando ligeramente con una piqueta un sector de la pared.

El doctor Pauncefoot Jones saludó a su colega con su despiste habitual.

—¡Hola, Richard, muchacho! ¿Ya ha vuelto? Creía que llegaba el martes. No sé por qué.

—Hoy es martes —señaló Richard.

—¿De veras? —dijo el doctor sin interés—. Venga aquí y dígame qué le parece esto. Están apareciendo unas paredes en muy buen estado y solo hemos excavado a tres pies de profundidad. A mí me da la impresión de que aquí hay restos de pintura. Acérquese y dígame su opinión. Yo creo que son muy prometedoras.

Richard saltó al interior de la zanja y los dos arqueólogos se enfrascaron en cuestiones técnicas durante un cuarto de hora.

—A propósito —dijo Richard—. He traído a una muchacha conmigo.

—¿Sí? ¿Qué clase de muchacha?

—Ella dice que es su sobrina.

—¿Mi sobrina? —El doctor Pauncefoot Jones dejó por un momento la contemplación de las paredes de barro—.

No creo tener ninguna sobrina —dijo pensativo, como si pudiera tener alguna y haberla olvidado.

—Creo que viene a trabajar con usted.

—¡Oh! —El rostro del doctor se iluminó—. Claro. Debe de ser Verónica.

—Creo que me dijo Victoria.

—Sí, sí, Victoria. Emerson me escribió desde Cambridge comunicándomelo. Según tengo entendido, es una joven muy capaz. Es antropóloga. No entiendo por qué todo el mundo quiere ser antropólogo.

—Le oí decir que iba a venir una antropóloga.

—Todavía no hemos encontrado nada que entre en su especialidad. Claro que estamos empezando. No esperaba su llegada hasta dentro de quince días por lo menos, pero no leí la carta con demasiada atención y luego la extravié, así que no recuerdo bien lo que decía. Mi esposa llega la semana próxima o tal vez la otra. ¿Qué habré hecho con su carta? Y pensé que Venecia iba a venir con ella. Pero, claro, puedo estar equivocado. Bien, bien. Me atrevo a decir que nos será útil. Estamos encontrando muchos restos de cerámica.

—No le pasará nada raro a esta chica, ¿verdad?

—¿Raro? ¿En qué sentido? —El doctor Pauncefoot Jones lo miró extrañado.

—Quiero decir si no habrá sufrido un trastorno nervioso o algo por el estilo.

—Recuerdo que Emerson decía que había trabajado mucho para conseguir un diploma o la graduación, pero no recuerdo que dijera nada de un trastorno. ¿Por qué?

—La recogí vagando cerca de la carretera. Estaba sola. Precisamente en aquel montículo que se encuentra a una milla antes de dejar la carretera...

—Lo recuerdo. Una vez encontré un pedazo de cerámica Nuzu en ese montículo. Es verdaderamente extraordinario encontrarla tan al sur.

Richard rehusó volver al tema arqueológico y continuó con vehemencia:

—Me ha contado una historia extraordinaria. Dice que fue a que le lavaran la cabeza y le dieron cloroformo, la raptaron, la llevaron a Mandali y la encerraron en una casa de la que escapó por la noche. Es el galimatías más descabellado que he oído en mi vida.

—No parece muy verosímil —opinó Pauncefoot Jones, que meneó la cabeza—. Este país es muy tranquilo y hay muchos policías. Nunca ha sido más seguro que ahora.

—Exacto. Es evidente que se ha inventado toda esa historia. Por eso le pregunté si había sufrido algún trastorno nervioso. Será de esas chicas histéricas que creen que los curas se enamoran de ellas y que los médicos las asaltan. Quizá nos dé mucho trabajo.

—Oh, espero que se calme —dijo Pauncefoot Jones, optimista—. ¿Dónde está ahora?

—Está en su habitación para asearse y descansar un poco. No ha traído equipaje.

—¿No? Eso sí que es un inconveniente. Espero que no pretenderá que le deje un pijama. Solo tengo dos, y uno está muy viejo.

—Tendrá que arreglárselas como pueda hasta que venga el camión la semana próxima. Me pregunto en qué andaría metida, sola en el desierto y como surgida de la nada.

—Las muchachas de ahora son muy extrañas —opinó el doctor Pauncefoot Jones—. Lo revuelven todo, cosa que es muy molesta cuando uno quiere trabajar. Este sitio está lo bastante alejado para vernos libres de visitas, pero le sorprendería saber cuántos coches y personas vienen cuando no tenemos tiempo de atenderlos. ¡Cielos, los hombres han dejado de trabajar! Debe de ser ya hora de comer. Será mejor que volvamos a la casa.

II

Victoria, que esperaba muy nerviosa, encontró al doctor Pauncefoot Jones muy distinto de como lo había imaginado. Era un hombre bajo y rechoncho, medio calvo y los ojos brillantes. Para su gran asombro, se acercó a ella con las manos extendidas.

—¡Bien, bien, Venecia, quiero decir, Victoria! ¡Qué sorpresa! Se me había metido en la cabeza que no vendrías hasta el mes que viene. Pero estoy encantado de verte. ¿Cómo está Emerson? Espero que no le moleste mucho el asma.

Victoria se rehízo y respondió cautelosamente que había mejorado un poco.

—Se tapa demasiado la garganta —observó el doctor Pauncefoot Jones—. Es una grave equivocación. Se lo dije. Todos esos tipos académicos que no salen de las universidades están demasiado preocupados por su salud. No hay que pensar, es la manera de conservarse sano. Bueno, espero que te acomodes a tu gusto. Mi esposa llegará la semana que viene o la otra. Ha estado enferma. Tengo que encontrar su carta. Richard me ha dicho que tu equipaje se ha extraviado. ¿Cómo vas a arreglártelas? El camión no vendrá hasta la semana próxima.

—Espero poder arreglármelas hasta entonces —contestó Victoria—. De todos modos, tendré que hacerlo.

El doctor Pauncefoot Jones se rio de buena gana.

—Richard y yo no podemos dejarte gran cosa. Cepillo de dientes, sí. Tenemos una docena en el almacén; algodón si te hace falta, y polvos de talco, y déjame pensar, algunos pares de calcetines y pañuelos. Me temo que eso es todo.

—Me bastará —dijo Victoria y sonrió feliz.

—No te hemos encontrado el cementerio —le advirtió el doctor—, pero han aparecido unas hermosas paredes y grandes cantidades de trozos de cerámica. Puede que consigamos unir algunos. De un modo u otro te daremos trabajo. No recuerdo si sabes algo de fotografía.

—Un poco —contestó ella con cautela, aunque aliviada por la mención de un trabajo que podía hacer.

—Bien, bien. ¿Sabes revelar placas? Soy algo anticuado y todavía las uso. El cuarto oscuro es bastante rudimentario. Vosotros los jóvenes, acostumbrados a todos los adelantos, a menudo encontráis muy molesto trabajar en estas condiciones.

—No me importará —afirmó Victoria.

En el almacén escogió un cepillo de dientes, un tubo de pasta dentífrica, una esponja y polvos de talco.

Su cabeza era un torbellino al tratar de comprender cuál era exactamente su posición. Estaba bien claro que la confundían con una chica llamada Venecia No-se-qué, que iba a reunirse con la expedición y que era antropóloga. Victoria ni siquiera sabía lo que era eso. Si encontraba algún diccionario podría enterarse. No esperaban a la otra muchacha hasta la semana próxima. Muy bien. Entonces, durante una semana o hasta que el camión fuese a Bagdad, Victoria sería Venecia No-se-qué, ocupando su puesto lo mejor que pudiera. No temía al doctor Pauncefoot Jones, que era deliciosamente distraído, pero Richard Baker la ponía muy nerviosa. Le disgustaba su modo de mirarla y, si no iba con mucho cuidado, descubriría la farsa. Por fortuna, había sido secretaria durante un corto período de un instituto arqueológico en Londres, y sabía algunas frases y términos que le serían muy útiles ahora. Pero debía tener mucho cuidado para no cometer un desliz. Por suerte, pensó Victoria, los hombres se sienten tan superiores a las mujeres que cualquier error que cometen es una prueba más de lo ridículas e ineptas que son.

Aquel intervalo le proporcionaría un respiro que bien necesitaba. Aunque, desde el punto de vista de La Rama de Olivo, su desaparición sería de lo más desconcertante.

Había huido de su encierro, y les resultaría difícil averiguar qué había hecho después. El coche de Richard no había pasado por Mandali, así que nadie podía suponer que estuviera en Tell Aswad. No, para ellos sería como si se hubiera desvanecido en el aire. Tal vez llegasen a la conclusión de que había muerto. Que se había extraviado en el desierto y fallecido de inanición.

Perfecto, que lo pensaran. Era posible, claro, que Edward pensara lo mismo. Bueno, tendría que aguantarse. En todo caso, no sería por mucho tiempo. Precisamente, cuando los remordimientos de haberle dicho que cultivara la amistad de Catherine le torturasen, se presentaría ante él de repente, resucitada, solo que rubia en vez de morena.

Esto le condujo otra vez al misterio de por qué ellos le habían teñido el pelo. Tenía que haber una razón, pero, aunque la matasen, no podía comprender cuál era. No iba a tardar en tener un aspecto muy curioso con el pelo rubio y las raíces negras. ¡Valiente rubia platino, sin maquillaje ni carmín en los labios! ¿Podría encontrarse una muchacha en una situación más desgraciada? «No importa. Estoy viva, ¿verdad? Pues no veo por qué no puedo disfrutar un poco, por lo menos durante una semana», pensó Victoria. Era ciertamente divertido encontrarse en una expedición arqueológica y ver cómo era. Ojalá consiguiera representar su papel y no delatarse.

No iba a ser precisamente fácil. Debía utilizar con sumo cuidado las referencias a personas, publicaciones, estilos arquitectónicos y tipos de cerámica. Por suerte, siempre se aprecia a un buen oyente, y Victoria lo era para los dos hombres. De este modo fue asimilando su jerga con facilidad.

A escondidas, leía como una desesperada. Contaba con una buena biblioteca de publicaciones arqueológicas y pronto tuvo un conocimiento superficial de la materia. Sin darse cuenta, estaba encantada con aquella clase de vida.

El té que le llevaban a su habitación cada mañana; luego a la excavación, y ayudar a Richard a hacer las fotografías; clasificar y pegar los trozos de cerámica; observar el trabajo de los obreros, apreciar la pericia y delicadeza de los técnicos; disfrutar de las canciones y las risas de los chiquillos que corrían a vaciar los cestos de tierra. Aprendió los períodos, a distinguir los distintos niveles donde se efectúan las excavaciones y se familiarizó con el trabajo de la temporada anterior. Su único temor era que apareciesen las sepulturas. No había leído nada que le indicase cómo trabajaba una antropóloga. «Si encuentran huesos o alguna tumba, tendré que pescar un resfriado muy fuerte. No, mejor un ataque de hígado y meterme en la cama», se dijo.

Pero las tumbas no aparecieron. En su lugar fueron descubiertas las paredes de un palacio. Victoria se sentía fascinada y no tuvo ocasión de demostrar ninguna aptitud o habilidad especial.

Richard Baker siguió mirándola inquisidoramente de vez en cuando, y ella era consciente de su muda crítica, pero su trato era cordial y amistoso, y le divertía de veras ver su entusiasmo.

—Todo es nuevo para quien viene de Inglaterra —le dijo en cierta ocasión—. Recuerdo lo emocionado que estaba en mi primera temporada.

—¿Hace mucho de eso?

—Bastante. —Sonrió—. Quince, no, dieciséis años.

—Debe de conocer muy bien este país.

—¡Oh! No he estado solo aquí. También en Siria y en Persia.

—Habla muy bien el árabe, ¿verdad? Si se vistiese como ellos, ¿podría pasar por árabe?

Él meneó la cabeza.

—¡Oh, no! Hace falta algo más. Dudo de que ningún inglés haya sido capaz de pasar por árabe, quiero decir durante demasiado tiempo.

—¿Lawrence?

—No creo que nadie tomara a Lawrence por árabe. No, el único hombre que conozco prácticamente indiscernible de los nativos es un tipo que nació en estas latitudes. Su padre fue cónsul en Kashgar y en otros lugares remotos. De niño hablaba toda clase de dialectos y creo que después también.

—¿Qué le sucedió?

—Le perdí de vista al salir del colegio. Estudiábamos juntos. Solíamos llamarle Fakir, porque podía sentarse muy quieto y sumirse en una especie de trance. Ignoro lo que hace ahora, aunque podría adivinarlo.

—¿No volvió a verlo nunca más después de salir del colegio?

—Por extraño que parezca, lo vi el otro día en Basora, y en circunstancias bastante extrañas.

—¿Extrañas?

—Sí. No le reconocí. Iba vestido como un árabe, con un *keffiyah*, una chilaba rayada y una vieja guerrera. Llevaba una sarta de cuentas de ámbar como las que llevan los árabes algunas veces y las hacía pasar como hacen los ortodoxos, solo que empleó el alfabeto Morse, que utilizábamos durante la guerra. Estaba transmitiendo un mensaje... ¡A mí!

—¿Qué le contaba?

—Mi nombre, mejor dicho, mi apodo, el suyo y luego una señal para que estuviera alerta, porque iba a haber problemas.

—¿Y los hubo?

—Sí. Cuando él se levantó para salir, un viajante de comercio, de aspecto tranquilo y nada sospechoso, sacó un revólver. Yo le golpeé para desviar el arma y Carmichael escapó.

—¿Carmichael?

Él volvió bruscamente la cabeza al notar la ansiedad de su tono.

—Carmichael es su verdadero nombre. ¿Por qué? ¿Lo conoce?

«¡Qué extraño parecería que le dijera: murió en mi cama!», pensó Victoria.

—Sí —respondió despacio—, lo conocí.

—¿Por qué emplea el pasado? ¿Es que...?

—Sí. Ha muerto.

—¿Cuándo?

—Fue en Bagdad. En el hotel Tio. —Y agregó con rapidez—. Lo ocultaron. Nadie lo sabe.

Él asintió lentamente.

—Ya comprendo. Se trataba de esa clase de asuntos. Pero usted —la miró—, ¿cómo lo sabe?

—Me vi involucrada por casualidad.

Baker la miró pensativamente y Victoria le preguntó de improviso:

—En el colegio no le llamarían Lucifer, ¿verdad?

Richard pareció sorprendido.

—¿Lucifer? No. Me llamaban Búho porque siempre llevaba gafas.

—¿No conoce en Basora a nadie a quien llamen Lucifer?

Richard meneó la cabeza.

—Lucifer, hijo de la mañana, el ángel caído. ¿O tal vez se refiere a aquellas viejas cerillas cuyo mérito, si no recuerdo mal, era que no se apagaban con el viento?

Richard no dejaba de observarla, pero Victoria fruncía el entrecejo con una expresión meditabunda.

—Quisiera que me dijese, exactamente, lo que sucedió en Basora —le dijo ella.

—Ya se lo he dicho.

—No. Quiero saber solamente dónde estaba usted cuando ocurrió todo esto.

—¡Ah, ya! Estaba en la recepción del consulado. Estaba esperando para ver a Clayton, el cónsul.

—¿Y quién más estaba allí? Ese viajante de comercio, Carmichael... ¿y alguien más?

—Un par de hombres, un francés, un sirio delgado y moreno, y un viejo persa.

—Y el viajante de comercio sacó el revólver y usted lo detuvo mientras Carmichael escapaba. Pero ¿cómo?

—Primero se dirigió al despacho del cónsul. Está al otro extremo del pasillo que da al jardín.

Victoria le interrumpió.

—Lo sé. Estuve allí un par de días. A decir verdad, cuando yo llegué usted se acababa de marchar.

—¿De veras? —Otra vez la miró con suma atención, pero Victoria no se dio cuenta. Veía ante sus ojos el largo pasillo del consulado, pero con la puerta al otro extremo, abierta a los árboles y a la luz del sol.

—Como le decía, Carmichael primero tomó esa dirección, pero luego giró en redondo y corrió hacia la calle. Fue la última vez que le vi.

—¿Y qué pasó con el viajante de comercio?

Richard se encogió de hombros.

—Tengo entendido que contó no sé qué historia de haber sido atacado y robado por un hombre la noche anterior, y que había creído reconocer en el árabe del consulado a su asaltante. No sé mucho más porque me fui a Kuwait.

—¿Quién se hospedaba en el consulado cuando estuvo usted?

—Un individuo llamado Crosbie, de una compañía petrolera. Nadie más. ¡Ah, sí! Creo que había otro huésped llegado de Bagdad, pero no le vi. No puedo recordar su nombre.

«Crosbie», pensó Victoria. Recordaba al capitán Crosbie, su figura rechoncha y su conversación entrecortada. Una persona muy vulgar. Un hombre decente, pero sin *finesse.*[1] Y Crosbie estuvo en Bagdad la noche que Carmi-

1. Delicadeza. *(N. del T.)*

chael llegó al Tio. ¿No podría ser que Carmichael hubiese visto la silueta de Crosbie recortada contra la luz del sol, y por eso hubiera cambiado de dirección y salido a la calle en lugar de intentar ganar el despacho del cónsul general?

Siguió unos segundos absorta en estas reflexiones y se sobresaltó como alguien culpable al darse cuenta de la atención con que Richard la observaba.

—¿Por qué quiere saber todo esto? —le preguntó Baker.

—Me interesa.

—¿Alguna otra pregunta?

—¿Conoce a alguien llamado Lefarge?

—No, creo que no. ¿Hombre o mujer?

—No lo sé.

Seguía pensando en Crosbie. ¿Crosbie? ¿Lucifer? ¿Sería Crosbie el homólogo de Lucifer?

III

Aquella noche, cuando Victoria se hubo despedido de los dos hombres para irse a la cama, Richard le dijo al doctor Pauncefoot Jones:

—¿Podría echar un vistazo a esa carta de Emerson? Me gustaría saber con exactitud lo que dice de esta chica.

—Claro, querido colega. Debe estar en alguna parte. Recuerdo que hice unas anotaciones en el dorso. Hablaba muy bien de Verónica. Si mal no recuerdo, decía que era inteligentísima. A mí me parece encantadora. Es de agradecer que no hiciera un drama con la pérdida del equipaje. Cualquier otra muchacha hubiera insistido en que la llevásemos a Bagdad al día siguiente para comprarse ropa. Es lo que yo llamo una chica con espíritu deportivo. A propósito, ¿cómo es que lo perdió?

—La cloroformizaron, fue secuestrada y la tuvieron encarcelada en una casa nativa —respondió Richard impasible.

—Dios mío, sí, eso me dijo usted. Ahora lo recuerdo. Todo bastante absurdo. Eso me recuerda... ¿Qué es lo que me recuerda? ¡Ah, sí! A Elizabeth Canning, claro. Recuerdo que apareció contando una historia increíble después de estar perdida durante quince días. Un relato de lo más contradictorio. Habló de unos gitanos, si no recuerdo mal el caso al que me refiero. Y era una joven tan fea que no parecía probable que hubiese un hombre por medio. En cuanto a Victoria... Verónica, nunca le acierto el nombre, es muy bonita. Es muy probable que sí haya un hombre en su caso.

—Sería más bonita si no se tiñera el pelo —comentó Richard con sequedad.

—¿Se lo tiñe? Vaya. ¡Qué entendido es en estas cosas!

—Y volviendo a la carta de Emerson, señor...

—Claro, claro. No tengo ni idea de dónde la habré metido. Pero busque por donde quiera, estoy deseando encontrarla por las notas que tomé al dorso y el boceto de aquella pulsera de cuentas con forma de espiral.

Capítulo 20

A la tarde siguiente, el doctor Pauncefoot Jones profirió una exclamación de disgusto al oír el lejano rumor del motor de un coche. Cuando pudo localizarlo, vio que avanzaba por el desierto hacia la excavación.

—¡Visitas! —protestó con rabia—. Y en el peor momento. Quiero vigilar el recubrimiento con celulosa del rosetón pintado de la esquina nordeste. Seguro que serán algunos idiotas de Bagdad con muchas ganas de hablar y dar su paseo por el yacimiento.

—Ahora es cuando Victoria puede sernos útil —dijo Richard—. ¿Me ha oído, Victoria? Le corresponde acompañarlos personalmente.

—Seguramente lo diré todo mal. Ya sabe que tengo poca experiencia —manifestó Victoria.

—Yo creo que lo hace usted muy bien —replicó Richard complacido—. Las observaciones que ha hecho esta mañana sobre los ladrillos planoconvexos parecían salidas del libro de Delougaz.

Victoria cambió de color y decidió parafrasear su erudición con más cuidado. Algunas veces, la mirada inquisitiva de Richard a través de los gruesos cristales de sus gafas la ponía nerviosa.

—Haré lo que pueda —prometió dócilmente.

—Dejamos todas las tareas desagradables para usted —comentó Baker.

Victoria sonrió.

Era cierto que sus actividades durante los últimos cinco días la habían sorprendido notablemente. Había revelado placas con agua filtrada a través de algodón en rama y a la luz de una linterna en cuyo interior había una vela que siempre se apagaba en el momento más crítico. La mesa del cuarto oscuro era una caja de embalaje y, para trabajar, tenía que agacharse o ponerse de rodillas; y el propio cuarto, como Richard observó, era una versión moderna de los famosos tormentos medievales.

—Dispondremos de algunas mejoras las próximas temporadas —le aseguró el doctor Pauncefoot Jones—, pero ahora necesitamos hasta el último penique para pagar a los obreros y conseguir algún resultado.

A Victoria, las cestas con trozos de cerámica le parecieron ridículas al principio (aunque tuvo buen cuidado de no demostrarlo). ¿Para qué servían aquellos montones de cacharros rotos?

Luego, a medida que encontraba fragmentos que coincidían, los pegaba y los depositaba en cajas con arena. Aquello empezaba a gustarle. Aprendió a conocer las formas y estilos, y finalmente a tratar de reconstruir en su mente cómo y para qué se habían empleado estos recipientes unos tres mil años atrás. En el pequeño sector de casas humildes, se las imaginaba con su aspecto original y a la gente que vivió en ellas, con sus deseos, sus posesiones y sus quehaceres, sus esperanzas y sus temores. Puesto que no le faltaba imaginación, no le costaba demasiado esfuerzo. Un día que encontraron un pequeño bote oculto en una pared y en su interior media docena de pendientes de oro, se sintió sobrecogida.

—Probablemente debió de ser la dote de alguna muchacha —le comentó Baker sonriendo.

Platos llenos de trigo, pendientes de oro que se guardaron como dote, agujas de hueso, cedazos, morteros, figurillas y amuletos. Todo usado en la vida cotidiana, representando las esperanzas y temores de una comunidad sencilla y sin importancia.

—Por eso lo encuentro tan fascinante —le dijo a Richard—. ¿Sabe? Yo siempre había creído que en arqueología solo importaban las tumbas reales y los palacios. Los reyes de Babilonia —agregó con una extraña sonrisa—. Pero lo que más me gusta de todo esto es que se ocupa de la gente sencilla como yo. Mi San Antonio que me encuentra las cosas que pierdo, un cerdito de la suerte que compré, un bol muy bonito, azul por dentro y blanco por fuera, que utilizo para hacer pasteles. Se rompió y el nuevo no se parece en nada al otro. Ahora comprendo por qué esas gentes reparaban con betún sus tazas y platos predilectos. La vida sigue siendo igual, ¿no es cierto? Igual ahora que antes.

Pensaba todas estas cosas mientras los visitantes ascendían por una ladera del yacimiento. Richard salió a su encuentro y Victoria fue tras él.

Se trataba de dos franceses aficionados a la arqueología que estaban viajando a través de Siria e Irak. Después de las presentaciones, Victoria los acompañó a visitar las excavaciones mientras recitaba como una cotorra lo que sabía, aunque sin poder resistir, siendo ella como era, la tentación de agregar algunos comentarios de su cosecha, solo, como se dijo a sí misma, para hacerlo más excitante.

Observó que uno de los hombres tenía muy mal color y que les seguía sin interés. Al cabo de un rato dijo que si mademoiselle quisiera excusarle, se iría a la casa. No se encontraba bien desde la mañana y el sol le hacía sentirse peor.

Se alejó en dirección a la casa, mientras el otro explicaba en voz baja que por desgracia se trataba de un problema intestinal. El mal de Bagdad lo llamaban, ¿verdad? Sí, hoy no tendría que haber salido.

Una vez terminada la visita, el francés siguió charlando con Victoria y el doctor Pauncefoot Jones, dispuesto a ser hospitalario hasta el final, les invitó a tomar el té antes de irse.

El francés rehusó. No debían demorar la partida, no se veían capaces de encontrar el camino en la oscuridad. Richard Baker intervino en el acto para darle la razón. Recogieron al amigo enfermo en la casa y el coche se alejó a toda velocidad.

—Me figuro que esto es solo el principio —gruñó el doctor Pauncefoot Jones—. Ahora tendremos visitas todos los días.

Cogió un pedazo de pan árabe y lo cubrió con una espesa capa de mermelada de albaricoque.

Richard se retiró a su habitación después del té. Tenía que contestar algunas cartas y escribir otras que despacharía mañana en cuanto llegaran a Bagdad.

De pronto frunció el entrecejo. A pesar de no ser un hombre demasiado partidario del orden, acostumbraba a guardar sus prendas y papeles siempre de la misma manera. Enseguida descubrió que habían revuelto todos sus cajones. No habían sido los criados, de eso estaba seguro. Entonces había debido de ser el visitante quien, con el pretexto de encontrarse indispuesto, había ido a la casa y con toda tranquilidad había registrado su habitación. Se aseguró de que no faltaba nada. El dinero seguía intacto. Entonces, ¿qué buscaba? Su expresión se tornó grave al considerar lo que eso significaba.

Fue al depósito de las antigüedades y miró en el cajón donde guardaban los sellos y grabados. Sonrió. No habían tocado nada. Entró en la sala. El doctor Pauncefoot Jones estaba en el patio con los capataces. Solo Victoria se encontraba allí, absorta en la lectura de un libro.

Richard le dijo sin preámbulos:

—Alguien ha estado registrando y revolviendo mi habitación.

Victoria alzó la mirada, atónita.

—Pero ¿por qué? ¿Y quién?

—¿No ha sido usted?

—¿Yo? —Victoria estaba indignada—. ¡Claro que no! ¿Para qué iba yo a revolver sus cosas?

—Entonces ha debido ser ese condenado forastero. El que se fingió indispuesto y volvió a la casa —afirmó él después de dirigirle una mirada penetrante.

—¿Ha robado algo?

—No, nada.

—Pero ¿para qué diablos iba nadie a...?

—Pensaba que usted podría saberlo —la interrumpió.

—¿Yo?

—Bien, según usted dice, le han sucedido cosas bastante extrañas.

—¡Oh! Eso es cierto. —Victoria pareció sorprendida—. Pero no veo por qué habrían de registrar su habitación. Usted no tiene nada que ver con...

—¿Con qué?

Victoria no respondió, parecía absorta en sus pensamientos.

—Lo siento —dijo al fin—. ¿Qué decía? No le escuchaba.

Richard no repitió su pregunta, pero le hizo otra.

—¿Qué está leyendo?

Victoria hizo una mueca.

—Aquí no tienen muchas novelas para escoger. *Historia de dos ciudades*, *Orgullo y prejuicio* y *El molino sobre el río*. Estoy leyendo *Historia de dos ciudades*.

—¿No lo había leído hasta ahora?

—No. Siempre pensé que Dickens sería aburrido.

—¡Vaya una idea!

—Lo encuentro muy excitante.

—¿Hasta dónde ha leído? —Richard miró por encima del hombro de Victoria y leyó—: «Y la tejedora contó uno».

—Ella es terrible —opinó Victoria.

—¿Madame Defarge? Sí, buen personaje. Aunque siempre me ha parecido muy problemático que pudiera hacerse una clave de nombres en una labor de punto, pero desde luego yo no soy tejedor.

—¡Oh, claro que podría! —afirmó Victoria al considerar este caso—. Un punto liso, uno basta, varios puntos de fantasía, de vez en cuando un punto equivocado o escapado. Sí, puede hacerse, aunque disimulado, naturalmente, para dar la impresión de que lo ha tejido alguien poco experto y que comete muchas equivocaciones...

De repente, con la claridad de un relámpago, dos cosas aparecieron unidas en su mente y le afectaron con la fuerza de una explosión. Un nombre y una escena. El hombre con la vieja bufanda de lana tejida entre sus manos crispadas, la bufanda que había cogido rápidamente y escondido en un cajón. Y un nombre: Defarge. No Lefarge, *Defarge*, madame Defarge.

Volvió a la realidad al oír a Richard, que le decía cortésmente:

—¿Ocurre algo?

—No, no, estaba pensando.

—Ya. —Richard arqueó las cejas con su actitud más fastidiosa.

«Mañana iremos a Bagdad», pensó Victoria. Mañana acabaría su respiro. Durante una semana había gozado de seguridad, paz y tiempo para reponerse. Y había disfrutado enormemente. «Tal vez soy algo cobarde», se dijo. Tal vez sí que había hablado con despreocupación de sus aventuras, pero la verdad era que no le había gustado demasiado vivirlas. Aquel aborrecible olor a cloroformo, la sofocación, y se asustó mucho, muchísimo en aquella horrible habitación cuando el árabe dijo: *Bukra*.

Y ahora debía volver a todo aquello, porque estaba empleada por Mr. Dakin, pagada por Mr. Dakin y debía ganarse la paga y dar la cara con valentía. Incluso quizá tendría que volver a La Rama de Olivo. Se estremeció al recordar al doctor Rathbone y su inquisidora mirada. Él la había advertido.

Aunque quizá no tendría que volver. Tal vez el mismo Mr. Dakin diría que no era prudente, ahora que la habían descubierto. Pero tendría que ir a la pensión y recoger el equipaje porque metida descuidadamente en una maleta estaba la vieja bufanda roja. Lo había recogido todo cuando salió para Basora. En cuanto dejara la bufanda en manos de Mr. Dakin, quizá su tarea estaría acabada. Tal vez él le diría como en las películas: «¡Oh! ¡Buen trabajo, Victoria!». Al levantar la cabeza comprobó que Richard la observaba.

—A propósito —dijo él—, ¿podrá tener preparado su pasaporte para mañana?

—¿Mi pasaporte?

Victoria consideró la posición. Era muy suyo no haber decidido todavía un plan. Puesto que la verdadera Verónica (o Venecia) no tardaría en llegar de Inglaterra, se imponía una retirada en orden. Pero no se había planteado el problema de cómo hacerlo; si desaparecer sin más, confesar la farsa y recibir la penitencia o, en definitiva, lo que haría era algo que no se había planteado: adoptar la actitud de que «ya se le ocurriría algo».

—Verá —añadió sin querer comprometerse—, no estoy segura.

—Lo necesita, ya sabe, la policía del distrito —le explicó Richard—. Toman el número, su nombre, edad, características personales; en fin, todos los datos. Como no tenemos su pasaporte, creo que por lo menos debemos enviar su nombre y descripción. A propósito, ¿cuál es su apellido? Siempre la he llamado Victoria.

—Vamos, sabe mi apellido tan bien como yo.

—Eso no es exacto —afirmó Richard, y su sonrisa se convirtió en un foco cruel—. Yo sí lo sé. Es usted la que no lo sabe.

Sus ojos no dejaban de mirarla a través de sus gafas.

—Claro que sé mi apellido —exclamó Victoria.

—Entonces la desafío a que me lo diga ahora mismo. Su voz se había vuelto áspera y desabrida.

—De nada le va a servir seguir mintiendo. Se acabó el juego. Ha sido muy lista. Ha leído mucho y ha conseguido ir trampeando la situación, pero es la clase de impostura que no se puede mantener demasiado tiempo. Le he tendido trampas y usted ha caído en ellas. Le he traído vulgares trozos de tiestos y los ha aceptado como cerámica antigua. —Hizo una pausa—. Usted no es Venecia Savile. ¿Quién es usted?

—Ya se lo dije la primera vez que le vi. Soy Victoria Jones.

—¿La sobrina del doctor Pauncefoot Jones?

—No soy su sobrina, pero mi nombre es Jones.

—Me contó muchas otras cosas.

—Sí. ¡Y todas eran ciertas! Pero me di cuenta de que no me creía. Y eso me enfureció porque, aunque algunas veces digo mentiras, de hecho bastante a menudo, lo que le dije entonces era verdad. Y por eso, para que mis palabras fueran más convincentes le dije que mi nombre era Pauncefoot Jones, ya lo había dicho en otras ocasiones y me fue muy bien. ¿Cómo iba a imaginar que usted venía aquí?

—Debió de ser un gran golpe para usted. Lo disimuló muy bien. Estaba más fresca que una lechuga.

—Pero por dentro temblaba como una hoja —atajó Victoria—. Sin embargo, preferí llegar aquí para explicárselo, donde por lo menos estaría a salvo.

—¿A salvo? —Meditó unos segundos—. Escuche, Victoria, ¿es que esa increíble historia que me contó del cloroformo era cierta?

—¡Por supuesto! ¿No comprende que si hubiera querido inventarme una historia lo habría podido hacer y contarla mejor?

—Ahora que la conozco un poco más, no lo dudo. Pero debe admitir que a primera vista era una historia absurda.

—Pero ahora está dispuesto a creerla. ¿Por qué?

—Porque si como dice estuvo mezclada con la muerte de Carmichael, puede que sea verdad.

—Así es como comenzó todo —dijo la muchacha.

—Será mejor que me lo cuente.

Victoria lo miró con dureza.

—Me estoy preguntando si puedo confiar en usted.

—¡Me parece que no lo entiende! ¿No se da cuenta de que tengo graves sospechas de que ha venido aquí con un nombre falso para conseguir sonsacarme alguna información? Y tal vez sea eso lo que está haciendo.

—¿Quiere decir que usted sabe algo de Carmichael que ellos quisieran saber?

—¿Quiénes son ellos?

—Tendré que contárselo todo. No queda otro remedio. Y si usted es uno de ellos ya lo sabrá, así que no importa.

Le refirió lo ocurrido la noche de la muerte de Carmichael. La entrevista con Dakin, el viaje a Basora, el empleo en La Rama de Olivo, la hospitalidad de Catherine, la advertencia del doctor Rathbone y los acontecimientos que siguieron, incluyendo el enigma del pelo teñido de rubio. Lo único que omitió fue la bufanda roja y a madame Defarge.

—¿El doctor Rathbone? ¿Usted cree que está mezclado en todo esto? Pero, mi querida señorita, es un hombre muy importante. Es conocido en todo el mundo. Las donaciones para sus proyectos llegan de todos los países.

—¿No cree que es muy conveniente hacerlas? —preguntó Victoria.

—Siempre lo he tenido por un asno presuntuoso —señaló Richard, pensativo.

—Ese también es un buen disfraz.

—Sí, sí, supongo que sí. ¿Quién es ese Lefarge por el que me preguntó?

—Simplemente un nombre. ¿Conoce a Anna Scheele?

—¿Anna Scheele? No, nunca la he oído nombrar.

—Es importante —dijo Victoria—, aunque no sé exactamente por qué. Está todo tan confuso.

—Dígame —preguntó Richard—, ¿quién es el hombre que la metió en todo esto?

—Edward... ¡Oh! Se refiere a Mr. Dakin. Creo que pertenece a una compañía petrolera.

—¿Es un sujeto cargado de hombros, aspecto cansado y expresión estúpida?

—Sí, pero no lo es. Quiero decir que no es estúpido.

—¿No bebe?

—Eso dicen, pero yo no lo creo.

Richard la miró.

—¿Será verdad? ¿Es usted real? ¿Será usted la heroína perseguida o una perversa aventurera?

—Lo que importa es: ¿qué va a decirle al doctor Pauncefoot Jones de mí? —preguntó Victoria sin irse por las ramas.

—Nada —contestó Richard—. No será necesario.

Capítulo 21

Partieron para Bagdad muy temprano. Victoria estaba desanimada. Se le hizo un nudo en la garganta al mirar la casa de la expedición que dejaban a sus espaldas. Sin embargo, el brutal traqueteo del camión la distrajo de todo lo que no fuese la tortura del momento. Le parecía extraño volver a pasar por aquella carretera, cruzándose con camiones polvorientos y asnos de carga. Tardaron casi tres horas en llegar a las afueras de Bagdad. El camión les dejó en el hotel Tio y el conductor y el cocinero se fueron a hacer las compras necesarias. Un enorme montón de cartas esperaba al doctor Pauncefoot Jones y a Richard. Marcus apareció de pronto, corpulento y sonriente como siempre, y le dio la bienvenida a Victoria con su cordialidad habitual.

—¡Ah! —le dijo—. Hace mucho que no la veo. No viene a mi hotel desde hace una semana, dos semanas. ¿Por qué? Hoy comerá aquí, tendrá todo lo que desee. ¿Pollitos tiernos? ¿Solomillo? Lo único que no tengo es pavo relleno con arroz porque tiene que encargarlo con un día de antelación.

Por lo visto, en el hotel Tio nadie conocía el secuestro de Victoria. Posiblemente Edward, aconsejado por Mr. Dakin, no había dado parte a la policía.

—¿Sabe si está en Bagdad Mr. Dakin, Marcus? —le preguntó ella.

—Mr. Dakin. ¡Ah, sí! Un hombre muy agradable. Claro,

es amigo suyo. Estuvo aquí ayer, no, anteayer, y el capitán Crosbie, ¿le conoce? Un amigo de Mr. Dakin. Llega hoy de Kermanshah.

—¿Sabe dónde tiene su oficina Mr. Dakin?

—Desde luego. Todo el mundo conoce la Iraki Iranian Oil.

—Bien. Quiero ir allí ahora. En taxi, pero con la seguridad de que el taxista sepa dónde me lleva.

—Yo mismo se lo diré —dijo Marcus cortésmente.

La acompañó hasta la entrada del callejón, donde vociferó violentamente como tenía por costumbre. Un botones acudió corriendo. Marcus le ordenó que buscara un taxi, luego la escoltó hasta el coche y le dio la dirección al taxista. Por último, Marcus le dijo adiós con la mano.

—Y quisiera una habitación. ¿Puede darme alguna? —le pidió Victoria antes de que el taxi arrancara.

—Sí. Le daré una preciosa, y haré que le preparen un solomillo, y esta noche tengo algo muy especial: caviar. Y antes beberemos una copita.

—¡Maravilloso! —exclamó la joven—. ¡Oh, Marcus! ¿Puede prestarme algún dinero?

—Desde luego, querida. Aquí tiene. Coja lo que necesite.

El taxi arrancó con una fuerte sacudida y Victoria cayó sobre el asiento apretando entre sus manos un montón de billetes y monedas.

Cinco minutos más tarde, entró en las oficinas de la Iraki Iranian Oil y preguntó por Mr. Dakin.

Mr. Dakin estaba escribiendo en su mesa. Se levantó para estrecharle la mano con mucha formalidad.

—Miss... Miss Jones, ¿verdad? Traiga café, Abdullah.

En cuanto la puerta insonorizada se cerró detrás del empleado, añadió en voz baja:

—No tendría que haber venido aquí, ya lo sabe.

—Tenía que hacerlo —replicó Victoria—. Hay algo que tengo que decirle enseguida, antes de que me pase algo más.

—¿Es que le ha ocurrido algo?

—¿No lo sabe? —preguntó Victoria—. ¿Es que Edward no se lo ha dicho?

—Según lo que yo sé, usted sigue trabajando en La Rama de Olivo. Nadie me ha dicho nada.

—¡Catherine! —exclamó Victoria.

—No la entiendo.

—¡Esa gata de Catherine! Apuesto a que le ha contado otra cosa y ese bobo se lo ha creído completamente.

—Bueno, oigamos qué es eso, y si me permite que se lo diga —miró discretamente la rubia cabeza de la joven—, la prefería morena.

—Eso solo es una parte de la historia.

Llamaron a la puerta y el criado entró con dos tacitas de café. Cuando salió, Dakin dijo:

—Ahora tómese el tiempo que quiera y explíquemelo todo. Nadie puede oírnos.

Victoria comenzó el relato de sus aventuras. Como siempre que hablaba con Dakin, procuró ser coherente y escueta. Concluyó explicando sus deducciones sobre la bufanda roja de Carmichael y su relación con madame Defarge.

Entonces miró ansiosa a su interlocutor.

Al entrar le pareció más exhausto y cargado de espaldas que nunca. Ahora vio brillar un destello en sus ojos.

—Debería leer a Dickens más a menudo.

—¿Entonces cree que tengo razón? ¿Le parece que sería Defarge lo que dijo y que puede haber un mensaje en la bufanda?

—Creo que esta es la primera pista auténtica que tenemos y es gracias a usted. Pero lo importante es la bufanda. ¿Dónde está?

—Con todas mis cosas. Aquella noche la metí en un cajón y, cuando hice las maletas, recuerdo que lo recogí todo sin dejar nada.

—¿Y nunca le dijo a nadie, absolutamente a nadie, que esa bufanda había pertenecido a Carmichael?

—No, porque lo olvidé. La metí en una maleta con otras cosas cuando fui a Basora y no he vuelto a abrirla desde ese día.

—Entonces todo en orden. Aunque hubiesen buscado entre sus cosas, no habrían dado importancia a una vieja bufanda de lana, a menos que estuviesen sobre aviso, cosa que, en mi opinión, es imposible. Ahora lo que hay que hacer es mandar a recoger sus maletas y que se las lleven a... Por cierto, ¿tiene donde hospedarse?

—He reservado una habitación en el Tio.

—Es el mejor sitio para usted.

—Tendré que... ¿Quiere usted que vuelva a La Rama de Olivo?

Dakin la miró atentamente.

—¿Tiene miedo?

Victoria sacó la barbilla.

—No —replicó desafiante—. Iré si usted quiere.

—No creo que sea necesario, ni prudente. No sé cómo, pero presumo que conocen sus actividades. Y por lo tanto, no podría averiguar nada más, así que será mejor que no vaya. O de otro modo —agregó con una sonrisa— la próxima vez que la vea puede que la hayan convertido en pelirroja.

—Eso es lo que quisiera saber por encima de todo. ¿Por qué me tiñeron el pelo? Lo he pensado y repensado, y no veo la explicación. ¿Y usted?

—Solo se me ocurre la fúnebre posibilidad de que lo hicieran para que no pudiesen identificar su cadáver.

—Pero si querían matarme, ¿por qué no lo hicieron enseguida?

—Esa es una pregunta muy interesante, Victoria. Es la pregunta que más quisiera poder contestar.

—¿No tiene alguna idea?

—No tengo ninguna pista —respondió Dakin con una ligera sonrisa.

—Hablando de pistas. ¿Recuerda que le dije que había algo raro en sir Rupert Crofton Lee cuando lo vi en el hotel Tio?

—Sí.

—Usted no le conocía personalmente, ¿verdad?

—No, nunca nos habíamos visto.

—Me lo figuraba, porque, ¿sabe?, no era sir Rupert Crofton Lee.

Una vez más se embarcó en una animada narrativa, comenzando por el incipiente grano en la nuca de sir Rupert.

—¡De modo que fue así como lo hicieron! —exclamó Dakin—. No comprendía cómo Carmichael se confió hasta el punto de dejarse asesinar aquella noche. Creyó que estaba seguro con Crofton Lee, y el impostor lo apuñaló, pero consiguió escapar y llegó a su habitación. Se asió a la bufanda y no la soltó hasta verse morir.

—¿Cree usted que me raptaron convencidos de que se lo contaría a usted? Pero no lo sabía nadie más que Edward.

—Me figuro que pensaron en quitarla de en medio lo más rápidamente posible. Estaba averiguando demasiado de lo que ocurría en La Rama de Olivo.

—El doctor Rathbone me previno —dijo Victoria—. Fue más una amenaza que un aviso. Creo que comprendió que yo no era lo que aparentaba.

—Rathbone no es tonto —afirmó Dakin secamente.

—Celebro no tener que volver allí. He querido ser valiente, pero la verdad es que estoy muerta de miedo. Solo que si no voy a La Rama de Olivo, ¿cómo voy a ponerme en contacto con Edward?

—Si Mahoma no va a la montaña, la montaña irá a Mahoma. Escríbale una nota ahora mismo. Dígale que está en el Tio y pídale que vaya a recoger sus ropas y el equipaje y que se los lleve allí. Esta mañana voy a consultar al doctor Rathbone acerca de una de las veladas de su club. No me será difícil poner la nota en manos de su secretario; así no habrá peligro de que Catherine, su enemiga, la extravíe. Y usted, vuelva al Tio y espere. Victoria...

—¿Sí?

—Si se encuentra en algún apuro, sea de la clase que sea, haga lo que pueda para librarse. Sus adversarios son muy poderosos y desgraciadamente usted sabe muchas cosas. Nosotros la vigilaremos todo cuanto nos sea posible. Cuando tenga su equipaje en el hotel Tio, sus obligaciones conmigo habrán terminado. ¿Comprende?

—Iré directamente al Tio —dijo Victoria—. Tengo que maquillarme y pintarme los labios. Después de todo...

—Después de todo no puede encontrarse con su novio completamente desarmada.

—Eso no me importaba demasiado cuando estaba con Richard Baker, aunque me gustaría que supiera que puedo parecer bonita si me lo propongo. Pero Edward...

Capítulo 22

Con los cabellos rubios primorosamente peinados, la nariz empolvada y los labios recién pintados, Victoria se sentó en la terraza del Tio una vez más representando el papel de moderna Julieta en espera de su Romeo.

En el momento debido llegó Romeo, mirando a un lado y a otro.

—Edward —llamó Victoria.

El joven levantó la cabeza.

—¡Oh, estás ahí!

—Sube.

—Enseguida.

Al cabo de un instante, entró en la desierta terraza.

—Aquí hay más tranquilidad —le dijo Victoria—, luego bajaremos para que Marcus nos invite a unas copas.

Edward la miraba perplejo.

—Oye, Victoria, ¿qué le ha pasado a tu pelo?

Ella bufó rabiosa.

—Si alguien vuelve a mencionar mis cabellos, creo que le machacaré los sesos.

—Me parece que estabas mejor antes.

—¡Díselo a Catherine!

—¿Catherine? ¿Qué tiene ella que ver?

—Mucho. Tú me dijiste que intimase con ella, lo hice... y supongo que no tienes la menor idea de lo que me pasó.

—¿Dónde has estado durante todo este tiempo, Victoria? Me tenías preocupado.

—¿Ah, sí? ¿Dónde creías que estaba?

—Catherine me dio tu recado. Me dijo que habías tenido que salir con urgencia hacia Mosul. Se trataba de algo muy importante y de buenas noticias, y que ya sabría de ti más adelante.

—¿Y tú la creíste? —preguntó Victoria con voz compasiva.

—Creí que estabas sobre alguna pista. Y es natural que no pudieses contarle demasiado a Catherine.

—¿Y no se te ocurrió la posibilidad de que Catherine mintiese y que a mí me hubieran dado un golpe en la cabeza?

—¿Qué? —Edward la miró asombrado.

—Me drogaron, me tuvieron prisionera y estuve a punto de morir de hambre.

Edward miró a su alrededor.

—¡Cielo santo! Nunca imaginé... Mira, no me gusta que hablemos aquí. Hay muchas ventanas. ¿No podríamos ir a tu habitación?

—Está bien. ¿Has traído mi equipaje?

—Sí. Se lo he dejado todo al portero.

—Porque cuando una no se ha cambiado de vestido en quince días...

—Victoria, ¿qué ha ocurrido? Ya sé. Tengo el coche abajo. Vámonos a Devonshire. ¿No has estado nunca allí, verdad?

—¿Devonshire? —Victoria lo miró sorprendida.

—Oh, es solo el nombre de un lugar no muy lejos de Bagdad. En esta época del año está precioso. Vamos. Hace mucho que no estamos juntos.

—Desde que fuimos a Babilonia. ¿Pero qué dirán el doctor Rathbone y La Rama de Olivo?

—Al diablo el doctor Rathbone. Ya estoy harto de ese viejo asno.

Bajaron corriendo las escaleras y se encaminaron al lugar donde Edward había dejado el coche. El joven condujo hacia el sur, a través de Bagdad, por una amplia avenida. Luego serpentearon entre plantaciones de palmeras y los pequeños puentes sobre los canales de regadío. Al fin, de un modo inesperado, llegaron a un bosquecillo cruzado de acequias. Los árboles, en su mayoría almendros y albaricoqueros, comenzaban a florecer. Era un paraje idílico. Detrás del bosquecillo, a poca distancia, corría el Tigris.

Se apearon del coche y caminaron juntos bajo los árboles en flor.

—¡Es maravilloso! —dijo Victoria con un profundo suspiro—. Es como haber vuelto a Inglaterra en primavera.

La brisa era suave y cálida. Se sentaron sobre un tronco caído bajo un dosel de florecillas rosadas.

—Ahora, cariño —pidió Edward—, cuéntame lo que te ha sucedido. Me he sentido tan desgraciado.

—¿Sí? —Victoria sonrió como en un sueño.

Entonces se lo contó. Le habló de la chica peluquera, del olor del cloroformo y de su lucha, de su despertar después de los efectos de una droga. De cómo había escapado y de su encuentro casual con Richard Baker, a quien le dijo llamarse Victoria Pauncefoot Jones. Su viaje a las excavaciones y su casi milagrosa representación de una estudiante de antropología recién llegada de Inglaterra.

Al llegar a este punto Edward reía a carcajadas.

—¡Eres maravillosa, Victoria! ¡Las cosas que piensas o te inventas!

—Lo sé. Mis tíos. El doctor Pauncefoot Jones y antes el obispo.

En aquel preciso momento le vino a la memoria lo que había estado a punto de preguntar a Edward en Basora cuando la interrumpió Mrs. Clayton para decirles que las copas estaban servidas.

—Hace tiempo que quería preguntarte cómo sabías lo del obispo.

Sintió cómo la mano de él se crispaba sobre la suya. Y Edward respondió deprisa, demasiado deprisa:

—Tú me lo dijiste, ¿no te acuerdas?

Victoria le miró. Era extraño, pensó más tarde, que un desliz tan infantil como aquel lo hubiera descubierto.

Porque lo había cogido por sorpresa. No tenía ninguna excusa preparada, su rostro apareció de pronto indefenso y desenmascarado. Mientras lo miraba, todo se movió hasta acomodarse en el nuevo dibujo, exactamente como ocurre en un calidoscopio, y comprendió la verdad. Tal vez no fue tan de repente. Quizá en su subconsciente la pregunta «¿Cómo sabe Edward lo del obispo?» había ido torturándola y acosándola hasta llegar a la única e inevitable respuesta. Edward no supo por ella lo del obispo de Llangow y las únicas personas que pudieron decírselo eran Mr. o Mrs. Hamilton Clipp. Pero no era posible que hubiesen visto a Edward cuando llegaron a Bagdad porque él estaba en Basora. Por lo tanto, debieron de decírselo antes de salir de Inglaterra. Por consiguiente, sabría también que Victoria iba a ir con ellos y la maravillosa coincidencia no era, al fin y al cabo, tal coincidencia. Todo había sido algo planeado de antemano intencionadamente.

Al mirar el rostro desenmascarado de Edward, comprendió de golpe lo que Carmichael quiso decir con Lucifer. Sabía lo que él había visto aquel día en el pasillo del consulado que daba al jardín. Había visto aquel hermoso rostro que Victoria miraba ahora, porque era un rostro hermoso.

Lucifer, hijo de la mañana, ¿cómo es que tú has caído?

¡No era el doctor Rathbone, sino Edward! Edward, que representaba un papel secundario de secretario, pero que controlaba, planeaba y dirigía, utilizando a Rathbone como pantalla. Y Rathbone la previno para que se marchase mientras pudiera.

Mientras miraba aquel hermoso rostro malvado, todo su amor de adolescente se desvaneció y supo que aquello que había sentido por Edward no era amor. Era el mismo sentimiento que había experimentado años atrás por Humphrey Bogart y más tarde por el duque de Edimburgo. Fue atracción. Y Edward nunca la había querido. Había utilizado su encanto y su atractivo con tal naturalidad que ella cayó en sus redes sin la menor resistencia. Había sido una estúpida.

Es extraordinario las cosas que pueden pasar por la mente en unos segundos. No es necesario pensar. Se sabe. Tal vez porque, inconscientemente, desde el principio se tiene ese convencimiento.

Al mismo tiempo su instinto de conservación —rápido, como todos los procesos mentales de Victoria— hizo que su rostro mantuviera una expresión ausente y distraída. Porque sabía instintivamente que corría un gran peligro. Solo le quedaba una carta que jugar y debía hacerlo pronto.

—¡Lo sabías! —exclamó—. Supiste que iba a venir aquí. Tú lo arreglaste. ¡Oh, Edward, eres maravilloso!

Su rostro, aquel rostro que podía moldear cualquier sentimiento, reflejó únicamente rendida adoración. Y ella vio la respuesta: la leve sonrisa de desprecio, el alivio. Casi podía oír a Edward decirse a sí mismo: «¡Pobre imbécil! ¡Se lo ha tragado! ¡Puedo hacer con ella lo que quiera!».

—Pero ¿cómo pudiste hacerlo? Debes de ser muy poderoso. Debes de ser muy distinto de lo que aparentas. Eres, como dijiste el otro día, un rey de Babilonia.

Vio el orgullo reflejado en su rostro. El poder, la fuerza, la belleza y la crueldad que habían estado ocultos tras su apariencia de joven modesto.

«Y yo solo soy una esclava cristiana», pensó Victoria.

Y rápida y ansiosa, le preguntó como un artístico colofón (y nadie sabrá nunca lo que le costó a su orgullo):

—Pero tú me quieres, ¿no es cierto?

Él apenas podía disimular su desprecio. Aquella tonta. ¡Como todas! ¡Qué fácil era hacerles creer en su amor, eso era lo único que les importaba! ¡No tenían idea de la grandeza de la construcción de un mundo nuevo, solo pedían amor! Eran esclavas, y como tales las utilizaba para realizar sus fines.

—Claro que te quiero.

—¿Pero qué significa todo esto? Dime, Edward. Haz que lo comprenda.

—Es un mundo nuevo, Victoria. Un mundo nuevo que surgirá de entre los montones de ruinas y cenizas del viejo.

—Explícamelo.

Él se lo dijo y, a su pesar, Victoria casi se dejó arrastrar hacia sus sueños. Todas las cosas viejas y malas debían destruirse, las unas a las otras. Debía declararse una guerra total, una destrucción completa. Y entonces surgirían el nuevo Paraíso y el nuevo Mundo. El pequeño grupo de seres escogidos, científicos, expertos agrícolas, administradores. Jóvenes como Edward, los jóvenes Sigfridos del nuevo Mundo. Todos creyendo en su destino de superhombres. Cuando la destrucción hubiera hecho su obra, entonces ellos comenzarían la suya.

Era una locura, pero una locura constructiva, y algo que podía suceder en un mundo desintegrado y destrozado.

—Pero piensa en toda esa gente que morirá primero —dijo Victoria.

—Tú no lo comprendes. Eso no importa.

«No importa», ese era su credo. Y de pronto, sin saber por qué, cruzó por la mente de Victoria el recuerdo de un tazón de cerámica de más de tres mil años de existencia reparado con betún. Esas eran las cosas que importaban, las cosas de cada día, la familia para quien se cocina, las cuatro paredes que forman un hogar, el par de objetos que más se quieren. Los millares de personas sencillas de toda la tierra, ocupándose de sus asuntos, de arar la tierra o fabricar cacharros y educar a los hijos. Personas que creían y lloraban, que se levantaban por la mañana y se acostaban por la noche. Esas gentes eran las que importaban, no estos ángeles de rostro perverso que querían hacer un mundo nuevo y a los que no les importaba el daño que causaban a los demás.

Y con sumo cuidado, porque ahí, en Devonshire, la muerte no debía de andar muy lejos, le dijo:

—Eres maravilloso, Edward. ¿Pero yo? ¿Qué puedo hacer?

—¿Quieres colaborar? ¿Crees en todo esto?

Sin embargo, ella era prudente. Nada de súbitas conversiones. Eso sería demasiado.

—Solo sé que creo en ti. Haré todo lo que tú me digas que haga, Edward.

—Buena chica.

—¿Cómo te las arreglaste para hacer que yo viniera aquí? Debe de haber alguna explicación.

—Claro que la hay. ¿Recuerdas que aquel día te hice una fotografía?

—Sí.

«Y yo, tonta de mí, ¡qué ufana me sentí!», se dijo Victoria.

—Me había llamado la atención tu perfil, tu semejanza con otra persona. Te hice la foto para asegurarme.

—¿A quién me parezco?

—A una mujer que nos está causando muchos problemas: Anna Scheele.

—¿Anna Scheele? —Victoria lo miró sorprendida. No era aquello lo que esperaba—. ¿Quieres decir que se parece a mí?

—De un modo sorprendente, vista de lado. Las facciones de perfil son las mismas. Y hay otra cosa más extraordinaria todavía. Tú tienes una pequeña cicatriz en el labio superior, en la parte izquierda.

—Lo sé. Me caí sobre un caballito de hojalata cuando era niña. Tenía unas orejas muy agudas y me corté. No se nota mucho cuando me maquillo.

—Anna Scheele tiene una señal en el mismo sitio. Eso era muy importante. Tienes su misma altura y constitución; ella tendrá unos cuatro o cinco años más que tú. La única diferencia es el pelo: tú eres morena y ella es rubia. Y el peinado también es distinto. Tus ojos son de un azul más oscuro, pero con gafas de sol no se nota la diferencia.

—¿Y por eso querías que viniese a Bagdad? ¿Porque me parezco a ella?

—Sí, creí que el parecido podría sernos útil.

—Así que lo arreglaste todo. Los Clipp... ¿Quiénes son los Clipp?

—No tiene importancia. Hacen lo que se les manda.

El tono de Edward hizo que un estremecimiento recorriera la espina dorsal de Victoria. Es como si hubiera dicho: «Están bajo el voto de obediencia».

«En sus locos proyectos hay una cierta religiosidad. Edward es su propio dios. Por eso es tan temible», pensó.

En voz alta añadió:

—Me dijiste que Anna Scheele era la jefa, la abeja reina.

—Tenía que decirte algo para que no sospecharas. Ya sabías demasiado.

«Y si no llego a parecerme a Anna Scheele, me habrías hecho desaparecer», pensó Victoria.

—¿Quién es en realidad?

—La secretaria privada de Otto Morganthal, el banquero internacional. Pero eso no es todo. Posee el cerebro financiero más admirable. Tenemos razones para creer que conoce muchas de nuestras operaciones financieras. Tres personas eran peligrosas para nosotros: Rupert Crofton Lee y Carmichael; bien, los dos han desaparecido. Solo queda Anna Scheele. Se espera que llegue a Bagdad dentro de tres días. Entretanto se ha esfumado.

—¿Esfumado? ¿Dónde?

—En Londres. En apariencia se ha desvanecido en el aire.

—¿Y nadie sabe dónde está?

—Dakin puede que lo sepa.

Pero Dakin lo ignoraba. Victoria lo sabía, aunque no Edward. ¿Dónde estaba Anna Scheele?

—¿De verdad no tienes alguna idea? —insistió Victoria.

—Tenemos una —respondió Edward despacio.

—¿Cuál?

—Es vital que Anna Scheele esté en Bagdad para asistir a la conferencia. Ya sabes que tendrá lugar dentro de cinco días.

—¿Tan pronto? No tenía ni idea.

—Tenemos vigiladas todas las entradas de este país. Desde luego, no vendrá con su verdadero nombre, ni tampoco en un avión del Gobierno. Tenemos nuestras fuentes de información, así que revisamos todas las reservas particulares. En la BOAC hay un pasaje reservado a nombre de Greta Harden. Lo investigamos y resultó ser que esa persona no existe. Es un nombre falso. Tenemos la impresión de que Greta Harden es Anna Scheele. —Y agregó—: Ese avión aterrizará pasado mañana en Damasco.

—¿Y entonces?

Edward la miró a los ojos.

—Entonces tú entrarás en acción.

—¿Yo?

—Ocuparás su lugar.

—¿Como hicisteis con sir Rupert Crofton Lee? —dijo Victoria lentamente.

Fue casi un susurro. Durante aquella sustitución Rupert Crofton Lee encontró la muerte. Y mientras Victoria ocupaba su puesto, probablemente Anna Scheele o Greta Harden morirían. Aunque se negara, asesinarían a Anna Scheele.

Pero Edward esperaba y, si por un momento dudaba de su lealtad, ella, Victoria, moriría; y sin la posibilidad de avisar a nadie.

No. Debía aceptar, en espera de la ocasión para avisar a Mr. Dakin.

Exhaló un profundo suspiro.

—Yo, yo... Edward, no puedo hacerlo. Me descubrirán. No sé hablar con acento yanqui.

—Anna Scheele prácticamente no tiene acento alguno. De todas formas, podrías fingir una laringitis. Uno de los mejores médicos de aquí lo certificaría.

«Tienen gente en todas partes», pensó Victoria.

—¿Qué tendría que hacer? —preguntó.

—Volar desde Damasco a Bagdad como Greta Harden. Meterte en cama y esperar hasta que nuestro famoso médico te autorice para salir con el tiempo justo para asistir a la conferencia. Una vez allí, presentarás los documentos que habrás llevado contigo.

—¿Los auténticos?

—Claro que no. Nosotros los sustituiremos por nuestra versión.

—¿Qué documentos son esos?

—Las pruebas convincentes del complot más magnífico tramado en Estados Unidos —contestó Edward sonriendo.

«¡Qué bien lo han planeado todo!», dijo Victoria para sus adentros.

—¿De veras crees que podré hacerlo, Edward?

Ahora que representaba su papel, le fue fácil aparentar una ansiedad sincera.

—Estoy seguro. Me he dado cuenta de que fingir te divierte tanto que es prácticamente imposible desconfiar de ti.

—Todavía me siento avergonzada cuando pienso en los Hamilton Clipp.

Edward se rio con una expresión de superioridad.

Victoria, mientras su rostro reflejaba adoración, pensó: «Pero tú también fuiste un estúpido al mencionar lo del obispo en Basora. Si no lo hubieses hecho, nunca te habría descubierto».

—¿Y qué pasa con el doctor Rathbone? —preguntó de súbito.

—¿Qué quieres decir?

—¿Es solo una tapadera?

Los labios de Edward se curvaron en una mueca cruel.

—Rathbone se ha pillado los dedos. ¿Sabes lo que ha estado haciendo todos estos años? Apropiarse de las tres cuartas partes de las suscripciones que llegan de todo el mundo para su beneficio particular. Es el estafador más listo que ha habido desde los tiempos de Horacio Bottomley. Oh, sí, Rathbone está completamente en nuestras manos, podemos descubrirlo en cualquier momento y él lo sabe.

Victoria sintió gratitud hacia aquel anciano de aspecto noble y espíritu codicioso. Podía ser un timador, pero era compasivo. Había tratado de avisarla para que escapara a tiempo.

—Todo esto ayuda a la consecución de nuestro nuevo orden —afirmó el joven.

Victoria pensó: «¡Edward, que parece tan cuerdo, está totalmente loco! Tal vez uno se vuelve loco al querer ser Dios. Dicen que la humildad es una virtud cristiana. Ahora comprendo por qué. La humildad es lo que te mantiene cuerdo y ayuda a que seas humano».

Edward se puso en pie.

—Es hora de ponernos en marcha. Tenemos que llevarte a Damasco y acabar de perfilar nuestros planes para pasado mañana.

Victoria se levantó en el acto. En cuanto estuviera lejos de Devonshire, otra vez en Bagdad con sus multitudes, y en el hotel Tio con Marcus, siempre sonriente invitándola a unas copas, la constante amenaza de Edward desaparecería. Se trataba de desempeñar un doble juego: continuar engañando a Edward con una adoración servil y contrarrestar sus planes secretamente.

—¿Crees que Mr. Dakin sabe dónde está ahora Anna Scheele? Tal vez pueda averiguarlo.

—No es probable y, de todos modos, no volverás a ver a Dakin.

—Me dijo que fuese a verlo esta tarde —musitó Victoria mientras un estremecimiento recorría su espina dorsal—. Le parecerá extraño si no voy.

—Ahora no importa lo que piense —afirmó Edward—. Nuestros planes están trazados. No volverán a verte en Bagdad.

—Pero, Edward, ¡todas mis cosas están en el Tio! Tengo reservada una habitación.

La bufanda. La preciosa bufanda.

—No necesitarás tus cosas durante algún tiempo. Tengo todo un vestuario preparado para ti. Vamos.

Volvieron a subir al coche. Victoria pensó: «Debí haber supuesto que Edward no sería tan tonto como para dejarme volver a ponerme en contacto con Dakin después de haberle descubierto. Cree que estoy loca por él, sí, estoy segura de eso, pero de todas formas no va a correr ningún riesgo».

—¿No me buscarán si no vuelvo?

—Ya hemos pensado en eso. Oficialmente tú me dirás adiós en el puente y te irás a ver a unos amigos en la orilla oeste.

—¿Y en realidad?

—Espera y verás.

Victoria permaneció silenciosa mientras el coche traqueteaba sobre el camino entre las plantaciones de palmeras y los puentes sobre las acequias.

—Lefarge —murmuró Edward—. Quisiera saber qué quiso decir Carmichael al pronunciar ese nombre.

—¡Ah! —exclamó Victoria mientras el corazón le golpeaba en el pecho—. Me olvidé de decírtelo. No creo que significara nada. Un tal Mr. Lefarge vino un día a visitar las excavaciones de Tell Aswad.

—¿Qué? —Edward casi estrelló el coche en su sobresalto—. ¿Cuándo fue eso?

—¡Oh! Hará cosa de una semana. Dijo que venía de unas excavaciones en Siria.

—¿No llegaron dos hombres llamados André y Juvet mientras estuviste tú allí?

—¡Oh, sí! Uno de ellos se encontraba mal del estómago. Volvió a la casa para echarse un rato.

—Eran dos de los nuestros.

—¿Para qué fueron allí? ¿Para ver si me encontraban?

—No, no teníamos idea de dónde podías estar. Pero Richard Baker estuvo en Basora al mismo tiempo que Carmichael. Se nos ocurrió que tal vez le hubiese entregado algún mensaje a Baker.

—Dijo que habían registrado su habitación. ¿Encontraron algo?

—No. Ahora procura recordar, Victoria. ¿Ese hombre, Lefarge, llegó antes o después de que aparecieran los nuestros?

Victoria hizo ver que reflexionaba mientras decidía qué movimientos le imputaría al imaginario Lefarge.

—Fue... Sí, el día anterior.

—¿Y qué hizo?

—Fue a ver las excavaciones con el doctor Pauncefoot

Jones. Y luego, Richard Baker lo acompañó a la casa para enseñarle algunos de los hallazgos que guardan en el cuarto de antigüedades.

—Fue a la casa con Richard Baker. ¿Hablaron?

—Supongo que sí. Quiero decir que uno no va a mirar las cosas en silencio, ¿no te parece?

—¡Lefarge! —murmuró Edward—. ¿Quién es Lefarge? ¿Por qué no tenemos la menor pista de su identidad?

Victoria estaba muy satisfecha de su invención. Lo veía en su imaginación: un joven delgado, con aspecto enfermizo, de pelo oscuro y bigotillo recortado. Cuando Edward quiso saber su aspecto, ella se lo describió con todo detalle.

Habían llegado a los suburbios de Bagdad. Edward tomó por una calle lateral de casas modernas, de un estilo pseudoeuropeo, con balcones y jardines, y aparcó detrás de un cochazo. Edward y Victoria se apearon y subieron juntos los escalones que conducían a la puerta principal.

Una mujer delgada y de pelo oscuro salió a recibirlos y Edward le habló rápidamente en francés. Victoria no consiguió entenderlo todo, pero le pareció que la presentaba como la joven que debía efectuar el cambio enseguida.

La mujer se volvió hacia Victoria para decirle en francés con mucha amabilidad:

—Sígame, por favor.

La llevó hasta un dormitorio donde, encima de la cama, había un hábito de monja. La mujer le hizo un gesto y Victoria se quitó el vestido para ponerse las ásperas prendas interiores y después el voluminoso hábito oscuro. La francesa la ayudó con la toca. Victoria se vio reflejada en el espejo. Su carita pálida, rodeada por la enorme toca blanca, parecía extraordinariamente pura y espiritual. La francesa le colgó un rosario de cuentas de madera al cuello. Por último, se calzó unos zapatones que eran demasiado grandes para ella y fue al encuentro de Edward.

—Estás muy bien —manifestó el joven—. Mantén la mirada baja, especialmente cuando haya hombres alrededor.

La francesa se reunió al poco con ellos vestida de la misma manera. Las dos monjas salieron de la casa y subieron al coche. Un hombre alto y moreno, vestido a la europea, estaba sentado al volante.

—Ahora, a ver cómo te portas, Victoria —le dijo Edward—. Haz todo lo que te digan.

En su voz había una ligera amenaza.

—¿No vas a venir con nosotras, Edward? —preguntó Victoria con tono suplicante.

—Me verás dentro de tres días. —Después, con la voz cariñosa de un enamorado, murmuró—: No me falles, cariño. Solo tú puedes hacerlo. Te quiero, Victoria. No estaría bien que besara a una monja, pero me gustaría hacerlo.

Victoria bajó los ojos con la modestia propia de una monja, pero en realidad fue para ocultar la furia que le invadía.

«¡Judas!», pensó.

Y, en vez de eso, dijo en voz alta, representando su papel:

—Bueno, ahora sí que parezco una esclava cristiana.

—¡Así me gusta! —exclamó Edward—. No te inquietes. Tus papeles están en perfecto orden, no tendréis ninguna dificultad en la frontera de Siria. A propósito, tu nombre religioso es hermana María de los Ángeles. La hermana Teresa, que te acompaña, tiene los documentos y está al mando. Así que, por amor de Dios, obedece todas las órdenes ¡o te advierto sinceramente de que te arrepentirás!

Se apartó, la saludó con la mano y el coche emprendió la marcha.

Victoria se recostó en el asiento y comenzó a pensar en las posibles alternativas: al pasar por Bagdad, o cuando llegaran al control fronterizo, podía gritar pidiendo ayuda, explicar que la llevaban contra su voluntad; en resumen, armar jaleo.

Pero, ¿qué conseguiría? Con toda seguridad el fin de Victoria Jones. Había observado que la hermana Teresa ocultaba en la manga una pistola automática. No le daría oportunidad de hablar.

¿O esperaría a llegar a Damasco? Posiblemente ocurriría otro tanto, o bien sus protestas serían anuladas por las declaraciones de la monja y el conductor. Tal vez llevasen papeles y certificados de que estaba loca.

Lo mejor era dejar las cosas como estaban, seguir el plan. Llegar a Bagdad como Anna Scheele y representar su papel. Porque, después de todo, de hacerlo así, llegaría el momento, el momento cumbre, en el que Edward no controlaría su lengua ni sus acciones. Si seguía con el engaño de que haría todo lo que le dijese, llegaría el momento de presentarse con los documentos ante la conferencia y Edward no estaría allí.

Entonces nadie podría impedir que dijese: «Yo no soy Anna Scheele y estos papeles son falsos».

Se preguntó si Edward no había tenido en cuenta este desenlace, pero recordó que la vanidad era una cualidad cegadora. La vanidad era el tendón de Aquiles. Además, contaba con que Edward y sus secuaces necesitaban disponer de una Anna Scheele para que su plan tuviera éxito. Y encontrar una muchacha que se pareciera a Anna Scheele hasta el punto de tener la misma cicatriz en el labio era dificilísimo. Estas coincidencias eran poco corrientes. No, los superhombres necesitaban a Victoria Jones, la taquimecanógrafa, hasta el extremo de que ella los tenía en sus manos. No había que darle más vueltas.

El coche cruzó el puente. Victoria contempló el Tigris con nostalgia. Ahora circulaban a gran velocidad por una carretera polvorienta. Victoria comenzó a pasar las cuentas del rosario entre sus dedos. Eso le confortaba.

«Después de todo, yo soy cristiana. Y cuando se es cristiano, me parece que es mil veces mejor ser un mártir cristiano que un rey de Babilonia, y debo confesar que tengo grandes posibilidades de convertirme en una mártir. ¡Oh, bueno, por lo menos no me echarán a los leones! ¡Les tengo pavor!», pensaba Victoria.

Capítulo 23

I

El gigantesco avión fue descendiendo hasta efectuar un aterrizaje perfecto. Corrió por la pista y se detuvo en el lugar designado. Bajaron los pasajeros y aquellos que iban a Basora se separaron del grupo que cogería otro avión para continuar hasta Bagdad.

Estos últimos eran cuatro. Un hombre de negocios iraquí, un joven médico inglés y dos mujeres. Todos ellos pasaron por la aduana y respondieron a los cuestionarios.

Una mujer morena de rostro fatigado y un pañuelo en la cabeza fue la primera.

—¿Mrs. Pauncefoot Jones? Inglesa. Sí. Va a reunirse con su marido. ¿Su dirección en Bagdad, por favor? ¿Cuánto dinero trae?

Luego otra mujer ocupó el puesto de la primera.

—Greta Harden. Sí. ¿Nacionalidad? Danesa. Viene de Londres. ¿Propósito del viaje? ¿Masajista? ¿Dirección en Bagdad? ¿Cuánto dinero lleva?

Greta Harden era una joven delgada y rubia que llevaba gafas de sol. Sus ropas se veían un tanto raídas.

Su francés era deficiente, a veces tenían que repetirle las preguntas.

A los cuatro pasajeros se les dijo que el avión para Bagdad saldría aquella tarde. Ahora los llevarían al hotel Abbassid para comer y descansar.

Greta Harden estaba sentada en la cama cuando llamaron a la puerta. La abrió y se encontró ante una joven morena que vestía el uniforme de la BOAC.

—Lo siento, miss Harden. ¿Le importaría acompañarme a la oficina de la BOAC? Ha habido una pequeña confusión con su billete. Por aquí, haga el favor.

Greta Harden siguió a su guía por el pasillo. En una de las puertas se leía en un gran cartel con letras doradas: «BOAC».

La azafata abrió la puerta y la invitó a pasar. En cuanto entró, la joven cerró rápidamente y quitó el cartel.

Dos hombres, que habían estado ocultos detrás de la puerta, se abalanzaron sobre Greta Harden. Uno la amordazó mientras el otro le subía la manga y le ponía una inyección.

En cuestión de minutos dormía profundamente.

El joven médico comentó complacido:

—Eso la mantendrá quietecita unas seis horas. Ahora continúan ustedes dos.

Señaló con un gesto a dos monjas sentadas muy quietas junto a la ventana. Los hombres salieron de la habitación. La mayor de las dos monjas se acercó a Greta Harden para quitarle la ropa. La más joven, temblando ligeramente, comenzó a despojarse del hábito. Al poco, Greta Harden, vestida como religiosa, yacía inmóvil sobre la cama. La hermana más joven estaba ahora convertida en Greta Harden.

La monja mayor dedicó su atención al peinado de su compañera. Con la guía de una foto que puso junto al espejo, la peinó con el pelo recogido sobre la nuca.

Se echó hacia atrás para apreciar su obra y dijo en francés:

—Es sorprendente cómo la cambia. Póngase las gafas oscuras. Tiene los ojos demasiado azules. Así, admirable.

Llamaron ligeramente a la puerta y los dos hombres volvieron a entrar. Sonreían.

—Greta Harden es Anna Scheele —dijo uno de ellos—. Llevaba los papeles escondidos entre las páginas de una revista danesa sobre técnicas de masaje. Ahora, miss Harden —se inclinó ceremoniosamente ante Victoria—, me hará el honor de comer conmigo.

Victoria le siguió hasta el vestíbulo. La otra pasajera estaba enviando un telegrama.

—No —decía—. P.A.U.N.C.E.FOOT. Doctor Pauncefoot Jones. Llego hoy hotel Tio. Tuve buen viaje.

Victoria la miró con súbito interés. Aquella debía ser la esposa del doctor Pauncefoot, que iba a reunirse con él. El hecho de que llegara una semana antes no le pareció nada extraordinario. Había oído varias veces al doctor lamentarse de haber perdido la carta donde anunciaba la fecha de su llegada, aunque estaba casi seguro de que era el día 26.

«Si pudiera enviarle algún mensaje a Richard Baker a través de Mrs. Pauncefoot Jones...»

Como si hubiese leído sus pensamientos, su acompañante la cogió por el codo y la apartó del mostrador.

—Nada de conversaciones con sus compañeros de viaje, miss Harden —le dijo—. No queremos que esa buena mujer note que no es usted la misma persona que ha venido con ella de Inglaterra.

Salieron del hotel y fueron a comer a un restaurante.

Al regresar, Mrs. Pauncefoot Jones bajaba la escalera del hotel. Saludó a Victoria sin sospechar.

—¿Ha ido a conocer la capital? —le dijo—. Yo voy ahora a los bazares.

«Si pudiera deslizar una nota en su equipaje», pensó la joven.

Pero no la dejaron sola ni un minuto.

El avión para Bagdad salió a las tres.

Mrs. Pauncefoot Jones tenía su asiento en la parte delantera. Victoria estaba en la cola, cerca de la puerta, y al otro lado del pasillo, el hombre rubio que era su cancerbero. Victoria no tenía ninguna posibilidad de introducir un mensaje en su bolso o de hablar con ella.

El trayecto no fue largo. Por segunda vez, Victoria contempló desde el aire la ciudad que se dibujaba a sus pies, cruzada por el Tigris, que parecía una cinta de oro.

Así lo había visto también un mes atrás. ¡Cuántas cosas habían ocurrido desde entonces!

Dentro de dos días, los hombres que representaban las dos ideologías predominantes en el mundo iban a reunirse allí para discutir sobre el futuro.

Y ella, Victoria Jones, tendría que representar su forzado papel.

II

—¿Sabe? —dijo Richard Baker—. Estoy inquieto por esa chica.

—¿Qué chica? —replicó el doctor Pauncefoot Jones distraído.

—Victoria.

—¿Victoria? —El doctor miró a su alrededor—. ¿Dónde está? Vaya, Dios me perdone, ayer nos volvimos sin ella.

—Me preguntaba si se habría dado cuenta —añadió Richard.

—Ha sido un descuido por mi parte. Estaba tan interesado por los informes de las excavaciones de Tell Yameni. Al parecer, las estratificaciones son poco consistentes. ¿Acaso no sabía dónde encontrar el camión?

—Es que no pensaba regresar aquí —le informó Richard—. Por cierto, no era Venecia Savile.

—¿Ah, no? ¡Qué raro! Pero usted me dijo que su nombre de pila era Victoria.

—Y lo es. Pero no es antropóloga, ni conoce a Emerson. La verdad es que todo ha sido un..., bueno, un malentendido.

—Dios mío. Me parece muy extraño. —El doctor Pauncefoot Jones reflexionó unos instantes—. Muy extraño. ¿Tengo yo la culpa? Ya sé que soy algo distraído. ¿Tal vez me equivoqué de carta?

—No lo comprendo —añadió Richard Baker con el entrecejo fruncido sin prestar atención a las palabras de Pauncefoot Jones—. Se marchó en un coche con un joven y no ha vuelto. Y lo que es más, su equipaje sigue en el hotel y ni siquiera se entretuvo en deshacerlo. Eso me parece muy extraño, considerando lo desarreglada que iba. Estaba seguro de que quería arreglarse. Habíamos quedado en encontrarnos para comer. No, no lo entiendo. Espero que no le haya ocurrido nada.

—Oh, yo no lo pensaría ni por un momento —le consoló el doctor Pauncefoot Jones—. Mañana comenzarán con el nivel H. Por el plano general diría que es la mejor oportunidad para descubrir el despacho de los escribas. Aquel fragmento de tablilla parecía muy prometedor.

—Ya la raptaron una vez —siguió Richard—. ¿Quién iba a impedir que volvieran a hacerlo?

—Muy poco probable, imposible —señaló el arqueólogo—. Este país está muy pacífico ahora. Usted mismo lo dijo.

—Si por lo menos pudiera recordar el nombre de aquel sujeto de la compañía petrolera. ¿Era Deacon? ¿Deacon, Dakin? Algo así.

—Nunca he oído hablar de él —contestó el profesor—. Creo que le encargaré a Mustafá y su cuadrilla la esquina nordeste. Entonces podríamos alargar la franja J.

—¿Le molestaría mucho que volviese a Bagdad mañana, señor?

El doctor Pauncefoot Jones, dedicándole por primera vez toda su atención, le miró de hito en hito.

—¿Mañana? ¡Pero si estuvimos allí ayer!

—Estoy preocupado por esa chica. De veras.

—¡Dios mío, Richard! No tenía ni idea de que se tratase de algo así.

—¿Cómo así?

—De que le hubiera cobrado tanto afecto. Eso es lo peor de tener mujeres en las excavaciones, sobre todo si son bonitas. Creí que no ocurriría nada con Sybil Muirfield, hace dos años, porque era una muchacha muy fea. ¡Y lo que ocurrió! Debí haber escuchado a Claude en Londres. Esos franceses siempre dan en el clavo. Hizo un comentario demasiado entusiasta sobre sus piernas. Claro que esa muchacha, Victoria, Venecia, sea cual sea su nombre, es muy atractiva y muy bonita. Tiene buen gusto, Richard, debo reconocerlo. ¡Qué extraño! Es la primera chica por la que le veo interesado.

—No se trata de nada de eso —replicó Richard rojo como un tomate y más serio que de costumbre—. Solo... Solo estoy preocupado por ella. Debo ir a Bagdad.

—Bien, puesto que irá mañana, puede traerme los picos. Ese estúpido del chófer los olvidó.

Richard partió para Bagdad al amanecer y fue directamente al hotel Tio. Allí le dijeron que Victoria todavía no había regresado.

—Le preparé una cena especial —le dijo Marcus—. Y le reservé una habitación preciosa. Es extraño, ¿no le parece?

—¿Ha dado parte a la policía?

—¡Oh, no, qué desagradable! Quizá a ella no le gustaría, ni a mí tampoco.

Tras hacer algunas averiguaciones, Richard fue a la oficina de Mr. Dakin.

El recuerdo que guardaba de él era fiel a la realidad. Contempló la figura encorvada, el rostro indeciso y el ligero temblor de las manos. ¡Aquel hombre no servía para nada! Le pidió perdón por la molestia, pero ¿había visto a Victoria?

—Vino a verme anteayer.

—¿Puede darme su dirección?

—Creo que está en el hotel Tio.

—Su equipaje, sí, pero ella, no.

Mr. Dakin frunció ligeramente las cejas.

—Estuvo trabajando con nosotros en las excavaciones de Tell Aswad —explicó Richard.

—Me temo que no sé nada que pueda ayudarle. Tenía varios amigos en Bagdad, pero no la conozco lo suficiente para decirle dónde puede estar.

—¿Tal vez en La Rama de Olivo?

—No lo creo, aunque puede preguntar.

—Oiga, no me iré de Bagdad hasta que la encuentre.

Miró a Mr. Dakin con el entrecejo fruncido y salió del despacho.

En cuanto la puerta se cerró detrás del hombre, Dakin meneó la cabeza, sonriente.

—¡Oh, Victoria! —murmuró a modo de reproche.

En el hotel Tio, el furioso Richard fue recibido por el alegre Marcus.

—¿Hay noticias? —preguntó Richard con ansiedad.

—No, solo de Mrs. Pauncefoot Jones. Acaba de llegar. El doctor me dijo que la esperaba la semana próxima.

—Siempre se equivoca con las fechas. ¿Qué hay de Victoria Jones?

El rostro de Marcus volvió a ponerse serio.

—Nada. No he sabido nada más. Y esto no me gusta, Mr. Baker. No me gusta. Es muy joven y muy bonita. Siempre alegre y encantadora...

—Sí, sí —le interrumpió Richard—, imagino que será mejor que suba a ver a Mrs. Pauncefoot Jones. ¿Cuál es su habitación?

III

—¡Tú! —dijo Victoria sin disimular su hostilidad.

Al entrar en su habitación del Babilonia Palace, la primera persona que vio fue a Catherine.

Esta asintió con el mismo resentimiento.

—Sí, soy yo. Y ahora haz el favor de acostarte. El doctor no tardará en llegar.

Catherine, que iba vestida de enfermera, se había tomado su trabajo muy en serio y parecía totalmente determinada a no separarse de Victoria.

—Si pudiera ver a Edward —murmuró Victoria tendida en la cama.

—¡Edward! ¡Edward! —repitió Catherine despectivamente—. ¡A Edward nunca le has importado nada, estúpida inglesa! ¡Es a mí a quien quiere!

Victoria miró el rostro iracundo de Catherine sin alterarse.

—Siempre te he odiado —prosiguió esta—, desde la mañana que entraste preguntando por el doctor Rathbone con tanta insistencia.

—De todas formas, yo soy mucho más importante que tú. Cualquiera puede representar el papel de una enfermera, pero todos dependen de mí —le dijo Victoria para irritarla aún más.

—Nadie es indispensable. Es lo que nos enseñan —se ufanó la otra.

—Pues yo sí lo soy. Haz que me traigan una buena comida. Si no me alimento, ¿cómo esperan que pueda hacer de secretaria de un banquero norteamericano cuando llegue el momento?

—Supongo que no hay nada que impida que comas mientras puedas —dijo Catherine de mala gana.

Victoria hizo caso omiso de la siniestra insinuación.

IV

—Creo que acaba de llegar una tal miss Harden —dijo el capitán Crosbie.

El amable conserje del Babilonia Palace asintió.

—Sí, señor. De Inglaterra.

—Es amiga de mi hermana. ¿Quiere entregarle mi tarjeta?

Escribió unas palabras en la tarjeta que puso dentro de un sobre.

El botones que había ido a llevarla volvió a los pocos minutos.

—La señora no se encuentra bien, señor. Le duele mucho la garganta. El doctor no tardará en venir. Ahora está con una enfermera.

El capitán Crosbie se marchó al hotel Tio, donde se encontró con Marcus.

—Ah, querido amigo, bebamos algo. Hoy mi hotel está lleno. Es por la conferencia. Pero, qué lástima, el doctor Pauncefoot Jones se marchó anteayer al yacimiento y hoy ha llegado su esposa, que esperaba encontrarle aquí. ¡Está muy disgustada! Dice que le anunció que llegaría en este avión. Pero ya sabe cómo es, siempre equivoca las fechas y las horas, aunque es un hombre muy agradable —concluyó con su acostumbrada benevolencia—. Yo tengo que consolarla de algún modo. Me he convertido en un hombre muy importante en la ONU.

—Bagdad se ha vuelto loco.

—Y toda la policía que han traído. Están tomando muchas precauciones, eso dicen. ¿Ha oído usted algo? Se ha organizado un complot para asesinar al Presidente. ¡Han arrestado a sesenta y cinco estudiantes! Sospechan de todo el mundo. Pero todo es bueno para el negocio, ya lo creo.

V

Sonó el teléfono y lo atendieron inmediatamente.

—Embajada de Estados Unidos.

—Aquí el Babilonia Palace. Miss Anna Scheele se hospeda aquí.

¿Anna Scheele? Un agregado se puso al teléfono. ¿Podía hablar con miss Anna Scheele?

—Miss Scheele está en cama con laringitis. Soy el doctor Smallbrook y la tengo a mi cuidado. Tiene algunos documentos muy importantes y quisiera que alguien de la embajada viniera a recogerlos. ¿Enseguida? Gracias. Le estará esperando.

VI

Victoria se miró al espejo. Vestía un traje sastre muy bien cortado. El peinado era impecable. Se sentía nerviosa, pero entusiasta.

Al volverse, captó la mirada exultante de Catherine y en el acto se puso en guardia. ¿A qué tanta alegría? ¿Qué iba a ocurrir?

—¿Por qué estás tan satisfecha? —le preguntó.

—Pronto lo verás.

Ya no ocultaba su malicia.

—Te crees tan inteligente —afirmó Catherine con desprecio—, que crees que todo depende de ti. ¡Bah, eres una estúpida!

De un salto, Victoria se plantó a su lado. La cogió por el hombro y le clavó los dedos.

—¿Qué quieres decir, maldita sea?

—¡Ay! Me haces daño.

—Dímelo.

Llamaron a la puerta. Dos golpecitos seguidos y, tras una corta pausa, otro.

—¡Ahora lo verás! —exclamó Catherine.

Se abrió la puerta y entró un hombre. Era alto y vestía el uniforme de la policía internacional. Cerró la puerta y luego quitó la llave. Se acercó a Catherine.

—¡Deprisa! —le ordenó.

Sacó un cordel del bolsillo y, con la colaboración de la joven, ató a Catherine a una silla. Luego la amordazó con un pañuelo. Se apartó para contemplar su obra.

—De primera —comentó.

Luego se volvió hacia Victoria. La muchacha vio la pesada porra que blandía y comprendió cuál era el verdadero plan. Nunca pensaron en dejarla representar el papel de Anna Scheele en la conferencia. ¿Cómo iban a correr ese riesgo? Victoria era bien conocida en Bagdad. No, el plan siempre había sido que Anna Scheele sería atacada y asesinada en el último momento, asesinada de tal forma que sus facciones quedaran irreconocibles. Solo quedarían los papeles, aquellos documentos falsificados.

Victoria se volvió hacia la ventana, gritó. Con una sonrisa, el hombre se acercó a ella.

Entonces ocurrieron varias cosas. Se oyó el estrépito de cristales rotos, una mano pesada la arrojó al suelo, vio estrellas y oscuridad. Luego una voz habló en inglés.

—¿Está usted bien, señorita? —le preguntó.

Victoria murmuró algo.

—¿Qué dice? —preguntó otra voz.

El primer hombre se rascó la cabeza.

—Dice que es mejor servir en el Cielo que reinar en el Infierno.

—Es una cita —señaló el primero—, pero se ha equivocado.

—No me he equivocado —dijo Victoria, y se desmayó.

VII

Sonó el teléfono y Dakin descolgó el auricular. Una voz dijo:

—La «Operación Victoria» cumplida con éxito.

—Bien.

—Tenemos a Catherine Serakis y al médico. El otro individuo se tiró por el balcón. Ha muerto.

—¿Y la muchacha?

—Se ha desmayado, pero está bien.

—¿Alguna noticia de la verdadera A.S.?

—Ninguna.

Dakin cortó la comunicación.

Sea como fuere, Victoria estaba a salvo. La verdadera Anna Scheele debía de haber muerto. Insistió en actuar sola, asegurando que estaría en Bagdad el diecinueve sin falta. Estaban a diecinueve y no había rastro de ella. Tal vez hizo bien en no confiar en el plan oficial. Cierto que había habido filtraciones, traiciones. Pero aparentemente su ingenio no le había servido tampoco de mucho.

Y sin Anna Scheele las pruebas no estaban completas.

Un mensajero entró con una nota en la que estaban escritos los nombres de Richard Baker y de Mrs. Pauncefoot Jones.

—Ahora no puedo ver a nadie —dijo Dakin—. Dígales que lo lamento. Estoy ocupado.

El mensajero se retiró, pero no tardó en volver con otra nota:

«Deseo hablarle de Henry Carmichael. Richard Baker.»

—Hágalo pasar —ordenó Dakin.

—No quisiera hacerle perder el tiempo —dijo Richard Baker cuando entró acompañado de Mrs. Pauncefoot Jones—, pero fui compañero de colegio de un hombre llamado Henry Carmichael. Hacía muchos años que no nos veíamos, pero cuando estuve en Bagdad hace unas semanas lo encontré en la sala de espera del consulado. Iba vestido como un árabe y, sin haber dado muestras de haberme reconocido, comenzó a comunicarse conmigo en Morse. ¿Le interesa?

—Me interesa muchísimo —señaló Dakin.

—Me dio la impresión de que Carmichael se creía en peligro. Y no tardé en comprobar que era cierto. Fue atacado por un hombre con un revólver. Yo se lo arrebaté. Carmichael puso pies en polvorosa, pero antes de salir deslizó una nota en mi bolsillo que yo encontré más tarde. No me pareció importante. Era una vulgar carta de recomendación de un tal Ahmed Mohammed. Pero actué convencido de que para Carmichael era importante.

»Puesto que no me dio instrucciones, la guardé creyendo que algún día volvería a reclamarla. El otro día supe por Victoria Jones que había muerto. Y por otras cosas que me dijo, llegué a la conclusión de que usted era la persona a quien debo entregar la nota.

Se puso en pie para depositar un papel sucio sobre la mesa de Dakin.

—¿Tiene algún significado para usted?

Dakin exhaló un profundo suspiro.

—Sí. Mucho más de lo que usted cree.

Se puso en pie.

—Le estoy muy agradecido, Baker. Perdone que acorte esta entrevista, pero hay muchas cosas que debo atender sin pérdida de tiempo. —Estrechó la mano de Mrs. Pauncefoot Jones y dijo—: Supongo que irá a reunirse con su esposo en las excavaciones. Espero que tengan una buena temporada.

—Ha sido una suerte que el doctor Pauncefoot Jones no viniera conmigo a Bagdad esta mañana —comentó Richard—. Es verdad que el buen doctor no se fija demasiado en las cosas, pero es probable que hubiera notado la diferencia entre su esposa y su cuñada.

Dakin miró con ligera sorpresa a Mrs. Pauncefoot Jones, que le explicó complacida:

—Mi hermana Elsie sigue en Londres. Me teñí el pelo de negro y vine con su pasaporte. El nombre de soltera de mi hermana es Elsie Scheele. Y el mío, Mr. Dakin, es Anna Scheele.

Capítulo 24

Bagdad estaba transformado. La policía acordonaba las calles, policía llegada del extranjero, de todas las naciones. Por fin había comenzado la histórica conferencia.

En una pequeña antesala ocurrían ciertos acontecimientos que podrían alterar el curso de la historia y, como la mayoría de los sucesos importantes, no eran precisamente dramáticos.

El doctor Alan Breck, del Instituto Atómico Harwell, estaba exponiendo su informe con voz pausada y precisa.

El difunto sir Rupert Crofton Lee le había dejado ciertos minerales para que los analizara. Los había traído de China, Turkestán, Kurdistán e Irak. El informe del doctor Breck entró en precisiones técnicas. Minerales metálicos de alto contenido en uranio. El lugar del yacimiento no se conocía exactamente, porque las notas y diarios de sir Rupert resultaron destruidos por el enemigo durante la guerra.

Entonces le tocó el turno a Mr. Dakin. Con voz grave y cansada, relató la historia de Henry Carmichael, de su creencia en ciertos rumores e historias increíbles sobre varias instalaciones y laboratorios subterráneos en un lugar remoto lejos del alcance de la civilización. De su búsqueda y de su éxito. De cómo el gran viajero, sir Rupert Crofton Lee, el hombre que había creído a Henry Carmichael, porque conocía aquellas regiones, accedió a venir a Bagdad, donde encontró la muerte. Y cómo Carmichael murió a manos del falso sir Rupert.

—¡Sir Rupert ha muerto! ¡Henry Carmichael también! Pero existe un tercer testigo que vive y está hoy aquí. Requiero la presencia de miss Anna Scheele para que presente su testimonio.

Anna Scheele, tan calmada y compuesta como si estuviese en el despacho de Mr. Morganthal, recitó su lista de nombres y cifras. Gracias a su increíble memoria matemática, describió la vasta red financiera que había retirado de la circulación ingentes sumas de dinero destinadas a pagar las actividades que dividirían el mundo civilizado en dos bandos opuestos. No eran meras afirmaciones gratuitas. Presentó hechos y cifras que corroboraban sus afirmaciones. Para sus oyentes, sus palabras tenían una convicción que no estaban dispuestos a otorgar a la historia de Carmichael.

Dakin, después de una corta pausa, volvió a hacer uso de la palabra.

—Henry Carmichael ha muerto. Pero de su azaroso viaje trajo las pruebas tangibles y definitivas. No se atrevió a llevarlas consigo. Sus enemigos lo seguían muy de cerca. Pero era un hombre de muchos amigos. A través de dos de ellos envió las pruebas a otro amigo, a un hombre que todo Irak quiere y respeta, y que ha tenido la gentileza de venir hoy aquí. Me refiero al jeque Hussein el-Ziyara de Kerbala.

El jeque Hussein el-Ziyara gozaba de una inmensa fama en el mundo musulmán, como hombre santo y también como poeta. Ahora se puso en pie, con una figura majestuosa realzada por su poblada barba castaño rojiza. Sobre la chaqueta gris ribeteada de galón dorado llevaba una capa marrón oscuro de un tejido finísimo. Se cubría la cabeza con un turbante verde con hebras de oro que le daba la apariencia de un patriarca. Habló con voz profunda y sonora.

—Henry Carmichael era amigo mío —dijo—. Lo conocí cuando era niño y estudiábamos juntos los versos de los grandes poetas. Dos hombres llegaron a Kerbala, dos hombres que viajaban por el país con un cine ambulante. Son gente sencilla, pero buenos seguidores del Profeta. Me trajeron un paquete que les había dado mi amigo inglés Carmichael. Yo debía guardarlo en lugar secreto y seguro, y depositarlo únicamente en manos de Carmichael o de un mensajero suyo que repitiera cierta contraseña.

—Sayyid —dijo Dakin—, el poeta árabe Mutanabbi, llamado a veces «el pretendiente a la Profecía», que vivió hace mil años, escribió una oda al príncipe Sayfu-Dawla de Alepo, en la que aparecen estas palabras: *Zid hashshi bashshi tafaddal adni surra sili.*[1]

Con una sonrisa, el jeque Hussein el-Ziyara le tendió un paquete.

—Y yo digo como dijo el príncipe Sayfu-Dawla: «Tendrás lo que deseas».

—Caballeros —continuó Dakin—, estos son los microfilmes traídos por Henry Carmichael como prueba de su historia.

También habló otro testigo, una figura trágica: un anciano de noble cabeza que había sido universalmente conocido y admirado.

—Caballeros —dijo con triste dignidad—, dentro de poco seré procesado criminalmente como un vulgar estafador. Pero hay algunas cosas que yo no puedo callar. Hay una banda de hombres, casi todos jóvenes, de corazón tan perverso que apenas es posible creerlo.

Levantó la cabeza para exclamar:

—¡Son anticristos! ¡Y digo que hay que detenerlos! Tenemos que vivir en paz y para eso debemos procurar com-

1. ¡Añade, ríe, alégrate, regocíjate, acércate, demuéstrame tu favor, compláceme, dame! *(N. del T.)*

prendernos unos a otros. Monté una red para conseguir dinero. Pero, ¡cielos!, he terminado creyendo lo que predicaba, aunque no defiendo los métodos que empleé. Por amor de Dios, caballeros, comencemos de nuevo e intentemos vivir unidos.

Hubo unos instantes de silencio y al fin una voz aflautada, con la fría impersonalidad del burócrata, dijo:

—Estos hechos serán presentados inmediatamente ante los representantes de las grandes potencias.

Capítulo 25

—Lo que me atormenta —dijo Victoria— es esa pobre mujer danesa que fue asesinada por error en Damasco.

—¡Oh, está perfectamente! —señaló Dakin con voz alegre—. En cuanto despegó su avión, arrestamos a la francesa y llevamos a Greta Harden al hospital. Está bien. Querían tenerla drogada durante un tiempo, hasta asegurarse de que el asunto de Bagdad había salido bien. Era de los nuestros, desde luego.

—¿De veras?

—Sí. Cuando desapareció Anna Scheele, creímos que sería oportuno darle algo en que pensar. Así que reservamos un billete para Greta Harden y procuramos no darle un pasado demasiado consistente. Mordieron el anzuelo y llegaron a la conclusión de que Greta Harden debía de ser Anna Scheele. Le dimos unos documentos falsos para probarlo.

—Mientras la verdadera Anna Scheele —apuntó Victoria— esperaba tranquilamente en la clínica a que llegara la hora de que Mrs. Pauncefoot Jones fuese a reunirse con su esposo.

—Sí, sencillo, pero efectivo. Actuamos con el convencimiento de que, en caso de apuro, las únicas personas en que se puede confiar son los propios parientes. Es una mujer muy inteligente.

—Creí que me matarían —dijo Victoria—. ¿Es cierto que los suyos no dejaban de vigilarme?

—Durante todo el tiempo. Edward no fue tan listo como se figuraba, ¿sabe? Hace bastante que investigábamos sus actividades. Cuando usted me contó lo ocurrido la noche de la muerte de Carmichael, estuve francamente intranquilo por usted.

»Lo mejor que podía hacer era enviarla deliberadamente como espía. Si Edward Goring sabía que estaba en contacto conmigo, eso la mantendría a salvo, porque de ese modo podía conocer por usted nuestros movimientos. Era demasiado valiosa para eliminarla. Y a la vez podía proporcionarnos falsas informaciones a través de usted. Era un buen enlace. Pero cuando descubrió la falsa personalidad de Rupert Crofton Lee, Edward decidió que era mejor mantenerla apartada hasta que fuese necesaria (en el caso de que llegara a necesitarla) para representar el papel de Anna Scheele. Sí, Victoria, es usted muy afortunada al poder estar ahí sentada comiendo pistachos.

—Ya lo sé.

—¿Le importa mucho Edward? —le preguntó Dakin.

—Nada en absoluto —respondió Victoria con decisión, mirándole a los ojos—. Fui una tonta. Dejé que me sedujera con su atractivo. Me he portado como una colegiala, imaginando que era Julieta y otras muchas tonterías.

—No se culpe demasiado. Edward tiene un don natural que atrae a las mujeres.

—Sí, y lo utiliza.

—Desde luego.

—La próxima vez que me enamore, no me dejaré engañar por las apariencias. Querré a un hombre de verdad, no de esos que dicen cosas bonitas. No me importará que use gafas o sea calvo. Quiero que sea interesante y que hable de cosas interesantes.

—¿De unos treinta y cinco o cincuenta y cinco años?

—¡Oh, de treinta y cinco!

—Menos mal. Por un momento pensé que se estaba refiriendo a mí.

Victoria se echó a reír.

—Ya sé que no debo hacer preguntas, pero ¿había un mensaje escrito en la bufanda?

—Un nombre. Las *tricoteuses*,[1] una de las cuales era madame Defarge, tejieron una lista de nombres en clave. La bufanda y la recomendación que Carmichael puso en el bolsillo de Baker fueron las dos mitades de la pista. Una nos dio el nombre del jeque Hussein el-Ziyara de Kerbala. La otra, una vez sometida al vapor de yodo, nos dio las palabras para que el jeque nos entregara las pruebas. No podía haber lugar mejor para ocultarlas que en la ciudad sagrada de Kerbala.

—¿Y fueron llevadas por todo el país por esos hombres del cine ambulante, los que encontramos?

—Sí. Personas muy conocidas y completamente ajenas a la política. Amigos personales de Carmichael. Tenía muchos amigos.

—Debía de ser muy simpático. Siento que haya muerto.

—Todos tenemos que morir un día u otro —afirmó Dakin—. Y si existe otra vida en el más allá, algo que creo firmemente, tendrá la satisfacción de saber que su fe y su valor han hecho más por salvar a este viejo mundo de un nuevo derramamiento de sangre y de la miseria.

—¿No es extraño —dijo Victoria ensimismada— que Richard tuviese una parte del secreto y yo la otra? Casi parece como...

—Como si tuviese que ser así —concluyó Dakin con un guiño—. ¿Y puedo preguntar qué piensa hacer ahora?

—Tendré que buscar trabajo. Empezaré a buscarlo ahora mismo.

—No busque demasiado. Me parece que hay un trabajo que le busca a usted.

1. Tejedoras. *(N. del T.)*

Se marchó tranquilamente para dejarle su puesto a Richard Baker.

—Oiga, Victoria —dijo este—. Venecia Savile no va a poder venir. Parece ser que tiene paperas. Usted nos fue muy útil en la excavación. ¿Le gustaría volver? Solo podemos pagarle la manutención y el pasaje de regreso para Inglaterra. Pero de eso ya hablaremos más adelante. Mrs. Pauncefoot Jones llegará la semana que viene. Bien, ¿qué dice usted?

—¡Oh! ¿De veras quiere que vaya? —exclamó Victoria.

Por alguna razón, Richard Baker enrojeció violentamente. Con un carraspeo, se puso a limpiar los cristales de sus gafas.

—Creo que nos será muy útil.

—¡Iré encantada!

—En ese caso será mejor que recoja su equipaje y venga conmigo ahora a la excavación. ¿No querrá usted deambular por Bagdad, verdad?

—Desde luego que no.

—Así que ya la tenemos aquí, mi querida Verónica —dijo el doctor Pauncefoot Jones—. Richard se marchó preocupadísimo por usted. Bien, espero que sean muy felices.

—¿Qué ha querido decir? —preguntó una sorprendida Victoria cuando el doctor se alejó.

—Nada —afirmó Richard—, ya sabes cómo es. Se ha adelantado a los acontecimientos.

Descubre los clásicos de Agatha Christie

Y NO QUEDÓ NINGUNO
ASESINATO EN EL ORIENT EXPRESS
EL ASESINATO DE ROGER ACKROYD
MUERTE EN EL NILO
UN CADÁVER EN LA BIBLIOTECA
LA CASA TORCIDA
CINCO CERDITOS
CITA CON LA MUERTE
EL MISTERIOSO CASO DE STYLES
MUERTE EN LA VICARÍA
SE ANUNCIA UN ASESINATO
EL MISTERIO DE LA GUÍA DE FERROCARRILES
LOS CUATRO GRANDES
MUERTE BAJO EL SOL
TESTIGO DE CARGO
EL CASO DE LOS ANÓNIMOS
INOCENCIA TRÁGICA
PROBLEMA EN POLLENSA
MATAR ES FÁCIL
EL TESTIGO MUDO
EL MISTERIO DE PALE HORSE
EL MISTERIO DEL TREN AZUL
EL TRUCO DE LOS ESPEJOS
TELÓN
UN CRIMEN DORMIDO
¿POR QUÉ NO LE PREGUNTAN A EVANS?

UN PUÑADO DE CENTENO

EL MISTERIOSO SEÑOR BROWN

LA RATONERA

MISTERIO EN EL CARIBE

PELIGRO INMINENTE

DESPUÉS DEL FUNERAL

ASESINATO EN EL CAMPO DE GOLF

LA MUERTE DE LORD EDGWARE

EL HOMBRE DEL TRAJE COLOR CASTAÑO

DESTINO DESCONOCIDO

EL SECRETO DE CHIMNEYS

UN GATO EN EL PALOMAR

POIROT INVESTIGA

UN TRISTE CIPRÉS